遵义师范学院博士基金资助项目（遵师BS[2018]26号）成果

心理世界的艺术呈现

——中国现代心理现实主义小说研究

何雪凝 著

WUHAN UNIVERSITY PRESS
武汉大学出版社

图书在版编目(CIP)数据

心理世界的艺术呈现:中国现代心理现实主义小说研究/何雪凝著.
—武汉:武汉大学出版社,2020.6(2022.4重印)
ISBN 978-7-307-21539-9

Ⅰ.心… Ⅱ.何… Ⅲ.小说研究—中国—现代 Ⅳ.I207.42

中国版本图书馆CIP数据核字(2020)第089925号

责任编辑:宋丽娜 责任校对:汪欣怡 版式设计:韩闻锦

出版发行:**武汉大学出版社** (430072 武昌 珞珈山)
(电子邮箱:cbs22@ whu.edu.cn 网址:www.wdp. com.cn)
印刷:武汉邮科印务有限公司
开本:720×1000 1/16 印张:16.5 字数:220千字 插页:1
版次:2020年6月第1版 2022年4月第2次印刷
ISBN 978-7-307-21539-9 定价:48.00元

序

文学的中心是人，随着对人认识的深入，文学的内涵与外延也在不断扩大。文学"向内转"聚集人幽微复杂的内在世界，探知长久被压制、被漠视的心理，是时代对文学提出的必然要求，而心理现实主义小说就是在这样的背景下产生的。中国现代心理现实主义小说产生于发生剧烈变化的大转折时代，它既大力汲取着西方现代主义文化的营养，又带着中国文化的因子扎根在本国文化土壤中并不断成长，这就注定了其复杂多元性。笔者认为，对中国心理现实主义小说进行研究非常必要，因为其涉及的内容关乎对中国现代文学本土经验的理解，也关涉对文化转型时期文学的丰富性与多重性的解读。

笔者从新文学时期文学生态环境及社会历史环境的特点出发，从文学、心理学、哲学等多角度进行分析，探寻外来的、高度抽象的和极其混杂的"术语"——心理现实主义如何在新文学时期不同作家和理论家笔下获得生机，变得生动、鲜活。基于此，本书的基本内容安排如下。

绪论部分归纳心理现实主义小说的相关概念，梳理自"五四"以来的相关研究情况，明确中国现代心理现实主义小说的研究意义与对象。

第一章主要是对中国现代心理现实主义小说的渊源进行探微。首先，从新人学观念的确立，柏格森生命哲学、心理时间以及威廉·詹姆斯关于意识流的哲学在中国的传播和影响，现代心理学以及西方文艺思潮在"五四"后的引进热潮等方面探寻中国现代心理现实主义小说产生的社会背景及文化语境。其次，选取具有代表性的西方心理现实主义小说家，探寻其为中国现代心理现实主义小说提供的仿效模型，尤其以对世界公认的心理现实主义小说开拓者亨利·詹姆斯的译介和模仿为研究重点，在此基础上探讨西方心理现实主义小说中国化的整体情况。

第二章探讨心理现实主义小说围绕主观经验所形成的新小说观。心理现实主义小说重视个人经验的价值，以个性化的主观经验为核心，在表现对象、结构、环境这三大小说范畴方面，心理现实主义小说形成了具有革新意义的新小说观："内心生活"成为其表现对象，而"内心生活"由于抽象性与主观性特征，就需要突破有机结构观，形成以主观情绪流动为中心的散文化结构观，同时，带有强烈主观色彩的"氛围"取代客观物质"环境"而成为心理现实主义小说的另一个重要新观念。

第三章阐释心理现实主义小说的主题开拓。从主观经验出发，心理现实主义小说实现了主题的转移与突破，时代的苦闷与颓废、生存的孤独与寂寞以及生命的荒诞与异化成为心理现实主义小说在主题领域进行的新开拓。通过对文本的解读，展现心理现实主义小说对生命意识、生存意义的思考以及对个人精神世界的追问与关怀。

第四章为心理现实主义小说的艺术形式实验。新的表现对象需要新的表现形式，心理现实主义小说对形式创新有着高度的自觉，本章从 4 个方面分析其形式上的实验：运用自由联想的意识流手法表现人倏忽变换的心理感受流程；以心理分析手法深入人的复杂意识层面；在心理时间的跳跃多变中对情节进行影像化处理；采用多样化的叙述视角观察个体晦涩幽微的内在感知。在新的形式实验中，心理现实主义小说构建起立体的经验结构和叙述结构，揭示出世界的多样化面貌。

第五章论述心理现实主义小说的审美特征。新的主题表达与新的形式实验促使新的审美特征的产生，带来新的美学空间。一方面，心理现实主义小说悖反传统典雅、端庄的美学标准，而以“怪诞”为美学追求，呈现肆意放纵、新奇怪异的现代审美特征；另一方面，心理现实主义小说在汲取西方现代主义文学与传统文学营养的基础上，形成了超越传统的诗性美追求，采用具有诗性精神的陌生化语言与象征意象，构建起含蓄蕴藉、深邃悠远的意蕴空间。

结语部分归纳心理现实主义小说的源发背景、小说观念、主题意蕴、艺术形式、审美风格以及史学价值。

目　　录

绪　　论

一、问题的提出

中国古典小说苦心经营的是情节，在情节结构的秩序体系中追求“善恶有报”之类意义的传达，人物并不是小说创作的目的。针对这样的小说传统，李健吾曾明确指出，“奇巧的情节的组合”与“优美的叙述的文笔”是中国传统小说最为突出的表现，相应地，人物及人物的心理表现则极为“粗疏”，人物不是独立的、活生生的人，其行为不是自发地进行，而是在承受作者与社会的种种教化性要求，“男女多是傀儡，或者类型，缺乏明显的个性，深致的内心的反映”，小说仅仅停留在“人生的戏剧性的表皮”上。人物缺乏“深致的内心的反映”，小说就称不上是关于“全人”的活动的观察，也谈不上“艺术的自觉”。①

瞿世英同样强调，纯客观的描写仅写了半个人，不是人的全部。也就是说，要真实地反映人生，对人心灵的探索就是必然的。因此，从文学思潮的变迁而言，现代文学呈现出向内转的显著趋势，小说从描写外在物质世界转向深掘人的内在心灵世界，从对故事情节的编造转向对人物主观经验的细腻描摹。而小说从客观物质转为主观感受，被公认为文学的进化，所以，沈雁冰称赞托尔斯泰、屠格涅夫、亨

① 李健吾：《萧军论》，见钱理群编：《二十世纪中国小说理论资料》(四)，北京大学出版社 1997 年版，第 38 页。

利·詹姆斯等“伟大”的小说家将人物的心理变化看得极重要，“乃是小说艺术上一大进步”，表现了近代小说趣味中心的重大变迁。① 穆木天认为，从“外面的写实进到心理的写实”这一转化是写实小说必需的进化过程。② 石凌鹤推崇陀思妥耶夫斯基、亨利·詹姆斯、司汤达等巨匠在心理解剖方面的描写已臻至境，“再没有什么可以附加而且也不能再附加了”。③ 除了文学本身的进化发展促使小说转向人的内在世界外，西方科学、哲学、文艺思潮也为中国现代小说带来全新的文学视野、文学思维以及文学技巧，从而建立起新的小说观念和小说类型。西方现代心理学为中国小说家提供了强有力的理论支持和方法论指导，塑造了小说家新的知识结构与认知方式，帮助他们摆脱传统小说乃至同时代的现实主义和浪漫主义小说的积弊，站在新的视角去观察人、感受人，进而真正进入“深致的内心”，细细解剖人物幽微晦涩的感知世界，探索其无尽的奥秘。同时，域外的心理小说为中国小说家提供了可资借鉴的模板，从爱伦·坡、陀思妥耶夫斯基、安德烈夫等，到亨利·詹姆斯、伍尔夫、普鲁斯特、福克纳、乔伊斯等，在这些世界心理小说大师们的滋养下，鲁迅、郁达夫、废名、施蛰存、穆时英、徐訏、无名氏、张爱玲等作家进行了自发自觉的艺术借鉴，力图在自己的小说创作中挖掘人“灵魂的深”。至此，思想基础与实践模板都已具备，小说家真正开始了对“深致的内心的反映”的主动追求，完成对“全人”的观察，实现“艺术的自觉”，最终形成一种致力于探索个人经验、感受与内在心灵世界的新的小说类型，即中国现代心理现实主义小说。

心理现实主义小说关注的焦点是人的无限复杂的感受及心理，其中心就是个人意识的自觉与扩张，心理现实主义小说将自我的主体性

---

① 沈雁冰：《人物的研究（小说研究之一）》，载《小说月报》1925 年第 16 卷第 3 号。

② 穆木天：《写实文学论》，载《创造月刊》1926 年第 1 卷第 4 期。

③ 石凌鹤：《关于新心理写实主义小说》，载《质文》1935 年第 4 号。

地位凸显到首位，重视对主体内心世界与自我体验的展示，真切地追求对人性心理现实的表达，从而提供了一种全新的自我关照的方式，扩大了中国现代文学的表现空间，是一种重要的文学形式。同时，心理现实主义小说也是一种重要的话语建构表达，无论是宣称“人物之重要，乃在人内部精神上为人所看不见的地方”①，抑或高喊“艺术的结晶，便是主观——个性的情感”②，无不表明小说家期望从以往伦理秩序的压制中突围，从而建立个人话语体系。心理现实主义小说通过对主体的内在探寻，对人的本质认识的深化，从个人角度实现打破传统乃至集体的公共叙事对话语垄断的目的。因此，对心理现实主义小说进行研究，在文学与社会学、心理学、哲学等多重互文的关联中，探寻西方文化及文学思潮与中国现代文学、中国传统文化与中国现代文学在碰撞、吸收、融合等过程中形成的张力，认识这种话语得以可能的条件与小说家进行此种话语实践的规则，在“启蒙”“救亡”语境下探寻创作主体深层复杂的表达欲求，可以进一步洞察历史的褶皱与细节。

但是，具有重要研究价值的“心理现实主义小说”却是一个具有极大争议的研究范畴。对心理现实主义小说的研究，最富争议的问题是心理现实主义小说到底属于现实主义领域，还是属于现代主义领域。温儒敏教授将心理写实小说与心理分析小说分为截然不同的派别，认为心理写实是偏重心理刻画的现实主义手法，而心理分析则属于现代主义。学者李旦初认为，意识流文学产生以后，沿着两条根本不同的道路发展，形成两种性质不同的流派：一是以亨利·詹姆斯、乔依斯、弗吉尼亚·沃尔夫等人为代表，沿着反现实主义或非现实主义轨道滑行，形成欧美正统的“意识流”派；二是以鲁迅为代表，沿着现实主义的广阔道路前进，形成“心理现实主义”流派。柳鸣九明

---

① 清华小说研究社：《短篇小说作法》，见严家炎编：《二十世纪中国小说理论资料》(二)，北京大学出版社 1997 年版，第 162 页。

② 庐隐：《创作的我见》，载《小说月报》1921 年第 12 卷第 7 号。

确将心理小说分为心理现实主义小说与心理现代主义小说，认为心理现实主义小说既以细致深刻的心理剖析见长，又蕴含着丰富的现实意义，而心理现代主义小说则发掘与表现内心深处的复杂成分，趋向于表达艺术哲学意义。

袁可嘉等学者则主张将心理现实主义小说归属现代派，认为现代派作家用心理现实主义来和19世纪的批判现实主义相抗衡，在艺术与生活、现实和真实的关系上，现代派作家强调表现内心的生活、心理的真实或现实，即使描写外界的现实，也只是通过它来表现作者(或人物)的主观感受。盛宁教授认为，心理现实主义小说因袭了亨利·詹姆斯开创的小说类型，小说家们往往不再从金钱、阶级地位和社会欲望等方面去看待现实，而趋于从无限复杂的个人关系以及知觉上的差异来进行观察。曹顺庆教授也认为，经由心理现实主义，文学实现了向现代主义的过渡。在一些具有教科书性质的著作中，心理现实主义甚至直接被等同于意识流等现代主义，如李胜利、陈庆予编著的《艺术概论》，王耀民的《主义词典》，王世德的《美学辞典》，游清泉等人主编的《新编现代知识词典》，尹均生主编的《中国写作学大辞典》等。

伴随着心理现实主义到底归属何为的问题，心理现实主义小说还是一种术语使用相当混杂的文学形式。在某些情况下，心理现实主义小说等同于心理主义小说、心理体验型小说、意识流小说等。这一形式并非当代才形成，早在民国时期，对此类型小说的命名就已五花八门。如黄厚生编写的《小说上的诸主义》将探求潜伏在表面事实之下的精神心理的作品称为“新浪漫主义”①。在傅东华主编的《文学百题》中，沈起予在“什么是新浪漫主义”一节也将专注主观探索的作品称为“新浪漫主义”。② 赵景深、王任叔、萧乾等则将之称为“心理主

① 黄厚生：《小说上的诸主义》，载《最小》1923年第4卷第114期。

② 沈起予：《什么是新浪漫主义》，见傅东华编：《文学百题》，生活书店1935年版，第106页。

义”，石凌鹤、赵家壁、穆木天等又将之称为“心理写实主义”或“心理的现实主义”或“心境主义”。诸多称谓，不一而足。

对于从“五四”就已经出现并蓬勃发展的心理现实主义小说，除了其本身所具有的独特审美特性极具研究价值外，其混乱命名现象背后潜藏的作家和批评家的文学观念、文学选择乃至更深层的文学龃龉，同样极富研究意义，因此，对此类小说进行探讨是极其必要的。

应该说，现代心理现实主义小说的地位与价值开始得到学术界的关注，其研究视野也逐渐开阔，但关注度还远不够。截至 2017 年，对《全国报刊索引》和 CNKI 中文期刊全文数据库所收录的心理现实主义研究论文进行调查分析，以“主题”为搜索关键词查阅到约 1890 条研究文献，排除其中重复的 570 条后，属于外国文学的有 890 条，属于中国文学的有 430 条。而在这 430 条研究文献中，按照相关性进行细致筛选，最后得到不足其中 1/5 的与 20 世纪上半叶心理现实主义小说研究相关的文献，相对于新文学时期丰富多样的心理现实主义小说，就数量上而言，这些研究与小说文本极不相称。这些研究成果对许多问题的研究还不够深入，不够系统，关注的话题较为分散，缺乏整体性，对民国时期心理现实主义小说的整体性研究，在学术界几乎为空白。心理现实主义小说的精神价值、文化价值与审美价值还没有被充分开掘出来，心理现实主义小说仍是一座有待挖掘的富矿。本书力求在已有研究的基础上，结合中国现代文学的特定社会历史语境，重新整合心理现实主义小说文本，探索极其混杂的术语如何在新文学时期不同作家和理论家笔下获得生机，变得生动、鲜活、丰满。

二、学术研究回顾

为了尽量避免由于命名的混乱而造成研究的疏忽和遗漏，本书在对此类型小说作学术研究回顾时，不仅限于对明确命名为“心理现实主义”的相关材料进行梳理，而是对现阶段所能搜集到的所有关于“心理”的材料进行回顾，以期在相对完整的材料中对中国现代心理现实主义小说及相关研究有较全面的把握。

对心理现实主义小说的研究批评，从“五四”后就已出现，但大多属于印象式批评。据现有掌握的资料来看，清华小说研究社出版的《短篇小说作法》在“人物与表性”一章中就已简要论述了心理现实主义小说的开拓者亨利·詹姆斯提出“所谓真理不在乎字句，而在乎精神的表现”①的意见。鲁迅《〈穷人〉小引》中引述陀思妥耶夫斯基的话，将其写灵魂的“深”称为“在高的意义上的写实主义者”②。赵家璧则在《现代》《作家》上发表一系列译介乔依斯、亨利·詹姆斯、康拉德、吴尔芙、普鲁斯特、劳伦斯、海明威、福克纳的文章，谈论西方深入人的主观世界的“横断小说”。曾觉之称赞普鲁斯特是深切地认识到人类心理的广漠而将之表现于文艺中的作家，肯定“无意识的记念是达到内在生活的真实的唯一门径”。③ 常风介绍了康拉德的《黑水手》和《不安的故事》，注意到《黑水手》以描写心理状态为中心的特点，特别点评了短篇小说集《不安的故事》中《归来》一篇，认为这篇心理分析小说“是最特出而值得注意的一篇”④。郑振铎以极大的热情介绍爱伦·坡，“坡的短篇小说叙的是神秘的事件，他的小说与故事是被称为心理的”，其侦探小说“完全是一个心灵的论理部分”，并称爱伦·坡是美国最伟大的作家。⑤ 此外，郑振铎还专门在该书中介绍了后来被称誉为西方心理现实主义小说大师的亨利·詹姆斯。赵景深将美国小说分为罗曼小说、神秘小说、心理小说、社会小说四类，认为前两者是浪漫的，后两者是写实的，列举了达金顿（Booth Tarkington）和花尔藤（Edith Wharton）等心理小说家，并认为花尔藤相

---

① 清华小说研究社：《短篇小说作法》，见严家炎编：《二十世纪中国小说理论资料》（二），北京大学出版社 1997 年版，第 118 页。

② 鲁迅：《〈穷人〉小引》，载《语丝》1926 年第 83 期。

③ 曾觉之：《普鲁斯特（1871—1922）》，载《法文研究》1941 年第 3 卷第 1 期。

④ 常风：《两本翻译的康拉德小说》，载《国闻周报》1936 年第 13 卷第 17 期。

⑤ 郑振铎：《文学大纲》，商务印书馆 1927 年版，第 557 页。

似于亨利·詹姆斯。① 赵景深还在《现代世界文学》的《现代英国小说》一章中专门辟出“心理小说家”一节，介绍诸多英国心理小说家，如伍尔夫、朱士(James Joyce)、丽佳笙(Dorothy Richardson)等，并概括这些心理小说家的特点：“世界上虽没有人像他们这样做小说。但一般人都像他们这样想心思的。他们不过是把脑中的思想，杂乱的毫不选择地(即使选择，也是极自然的，合于心理过程的)移到纸上罢了。”②在《现代英美小说》一章中，赵景深又用大量篇幅介绍了“现代小说的趋势是从客观的到主观的，从外面的表现到内面的真实”③，并介绍陀思妥耶夫斯基、托尔斯泰、亨利·詹姆斯等心理小说大家的重要影响。亚夫介绍了曼殊斐儿(Katherine Mansfield)、李却孙(Dorothy Richardson)等女作家，虽然简单但却敏锐地注意到她们与后期“新心理主义作家”的区别。④ 郎损的《陀思妥以夫斯基在俄国文学史上的地位》一文用了较多篇幅介绍陀思妥耶夫斯基“病的心理的描写”，并认为这是其作品的特色。⑤ 成濑清认为，意识之流是心理文学的一部分，并且定义以精神分析手法对个性进行心理描写的文学就是心理文学。⑥ 这些印象式的评论虽然还仅属于介绍翻译层面，未能对心理现实主义小说进行真正深入的理解，但也正是这些印象式批评扩大了心理现实主义小说的受众面，为中国新文学创作者提供了可资借鉴的资源。

在泛泛而谈的印象式批评外，也出现了一些包含真知灼见、较具学术意义的批评，其中富于启发性的观点，一方面，表现了这些批评者关于中国现代小说前途的思考；另一方面，也呈现了新文学者们对

① 赵景深：《二十年来的美国小说》，载《小说月报》1929 年第 20 卷第 8 号。

② 赵景深：《现代世界文学》，现代书局 1932 年版，第 45 页。

③ 赵景深：《现代世界文学》，现代书局 1932 年版，第 270 页。

④ 亚夫：《现代英国心理派的女作家》，载《国际译报》1934 年第 6 卷第 7 期。

⑤ 郎损：《陀思妥以夫斯基在俄国文学史上的地位》，载《小说月报》1922 年第 13 卷第 1 号。

⑥ 成濑清：《现代世界文学小史》，胡雪译，上海光华书局 1934 年版。

于外来概念选择性吸收的特点。比如，陈炜谟在介绍爱伦·坡的小说及小说特征时，更抓住近代小说内向化的特点，要求创作深入内心生活的特性。① 何穆森以伍尔夫《壁上的斑点》、海明威《现在我要睡了》为例，敏锐地指出，主观的小说"仅在时间的意识里面含着一种心理的屈折，或只是对于某种事物印象的一些连锁"的特点，更可贵的是，何穆森据此还进一步提出了极具启发性的叙述的语言问题。②叶灵凤在肯定了乔伊斯《尤利西斯》的影响，指出"努力发掘人物动作的本源，去暴露潜在的意识"是现代小说的发展趋势。此外，叶灵凤还敏锐地指出，这一类小说将人物行为动作的缘由归于"心"，是对传统结构的"所谓 well-made novel 的直接的反抗"。③ 石凌鹤从现代主义可以经过批判而被现实主义吸收的立场介绍《尤利西斯》，推崇所谓新心理写实主义小说。④ 在这些批评中，尤其应该引起重视的是萧乾的《小说艺术的止境》及《詹姆士的四杰作：兼论心理小说之短长》，这两篇批评是真正意义上的本土文艺批评，萧乾称赞心理小说"把小说这一散文创作抬到诗的境界"，但又指出，以心理透视为内容的作品"在一个生活各方面都杌捏不安的中国人自然看不惯"，是一条"死路"。⑤ 但萧乾对心理小说的否定与王任叔的不同，王任叔是出于意识形态的目的，明确指出"心理主义的描写法，是决不适合于描写一时代的大事变的"⑥，而萧乾认为，心理小说是"死路"则是基于正视社会环境要求中国文学所担当的政治责任，但同时他又未忽视文学自

---

① 陈炜谟：《论坡(Edgar Allan Poe)的小说》，载《沉钟》1927 年爱伦·坡特刊。

② 何穆森：《短篇小说的特质》，载《新中华》1933 年第 1 卷第 23 期。

③ 叶灵凤：《谈现代的短篇小说》，载《六艺》1936 年第 1 卷第 3 期。

④ 石凌鹤：《关于新心理写实主义小说》，载《质文》1935 年第 4 期。

⑤ 萧乾：《詹姆士的四杰作：兼论心理小说之短长》，载《文学杂志》1947 年第 2 卷第 1 期。

⑥ 王任叔：《中国现代小说发展的动向底蠡测》，载《创作》1935 年第 1 卷第 3 期。

身的美学要求，即便从现实因素考虑心理小说是“死路”，但他鼓励中国应该有作家试写纯心理小说，以之探索新领域。

总的来说，这一时期的大多数相关介绍、批评是以欧美心理现实主义小说为研究对象，阐发对其的理解，但由于中国文学传统审美趣味的影响，以及在特定时代环境中文学被赋予了训谕的功能，因此，中国的批评家、理论家对欧美一派注重心理探寻的心理小说的批评在肯定其价值的同时，又指责其与社会的脱离，对其的探讨最终还是为了指导本国小说的创作实践。

由于心理现实主义的外来性，民国时期的相关研究大多是对外国作品进行批评。但也有一些作家或理论家由这一外来概念生发出自己对文学的独特理解，并出现了一些优秀的关于本国心理现实主义小说的批评。在理论方面，沈雁冰针对当时许多批评家反对心理派小说的趋势，指出近代小说从动作描写转为注意人物心理变化的描写是小说艺术上的进步，但强调心理与社会必须要结合起来。① 他还提倡注重主观心理和感觉情绪的想象的艺术，即“新浪漫主义”，且认为“新浪漫主义”是将来文学发展的高级形态。② 叶绍钧批评专表现事物外象，而不能表现内在真际的作品，要求创作家要精当地选取材料，表现一切内在的真际，且质和形要和谐自由。③ 穆木天宣称，在小说和诗歌中，“什九是倾向于心境的描写”，心境描写的小说“是有着惊人的数量的”，是小说将来发展的趋势，但同时又认为“心境描写的倾向，是世纪末精神的象征”，与中国传统士大夫的颓废相似，这样将导致作家“放弃自己的社会表现的任务”。④ 李南桌认为，现实包括一切，艺术的具象并不仅限于意识界直接的表面的现象，更包括如梦的产生

---

① 沈雁冰：《人物的研究（小说研究之一）》，载《小说月报》1925 年第 16 卷第 3 号。

② 沈雁冰：《为新文学研究者进一解》，载《改造》1920 年第 3 卷第 1 期。

③ 叶绍钧：《创作的要素》，载《小说月报》1921 年第 12 卷第 7 号。

④ 穆木天：《心境主义的文学》，载《现代》1934 年第 4 卷第 6 期。

一样间接的潜意识的活动。① 徐訏认为，在一切人所了解的现实中，“没有再比自己心灵更为容易接触的现实”②，表面的写实是最肤浅的，而揭示心灵的寓言才是小说更应该努力的方向。在小说批评方面，如胡风、刘西渭评路翎的小说，李健吾评萧军的小说，傅雷评张爱玲的小说，唐湜评汪曾祺的小说，沈从文、丁玲、施蛰存等关于心理小说的探讨等，都具有重要意义。批评又促进文学创作，形成了丰富的心理现实主义小说文本。但遗憾的是，由于观念的偏差与重视不足，这一时期心理现实主义小说未能得到应有的关注，甚至一度处于边缘地位。

从中华人民共和国成立到新时期，在世界文坛上出现了一大批被西方文学批评界明确称为“心理现实主义”的小说，如德国作家伯尔的《以一个妇女为中心的群像》、伦茨的《德语课》等，美国作家欧茨的《他们》、厄普代克的“兔子”系列小说、巴斯等作家的小说。这些作品在欧美国家产生了很大影响，但由于国际形势和意识形态的原因，国内基本上未对这类作品进行评论研究。据现有资料显示，这一时期国内关于心理现实主义小说的介绍出现于1958年出版的苏联文艺批评选集《现实主义问题讨论集》中，其中乌·弗赫特在《现实主义在十九世纪俄罗斯文学中的发展》一文中认为，心理现实主义小说派的代表作家托尔斯泰、陀思妥耶夫斯基、契诃夫等在描写人方面具有决定性的心理描写特点，但更强调描写心理只是这个流派的作家揭露社会现实的一种形式，因此，乌·弗赫特将心理现实主义认定为批判现实主义的一个流派。③ 乌·弗赫特的分析和评价有其深刻之处，但他只重视人的心理描写的社会学价值，却忽视了文学挖掘人的内在精

---

① 李南桌：《广现实主义》，载《文艺阵地》1938年创刊号。

② 徐訏《从写实主义说起》，见《徐訏文集》(第10卷)，上海三联书店2012年版，第145页。

③ [苏]布·布尔索夫等编：《现实主义问题讨论集》，岷英译，新文艺出版社1958年版，第65页。

神世界所具有的独特审美意义，表现出意识形态对文学的框定作用，体现了强烈的政治意味。作为具有权威指导意义而引入中国的《现实主义问题讨论集》，其中富含的政治学文学观念对当时的中国作家和批评家必然产生了不小的影响。

新时期以后，随着文学生态环境的改变，心理现实主义小说得到更多关注，出现了大量的相关研究。新时期以后关于心理现实主义小说的研究情形大致有 4 个方面。

①理论引进。20 世纪 80 年代后，国内大量引入西方思潮，关于心理的文学理论也在其中。乐黛云、王宁、盛宁等学者凭借自身良好的学术修养及外语能力，将西方心理分析理论和心理现实主义小说相关研究译介入中国，他们的译介对国内读者、学者进一步了解西方心理文学批评研究有极大贡献，为新时期心理现实主义小说的创作和批评提供了理论上的支持。但不能忽视的一点是，这些学者总体上多译介而少阐释，注重引进理论，却忽视了建构本土理论。

②外国文学研究。国内对心理现实主义小说的研究大多针对国外作品，如魏新俊的《亨利·詹姆士的心理现实主义小说及其影响——从传统小说心理描写到现代意识流》、李艳春的《论陀思妥耶夫斯基小说创作中的心理现实主义艺术》、秦一竹的《心理与现实的完美结合——伍尔夫小说叙述策略研究》等，对国外小说的研究数量之多，不胜枚举。在作品方面，韩耀成编选《世界心理小说名著选·德语国家部分》、柳鸣九编选《法国心理小说选》、瞿世镜编选《詹姆斯心理小说》等。这些研究和作品选编无疑具有极大价值，但由于中国心理现实主义小说不在其学术视野之内，“只见树木，不见森林”成为其最大缺憾。相较而言，张怀久编选的《世界心理小说名作导读》在关注他国文本的同时，也在世界文学的背景中择取本国心理小说家的作品，在《导读》中出现了施蛰存、张爱玲、刘呐鸥、穆时英、郭沫若、郁达夫、沈从文等人的作品，虽然选取的作家作品还远未能表明中国心理现实主义小说的全貌，但毕竟所持的是一种全面的立场和理想，

因而具有开拓意义。

③比较研究。余凤高的《"心理分析"与中国现代小说》，吴立昌的《精神分析与中西文学》《探索人类心灵的奥秘》等著作，立足史料梳理，在对作家分类后进行西方渊源的找寻。这一类研究显示出研究者史料钩沉上的深厚功力，为后续研究者提供了相对丰富的史料。在这一方面，范伯群、朱栋霖主编的《中外文学比较史》更加功不可没。但余凤高、吴立昌等学者研究的不足也是明显的，正如刘再复为余凤高《"心理分析"与中国现代小说》所作序中所说，该书更多的是"史"，而非"论"，且由于特定时代风气影响，著作呈现出一定程度的"左"的意识形态。徐秀明的硕士论文《世界背景下的中国心理小说》力图通过宏观把握和个案分析相结合的比较研究，考察中国心理小说发展的历史流程，并较有说服力地将心理小说与心理分析理解为一体两面的"兄弟"，这一论文以"论"为主，但限于篇幅，论述并未真正展开。同时，这一论文也存在一个明显问题，即研究者的研究立场是以西方为标准来关照评价中国的心理小说，这就显然忽视了中国现代文学的独特价值，导致对中国心理小说的过低评价。应锦襄、林铁明、朱水涌等人的著作《世界文学格局中的中国小说》，其中"现代派对20年代中国小说的影响"一章提到心理分析、内心独白、片段心理、意识流等对于揭示内心世界的重要性，通过对李健吾、废名、冯至、白采、陶晶孙等人的小说文本进行分析，指出现实主义的发展与深入必然要挖掘人的心理世界。但是碍于研究视点的特殊要求以及篇幅所限，对心理现实主义小说的研究只是浅尝辄止。

④具体到中国现代文学范围内，则呈现特定时代研究、流派研究、个案研究三种趋势。在特定时代研究方面，季桂起在《中国小说创作模式的现代转型——论"五四"小说"心理化"的精神艺术世界》中对"五四"小说所具有的共同心理现象以及这些心理现象的艺术呈现方式、美学风格进行了细致的解析。此外，陈平原、许子东、王晓明、汪晖、孟悦等著名学者也或多或少地触及"五四"小说"心理化"

的问题，其观点极具启发性，这些研究凸显了小说的本体性价值，拓展了民国时期心理现实主义小说的阐释空间，但由于关注的侧重点不同，这些研究未能探究心理小说的全貌。在流派研究方面，朱寿桐在《中国现代主义文学史》一书中安排"心理主义的感觉世界"及"以张爱玲为代表的深层心理剖视倾向"两个专章，探讨小说的心理化表现，且在个别章节中也出现了小说心理化的相关论述片段，这些论述观点极具启发意义，但由于该著作涉及的内容广泛，因而造成小说心理化相关论述的分散，也使得某些论述不够深入。尹鸿《徘徊的幽灵——佛洛依德主义与中国20世纪文学》花了较多篇幅探讨弗洛伊德的心理分析方法对民国时期"新心理主义"小说的影响。王嘉良在《中国新文学现实主义形态论》中以专章的形式探讨了七月派小说的"心理体验"型现实主义的美学特点。施建伟的《现实主义，还是现代主义？——试论心理分析小说的创作倾向及其历史教训》探讨20世纪三四十年代的"现代派"，着重从理论高度阐释心理分析小说的文学审美价值。这些研究具有相当的学术视野，有相当精彩的发见，但由于写作的年代所限，部分论述存在先入为主的偏见，影响了论断的公允。在个案研究方面，李春林的《鲁迅与中国当代文学中的路翎》、燕欣欣的《〈现代〉与三十年代左翼文学》、万直纯的《写出"灵魂里的东西"——丁玲小说创作的"心理现实主义"艺术特征论》、马佳的《试论茅盾的心理分析现实主义》等研究以个案形式对心理现实主义小说进行探讨，发掘心理现实主义在不同作家创作中呈现的不同特点，其中不乏面窄但却深刻的见解。

在以上的总体研究趋势中，共同存在一个突出现象，即在此研究中出现的心理现实主义小说也许在彼研究中就是完全被排除的对象。而这一现象的产生根源于对"心理现实主义小说"这一术语的不同理解。温儒敏教授在《新文学现实主义的流变》中将心理写实小说与心理分析小说分为截然不同的派别，认为心理写实是偏重心理刻画的现实主义手法，而心理分析则属于现代主义。张怀久、蒋慰慧在《追寻心灵的秘密——现代心理小说论稿》中主要基于大量外国小说文本(少量涉及民国时期小说文本)对心理现实主义小说进行了阐释分析，梳理了关于心理现实主义小说的几种界定，认为心理现实主义小说、意识流小说、精神分析小说以及荒诞心理小说分属心理小说的不同类别，这样的划分当然建立了一个关于心理小说可被理解的秩序，但严格的划分也漠视了不同类别间互涉与重叠的现象。黄健的《论文学研究会的心理现实主义小说》将文学研究会的人生小说整体纳入心理现实主义小说的范畴，使之出现泛化的理解，反而消解了心理现实主义小说的特定内涵。孙铭有的《论泛化的现实主义》则针对创作中主客观界限无限淡化的情况，反对将心理现实主义看作现实主义创作原则，并认为中国现代文学史上没有纯粹的心理小说。

三、范围界定

正如上文简要提及的，研究评论界是在两种大相径庭的意义上使用“心理现实主义”这一概念：一是指在遵循外部客观世界真实性的前提下，强调通过对人物的心理刻画和细致分析，反映现实社会的现状，对人的心理世界的展示是为揭示现实而服务的；二是指直接进入人物的心灵世界，专注于探索个体的主观感知、不可捉摸的心理世界的现实。产生歧义的关键在于对“现实”的不同理解。对于传统现实主义小说家而言，“现实”是真实存在的典型的生活形态，是物质外在、阶级地位、社会关系的具体体现。但对于现代主义小说家来说，可见的物质现实恰恰不是小说追求的现实，他们认为，小说表现的现实应该是每一个个体所感受到的心理的现实，即便关涉客观世界，那也绝不是纯粹的物质世界，而是打上主体个人独特感知烙印的主观对象。主观感受和意识流动被突出到首要地位，正如伍尔夫所主张的，生活是主观印象与感性活动的总和，“是一个自我意识产生直至消失合，时而清澈明净、时而曲折浑浊的意识河流。弗洛伊德主张，除了一个被人们经历过的意识世界外，还存在一个从未被经历过却真实存在的潜意识王国。皮亚杰认为“客体只能是客体显示于主体的那个样子，而不能是别的什么”①，强调认识的主观性。列昂节夫一再强调“心理反映乃是主观的”，心理世界不再有纯粹客观的存在。可以肯定地说，冯特以降，所有的心理学家都认为心理世界是与纯粹物理世界不同的世界，都坚持心理世界的真实性，并企图探索这片神奇领域的全部秘密。而人的这些主观的经验、内部的感受、非理性的情绪意识也正是心理现实主义小说创作的起点。

据以上两点，本书认为，中国现代心理现实主义小说归属于现代主义，小说凸显的是个人从生活的经验中获得的主观心理感受，其聚焦的中心是个人无限复杂的主观经验与内在心理世界。这样，心理现实主义与传统现实主义或批判现实主义的差异就极为明显，正如盛宁教授所说，从更为根源的哲学本体上而言，与现实主义将客观存在视为第一性完全不同，“心理现实主义”将“现实”认定为主体对经验世界的一种主观体验，主观成为第一性的东西，唯有通过人的感悟才能达到本真意义上的“真实”。② 因此，当鲁迅、废名、路翎、沈从文、徐訏、无名氏等作家将主体自我对生命独特、深切的体验和感受渗透于小说，当施蛰存、穆时英、刘呐鸥、张爱玲、杜衡、黑婴等作家在小说中以人对生活的印象和感知而获得“真实”的途径时，他们就趋于从无限复杂的个人知觉上去关照主体的心理世界，创作出心理现实主义小说。同样，心理现实主义小说也区别于浪漫主义小说，虽然两者都强调人的情感的抒叙，但浪漫主义小说关注的是乐观的理性的情

① ［瑞］让·皮亚杰：《发生认识论原理》，王先铟等译，商务印书馆 1981 年版，第 95 页。

② 盛宁：《现代主义·现代派·现代话语——对“现代主义”的再审视》，北京大学出版社 2011 年版，第 149 页。

感，而心理现实主义小说关注的是带有本能冲动的非理性的情绪，这也说明了郁达夫、徐訏、无名氏等作家虽被贴上浪漫派的标签，但其小说的根底却是世纪末的颓废情绪，是以个人经验为核心的心理情绪的流动与展现。此外，心理现实主义小说与心理分析小说也不同，两者的对象都是人的内在心理世界，但心理分析小说将弗洛伊德的学说作为其理论的中心点，对人物性心理、性压抑、性变态的揭示是小说的最终目的；心理现实主义小说也关涉人本能的性心理，发掘“本我”的生命力量，但性心理、性压抑、性变态只是小说众多心理因素中的一个，而非唯一的因素，且对性心理的展示并不是为作弗洛伊德式的解释，而是为了彰显“性”这一本能冲动在主体的生命体验中所具有的诗性意义。因而，尽管郁达夫在其小说中描写了既多且细的性心理、性行为，但核心却是一个有着时代苦闷的青年所体验到的悲哀情绪的表达，是个体对生活、对生命多层次、多色调的体验、感受。

当然，这并非是说归属于现代主义的心理现实主义小说就与浪漫主义、现实主义截然对立、泾渭分明，只是说中国现代心理现实主义小说的核心和基础是现代主义的“主观经验”与非理性。在西方，古典主义的理性，浪漫主义的情感，现实主义的真实以及现代主义的非理性，每一个后者都是对前者势同水火的反叛，而中国在短短的时间内当然不会形成充分发展的后一个“主义”对前一个“主义”的揭竿而起，正如王富仁先生所言，在西方势不两立的诸种因素，在中国现代作家这里从来就没有构成过尖锐的矛盾，虽然“人们对感受的真实、感情的真诚、现实的真实各有不同理解，但从没有一个作家从根本上反对这三个各不相同的标准”①。心理现实主义小说家们从“实用”的角度出发，选择自己需要的部分进行吸收，甚至进行有意的“误读”，

---

① 王富仁：《中国现代主义文学论(上)》，载《天津社会科学》1996年第4期。

以促进自身体系的形成。为了表达主体的感受与体验，中国心理现实主义小说以现代主义为基石，将浪漫主义、现实主义的标准进行某种程度的融合，创生出新的思维方式和创作方法，最终形成具有本土经验的中国现代心理现实主义小说类型。

第一章　心理现实主义小说渊源探微

任何一种艺术形式的出现必然有其特定的条件，只有在相关条件的推动下，才有可能形成此种艺术之形式。中国古代传统小说当然也有细腻描写人物心态的优秀作品，如《红楼梦》《花月痕》等，但这样的作品首先在数量上极少，其次，由于古代伦理文化与道德哲学的禁锢，在中国传统文化中，个人的精神世界处于被漠视的状态，所以古代小说中即便是有意表达人物心绪，也基本上以外观化的方式来处理，如《儒林外史》中通过人物动作、衣着等表达人物心理。清末民初之时，由于社会环境、生活方式、价值观念、文化生态等诸多因素的改变和推动，小说的艺术形式出现了重大变革，在一部分作家的创作中开始出现融入叙述者心绪的小说，这类小说被周作人称为“抒情诗的小说”。这类小说主要呈现较为浓厚的主观抒情色彩，也在一定程度上开拓了人物心理的描写，但此时小说大多描写的仅是一些表层的、简单的心理，未涉及对个体心灵世界的整体探索，基本上还是以故事的情节建构作为小说的中心。

而真正区别于传统小说模式、摆脱传统文化桎梏的心理现实主义小说，只能出现于“五四”时期。之所以这样说，是因为“五四”时期所具备的各种特定条件促使人们的知识结构和思维方式发生了重大变革，而这些变革又进一步产生了新的话语资源，不同于以往的表达诉求以及相应改变的表达方式。正是在现代人学观念、西方心理学浪潮以及西方文学影响等一系列条件，现代心理现实主义小说模式得以真正出现并发展。

第一节　产生之文化语境

一、现代人学观念的确立

心理现实主义小说聚焦的视域从外在世界转为人的内在心理世界，聚焦的中心是个人无限复杂的主观经验与感知，这表明心理现实主义小说将个人独特的生命存在凸显到首位，而其根底是新的人学观念的确立。在关于“人”的认识上，心理现实主义小说既区别于现实主义小说将人放在物质环境、社会关系中展开，赋予人类型化的社会学意义，又区别于浪漫主义小说乐观地认为人是具有无限可能性的理性的情感者，心理现实主义小说将“人”理解为具有独特性的“个人”，这一独特的“个人”的存在表征不单是与他人共通之处，也不单是可见的物质条件、社会关系，甚至也不仅是处于理性控制下的情感，能成为独特的“这一个”，最重要的就在于个人化的心理，主体复杂幽曲、晦暗难明的心理世界和差异万千的主观经验成为心理现实主义小说对具体“个人”的界定。可以说，从“人”到“个人”，最终到个人化的心理，是心理现实主义小说得以形成的关键。

在中国传统哲学中，儒学很早就有关于“人”的概念的相关学说。孟子认为，人之所以异于禽兽者，是在于禽兽没有同情心，而人却具有包含道德意识的恻隐之心。荀子在回答“人之所以为人者”这一问题时，同样认为是伦理道德决定了人的本质，“今途之人者，皆内可以知父子之义，外可以知君臣之正，然则其可以知之质，可以能之具，其在途之人明矣”(《荀子·性恶》)。后来，以道德意识为核心的“人”的概念再深入融合于各层次的社会结构，“修身、齐家、治国、平天下”就是将个人纳入家国天下的体系，人是作为伦理体系中的部件而被定性的。陆九渊提出的“人同此心，心同此理”一说就认为，人应该有共同的认知思考，而这些认知思考又必须与社会的法则一致。在这样一种被规范的文化环境中，文学的形式当然也就无法越出常规的方式，个人由于社会秩序的桎梏，只能作为整体中一个模糊的部分出现，所表达的也只能是人与外在群体的关系。描写心理的作品往往借助可见之境、人物言行来暗示，即使有直呈人物心理的片段，基本也是抒写社会允许的共通的情感。

针对这样的传统，瞿世英明确指出，其缺点就在于“作品中没有个性存在，无明了的人格读者只能知道一件事或许多件事，而不能了解作品中的人”①。赛珍珠在比较了中、西小说的特点后，也同样表达了相似的观点，她认为，在中国的小说中，人从出生到死亡是早已被安排好的模型，命运只是外界加载于人身上的，却从来不是自人的本身出发的。② 郁达夫认为，以往的人，只是作为道和父母的对象而存在，其本身并无意义。因此，回顾“五四”时，郁达夫将“个人”的发见认定为“五四”运动最大的成功，认为只有首先承认“为自我而存在”的个人的合法性，才会有社会、国家、宗族的存在。③ 郁达夫强调的这种以自我为中心的意识，在“五四”前后许多新文学者笔下都有过相似的表达。鲁迅在借鉴了欧洲 18 世纪以来不同的知识传统后得出结论：“欧美之强，莫不以是炫天下者，则根柢在人”，这种“个人”并非仅具有强健的体魄，更重要的是要具有强健的精神，即“乃必尊个性而张精神”。④ 这样的“个人”观是对传统“克己”“抑己”人学观的颠覆，是新文学者们以西方理论为工具，对以儒家为代表的伦理秩序的批判，为人的个性的张扬、人的尊严和自由的实现奠定了基础。对人的重视、对人的生命尊严和生存价值的肯定，使得人从过去

---

① 瞿世英：《小说的研究》（下篇），载《小说月报》1922 年第 13 卷第 9 号。

② ［美］勃克夫人：《东方，西方与小说》，见吴福辉编：《二十世纪中国小说理论资料》（三），北京大学出版社 1997 年版，第 203 页。

③ 郁达夫：《新文学大系・散文二章・导言》，上海良友图书印刷公司 1935 年版，第 3 页。

④ 鲁迅：《文化偏至论》，见《鲁迅全集》（第 1 卷），人民文学出版社 2005 年版，第 56 页。

被群体和伦理秩序压制的符号形象中挣脱出来，而成为具有具体含义的鲜活的生命。

思想上对自我的肯定反映在文学领域，则是对自我的表现。周作人 1919 年的演讲《新文学的要求》对后来的新文学创作影响很大，他认为，关乎人的文学就是个人要以既属于人类，又首先要具有个体独立之价值的资格，“用艺术的方法表现个人的感情，代表人类的意志，有影响于人间幸福的文学”①。后来，周作人直接宣称：“文艺只是自我的表现。”②在“个人”的观念下，文学形成了“自我”的表现要求，冰心以自己独特的文学气质呼吁“请努力的发挥个性，表现自己”③，王统照等作家也都呼吁文学的自我表现作用。可以说，中国新文学是以“个人”的确立为起点而发展的。然而，仅仅是发掘了理性自觉的“个人”“自我”，还不能产生心理现实主义小说，只有更深地认识了长久以来被历史淹没的那个非理性的“个人”“自我”，真正全面了解心理的真相，心理现实主义小说才能真正完成小说的转向，从传统的群体性外向物质化转移到个体性内在感受化，实现个人化的心理，从而形成对人复杂而微妙的内在世界进行探索的小说模式。

由于中国时代的特殊性，西方经过几百年形成的文化思潮在同一时空背景下传入中国，因而，在新文学者们借助西方文艺复兴思潮对人进行理性发现的过程中，将人推进到“宇宙之精华，万物之灵长”的地位的同时，中国的先锋作家又开始对人进行了第二次探索发现。“从理性的人到非理性的人，从人的第一次发现到人的第二次发现，从完整的自我到分裂的主体，这种转变标志着中国现代主义人学观念

---

① 周作人：《新文学的要求》，见贾植芳等编：《文学研究会资料》，河南人民出版社 1985 年版，第 50 页。

② 周作人：《旧序》，见《自己的园地》，岳麓书社 1987 年版，第 3 页。

③ 冰心：《文艺丛谈》，载《小说月报》1921 年第 12 卷第 4 号。

和文学观念的产生。”①而完成这一转向的一个关键点，是西方现代哲学、心理学对人的全新认识。西方现代非理性哲学以人复杂的内在心灵世界为关注点，强调人主观精神的巨大生命能量。在西方非理性哲学的引导下，郭沫若激情地推崇自我表现，他认为个体自我是神圣的，在《生命的文学》中，他坚持文学的本质就是生命，是个人生命中的情感、冲动、意识的直接表现，坚持认为文学的本质是主观的、表现的，他大声宣扬：“文艺是出于自我表现。”②郁达夫直陈“自我就是一切，一切就是自我”③，他要求作家必须先要有“强的个性”，文学的表现对象不是生活现象，而是要返回观察者本身，关照主体的内心情感世界。郑伯奇宣称，“艺术只是自我的表现”，而这自我应该是一个“赤裸裸的自我”，文学要表现的是“赤裸裸的自我”的情感与印象。④ 这里的“个人”“自我”，不是理性规范下的大写的“人”，而是具有非理性情绪和生命冲动的独特的“自我”。

在理性精神的规约下，“个人”长久以来被看作一个“健全而合理”的整体，而现代心理学真正深入到人未曾被发现的层面，弗洛伊德精神分析学说将这个看似完美的“整体”细致地剖解开，将之分为分裂的“超我”“自我”和“本我”三个层面。在精神分析学的解剖刀下，自认为“健全而合理”的自我被解构为丑恶难堪、扭曲矛盾的怪物，个人不再是社会观念、群体意志、伦理秩序的抽象符号，也不仅是“健全而合理”的“超我”，而是一个具有多个心理层面和复杂人格结构、涌动着无限生命动力的真实生命存在。正是在现代哲学、心理学的帮助下，对“个人”的认识进入全新的境地，认为人不仅有理性的一面，也真实地存在着非理性的一面，不仅是真挚、高尚、热烈的，也是丑恶、扭曲、阴暗的。心理现实主义小说在新的人学观的基

① 吕周聚：《中国现代主义诗学》，人民文学出版社 2001 年版，第 83 页。
② 郭沫若：《文学的本质》，载《学艺》1920 年第 7 卷第 1 期。
③ 郁达夫：《Max Stirner 的生涯及其哲学》，载《创造周报》1923 年第 6 期。
④ 郑伯奇：《国民文学论》(上)，载《创造周报》1926 年第 33 期。

础上对“自我”形成了全面而深入的理解，使得个人化的独特心灵世界的呈现成为可能。

在新的人学观下，心理现实主义小说对文学表现的“自我”呈现出新的理解，向着深层的个体体验与复杂的心理世界开掘，向着个人具体而微的心灵图景突进。郁达夫的众多小说从生命体验的角度来表现骚动不安的主体自我，在《沉沦》《茫茫夜》《秋柳》等小说中，个人绝不是那个“健全而合理”的自我，而是在“超我”“自我”“本我”三个心理层次中不断牵扯撕扭的复杂精神整体。路翎在其小说中不断呈现出充满生命冲动与本能力量的焦虑自我。穆时英、刘呐鸥在都市感官的刺激下，构建起在本能欲望的满足中的那个单向度的自我。施蛰存在《旅社》《魔道》《夜叉》中，以自己对生活的切身感受，塑造了精神分裂的自我。张爱玲以自己的细腻与敏感，在个人与社会、个人与家庭、个人与金钱的关系中感受着凡夫俗子的心灵世界，勾画出或阴暗、或疯狂、或异化的自我。在卞之琳的《山山水水》中，小说以中心人物林未匀和梅纶年繁复的内在感知，建构了一个在历史的挤压下不停寻找存在感的自我。在穆时英的 *PIERROT* 中，潘鹤龄身处无数朋友及读者之中，接受无数赞美，然而自己却总是陷入怪圈：自己要说的话，他们全没听到，而他们听到的却全不是自己所要说的话。在这个循环的怪圈里，人与人无法真正沟通了解，个人只能是一个寂寞孤独的自我。甚至于无名氏在《无名书稿》中就完全以主人公印蒂对不断裂变的自我的追寻与完成来构筑巨作。聪明懂事、成绩优异的印蒂突然有一天离家出走，原因就在于对“自我”的新的认识：“我突然发觉，过去所有生活，全无自我意识。我只是环境牵线下的一具十足木偶。从今天起，那沉睡在黑暗心灵中的‘我’，第一次睁开眼睛，从漫长噩梦中醒来。这个‘我’第一次决定开始要做它的躯壳的主人，而把原先所有各式各样的主人赶走。一点不错，这以前，我有许多主人。这以后，他们只凝成一个主人：‘我’。”（无名氏《野兽、野兽、野兽》）为了实现这个“我”，印蒂开始不断地追求，他参加革命，在生命本能的冲动下坠入情网，在得到爱情后又受生命的诱惑离开恋人，堕入酒色与黑暗，又从不止息地在欲望中升华自我。印蒂每一次对下一个自我的寻求，都基于他对“我已经完全失去‘自我’，失却个性”的焦虑，这样的焦虑一方面让他不断逃避，另一方面却又促使他不断向圆全的自我迸发，成为一个向自我挑战的勇士。印蒂在对自己内心世界的审视与探索中，构建起了一个焦虑而又勇猛的自我。

从“人”到“个人”，从理性的、有尊严的“人”深入到有着独特感受和复杂心理层面的“个人”，新的人学观为心理现实主义小说提供了全新的视域，从而使心理现实主义小说对个人化的心理有了真切而深入的认识，“自我”成为一个立体的有血有肉的精神整体，心理现实主义小说在“自我”的诸像中将现代人内心的苦闷、颓废、寂寞、惊恐、焦虑、压抑呈现出来，揭示了现代人的生存感受和状况。

二、哲学、心理学的知识储备

新的人学观念的确立为心理现实主义小说家转向对心灵世界的探索提供了认识论上的基础，促使小说家产生了从“个人”转向个人化心理的言说欲求。然而，仅有认识准备和言说冲动还不足以促使小说发生从外在客观的模仿转到对内在心灵世界的探索的根本性变化。言说欲求和创作冲动是某类小说艺术形式产生的萌芽，而要使其得以真正实现，小说家还必须具备相应的知识结构，只有具备了相应的知识结构，小说家才有能力为自己的言说欲求提供合理的内部支撑以及方法论上的支持。著名学者严家炎就认为，相比于传统作家，“五四”作家显著的不同之处在于，其知识结构中科学知识和科学思维占据了主导地位。就心理现实主义小说而言，其知识结构中最为关键的是介入文学内心研究的哲学思想和心理学。

民国时期，诸多西方哲学家被介绍到中国，其中不乏哲学家们关于个人心灵的讨论。被广泛译介到中国的德国哲学家费希特曾有名言:“注意你自己，把你的目光从你的周围收回来，回到你的内心。”①费希特将关注自我内心作为哲学的先决条件，他认为，哲学要谈论的根本不是个人外在的东西，而是“你自己”，个人不是外界的附属，个人的独特价值被凸显。费希特在民国时期被广泛译介到中国，程始仁翻译并介绍了费希特的著作《知识学基础》。除了翻译费希特的著作外，还有多篇介绍费希特的文章发表，如《学者介绍：爱国哲人费希德》《费希德之教育哲学》《费希泰 Fichte 的几句话》《费希德哲学简述》等，应该说，当时的中国知识分子对费希特及其哲学思想并不陌生。另一位大哲学家黑格尔在其赫赫有名的《美学》中明确指出，人是作为心灵而存在，是为自己而存在，“关注自己，认识自己，思考自己，只有通过这种自为的存在，人才是心灵”②。早在1903年，马君武就在《新民丛报》上刊发《维新派巨子黑智而学说》介绍黑格尔，其后，徐念兹在《小说林》创刊号上以黑格尔的哲学思想来讨论有关小说审美境界的问题，关于介绍黑格尔及其哲学美学思想的文章不胜枚举。就文学领域而言，朱光潜、郭沫若、冯至、胡秋原、夏丏尊、陈铨、汪倜然等人或介绍评论过黑格尔，或翻译过与其相关的作品，黑格尔关于内心世界的观点在文学界应该是广为人知的。

这些哲学思想的广泛传播，为新文学提供了不同于传统文学的关于人的知识。在中国传统哲学体系中，不管是孟子的“心之官则思”“本心”“根于心”，还是陆九渊的“养心”“心官不可旷职”“人同此心，心同此理”等，古代哲人最终强调的都是同一个核心，即人的内心局限于道德范畴，是道德修养的承载体。因而王阳明就概括过“圣人之学，心学也”(《象山先生文集序》)这种具有特定哲学含义的道德良心，这样一种对人的内心世界的理解，完全区别于西方哲学将个人内

① ［德］费希特：《知识学引论第一篇》，见《18 世纪末——19 世纪初德国哲学》，商务印书馆 1960 年版，第 137 页。

② ［德］黑格尔：《美学》，朱光潜译，商务印书馆 1981 年版，第 36 页。

心看作独立于外界且具有自主组合能力的精神世界的理解。中国哲学对个人精神世界的不重视，反映在文学上就是中国传统小说确实难以对人物内心作如出己心的陈述，不仅缺乏相关的艺术手法，甚至也极少有探讨的设想。而新文化运动时期西方哲学的大量引进给道德心学的牢笼撕开了大口，为小说家们提供了不一样的知识储备，使小说开始关注个人的感情，关注个人心灵的尊严与价值。因此，“五四”时期的两大文学团体——文学研究会和创造社所创作的作品，其聚焦点之一就是个人真挚的情感。

然而，对于心理现实主义小说而言，在关注人心灵的理性主义哲学之外，更为关键的是非理性主义哲学所给予的养分，这真正实现了小说的本体突破，从外在物质世界转向到内在心灵世界，使心理现实主义小说区别于浪漫主义或现实主义小说。之所以说非理性主义哲学在心理现实主义小说的知识结构中处于核心地位，就在于西方非理性主义哲学使“注意你自己”“认识自己”的哲学命题真正得以深入。相对于理性主义哲学强调人存在的社会性和客观性，追求人的理性的尊严与光辉，非理性主义哲学则关注人的复杂多变的精神世界，发掘人的非理性情绪，正视非理性心理的丑恶与阴暗，强调人的主观精神的巨大能动作用。非理性主义哲学将哲学的本体从客观物质转移到主观心灵，从人的条理清晰的理性意识转移到人的复杂难明的潜意识世界，从强调科学的力量转移到强调生命本能的动力。非理性主义哲学本体的转变在拓宽了哲学研究范围的同时，也为文学创作提供了新的方法论，促使文学创作深入化。新文学时期，西方非理性主义哲学的代表人物叔本华、尼采、柏格森等在中国得到了广泛的介绍，早在 1904 年，王国维就撰文介绍过叔本华与尼采，此后，李大钊、蔡元培、陈独秀等人也专门对西方非理性主义哲学进行过介绍。西方非理性主义哲学在中国的传播改变了中国现代作家的思维和观念。

为小说转向心灵世界的探索提供方法论的诸多非理性主义哲学家

中，伯格森是必须要被提及的一位。1913 年，《东方杂志》刊发了《现今两大哲学家学说概说》一文，作者钱智修介绍了伯格森的生命哲学，点明了伯格森生命哲学出现的背景及目的，即反对物质文明对人心灵的桎梏，呼吁重视人的生命本身。伯格森的著作《创造进化论》于 1918 年也被翻译到中国，“五四”运动前后，有关伯格森的许多介绍和评论发表在各类杂志上，其思想在中国传播广泛，形成了研究伯格森的热潮。研究伯格森的不仅有蔡元培、李石岑、柯一岑、冯友兰、吴康、梁漱溟等思想家、哲学家、心理学家，文学界诸君同样对伯格森的哲学思想充满兴趣，郁达夫、郭沫若、瞿世英、宗白华等人都读过《创造进化论》，鲁迅也通过翻译厨川白村《苦闷的象征》而熟悉伯格森。《民铎》杂志还于 1921 年开辟了“柏格森专号”，刊发了 18 篇相关文章，茅盾还专门就这些文章进行了分类分析。

在伯格森的哲学体系中，艺术的创作是与艺术者的生命过程紧密相关的，其特征就是绵延，甚至可以说生命就是绵延，而生命的绵延又相当于时间的绵延，伯格森所谓的时间绵延并不是物理时间的顺序运动，而是心理时间的展开，其关键在于心理活动的流动。每个个体都是独一无二的，其生命体验与心境感受都不一样，因而艺术也是独特的。要真实地把握生命，就要把握心理时间的绵延，而直觉是把握宇宙整个精神实质的唯一途径，是“直接体验吾人心意的绵延创化以窥测宇宙的真相”①。伯格森将这一观点运用于小说的创作理论中，在他看来，在以往的小说中，此人物的特点只能通过与彼人物相比较而显现，这些特点都是外在的符号，而非发自个人内在的独特性。伯格森认为，“生命同意识一样，每时每刻都在创造某种东西”②，要真正表现出一个人的特质，就必须通过直觉去把握人物不断绵延的内心

---

①　宗白华：《读柏格森“创化论”杂感》，载《时事新报 · 学灯》1919 年 11 月 12 日。

②　［法］伯格森：《创化论》，见伍蠡甫编：《现代西方文论选》，上海译文出版社 1983 年版，第 85 页。

活动，在他看来，只有感性直观是可靠的。伯格森哲学中的心理世界不再是叙事者以统摄全局的权力安排好的有条理、可理解的内心，而是真实地出于人物本身的意识的流动。于此，伯格森的生命哲学通过“直觉”“绵延”等概念，为文学作品(尤其是小说)心理图景的描绘提供了别样的理论支持，也开拓了崭新的内涵与形式。

在柏格森等重视“直觉”“体验”“印象”的非理性主义哲学家的影响下，心理现实主义小说家以西方现代哲学为武器，阐发自己对人的内在世界与文学之间关系的理解。对于郭沫若、郁达夫等高喊“自我表现”的小说家来说，在面对外部世界的压迫时，自我会产生“情绪的世界”和“内心的自然要求”的生命冲动，而这些自我的生命体验就是文学的本体。郭沫若还直接用柏格森的哲学来分析文学创作的内在机制，他认为，柏格森所谓“生命本是流动，客观的变化本是没有一刻的停滞……我们所得的印象只是流动的一个片段”是真理，在此基础上，郭沫若形成了自己的文学观，坚持“艺术是自我的表现，是艺术家的一种内在冲动不得不尔的表现”，因此“情感、冲动、思想、意识底纯真的表现便是狭义的生命底文学”。① 在这样的文学观下，郁达夫、郭沫若的小说立足于个人生命的冲动与忧郁，将笔触深入“情绪的世界”，揭示身处压迫状态中的自我的真实体验。面对外部世界的压迫，路翎同样将主体的心理体验置于首位，其《饥饿的郭素娥》《财主的儿女们》等心理现实主义小说的理论核心“主观战斗精神”在很大程度上也来源于柏格森。“主观战斗精神”指出，“文艺创造，是从对于血肉的现实人生的搏斗开始的”②，而要实现“搏斗”，作家就必须要沉潜进入对象，以求获得“感同身受”，从而实现个体生命的独特体验，最终创造出具有生命力的作品。“主观战斗精神”的“搏斗”过程显然是从柏格森的“直觉决定论”中汲取了养分。关于“感觉”

① 郭沫若：《印象与表现》，载《时事新报·艺术》1923年12月30日。
② 胡风：《置身在为民主的斗争里面》，载《希望》1945年第1卷第1期。

“直觉”“印象”这些非理性主义哲学的范畴，穆时英、刘呐鸥、施蛰存等作家在他们的小说中运用得更为具体，他们将现代人对现代都市的直觉凸显在笔端，展现出一种独特的现代情绪，在对各种零散的、片段的、破碎的主观印象进行组装的过程中揭示现代人的感觉和生存样态。无名氏认为，艺术的根底在于“一种内在的情绪、感受力量”，在作品中必须要有“大热情、大感受”。① 在《无名书稿》中，瞿萦直接宣称，“生命的唯一报酬，就是感觉。动物只要有感觉、能感觉、敢感觉，这就是生命的最高报酬了”(无名氏《海艳》)。可以说，正是在“感觉”“直觉”“印象”的指引下，心理现实主义小说在理论和方法上建构起了新的体系，产生了新的思想观念、文学观念和审美观念。

除哲学外，心理学同样为心理现实主义小说提供了强有力的理论支持和方法论指导。心理学研究人的知觉、情绪、行为、认知，以人的心理现象、精神行为为对象，是一门关于人的学问。文学同样是关于人的学问，文学的核心不是外在的客观物质，而是通过言语表达的策略展示人内在的一种意向性存在，探索人的生存境况，追问人的生命价值与意义，为人在精神的彼岸找到栖身之所。文学与心理学有着共同的研究对象，使得两者在很大程度上产生重叠性与互文性，最突出的表现是不少心理学家以文学作品中的人物为研究对象，弗洛伊德、荣格等人皆如此，同样，诸多文学家也以心理学的方法来解剖自己笔下的人物，凭借其方法来细细描绘人物心灵图景，力图真正达到展示其“灵魂的深”的目的。针对这一类互涉现象，美国文学理论家里恩·艾德尔得出结论，他认为，20 世纪以来，文学与心理学已然认识到它们在很大程度上的同一性，即都涉及人的动机和行为，关注的重点都是关于人的创造和想象的能力，两者都深入人的主观领域。② 所以，英国现代美学家马克斯·J. 弗里德兰德无不肯定地宣

① 无名氏：《淡水鱼冥想》，花城出版社 1995 年版，第 149 页。

② [美]里恩·艾德尔：《文学与心理学》，见张隆溪选编：《比较文学译文集》，北京大学出版社 1982 年版，第 70 页。

称："艺术乃心灵之物，这意味着对艺术的任何科学研究都将是心理学的。"①

要形成对人物心理世界作复杂细致展示的心理现实主义小说，小说家仅有表达人物心理的强烈愿望并不能形成实质性的成果，还需要有精确把握人物复杂心理变化的能力。心理学与文学所具有的共通之处，不仅使小说家对心理学形成了某种天然的接受热情，更使得心理学领域的理论方法在小说的创作中具有可操作性，小说家于其中掌握了展现心灵世界的能力。可以说，现代心理学知识在中国的译介与传播塑造了小说家们新的知识结构与认知方式，帮助他们摆脱传统的规约，而站在新的视角去观察人、感受人，使他们有能力真正进入以往那个被漠视的心灵内在，探索其中的奥秘，从而深化了作家们对人的本质的理解。

"五四"时期，西方心理学开始大量进入中国，关于构造主义心理学、行为主义心理学、机能心理学、精神分析、格式塔心理学等诸多派别的相关知识都译介到中国。在西方心理学的影响下，中国第一个心理实验室于1917年在北京大学建立，1918年中国第一本大学心理教材《心理学大纲》出版，1920年中国大学里开设了第一个心理学系，1921年中国心理学会成立，1922年专门的心理学期刊《心理》创刊。可以说，心理学是中国新文化、新教育的一个重要组成部分。作为知识分子的作家群体中，很多人受心理学影响，鲁迅、郭沫若、陶晶孙、徐訏等人接受过较专业的心理学训练，周作人、郁达夫、叶圣陶、许钦文、王任叔等人都直言心理学对自己的创作产生过影响。以心理学介入文学研究的文章也有许多，早在1906年，《北洋学报》的"文学部心理学类"刊发了长达50页的《心理学提要》，其中一部分涉及文学创作中主观心理的活动现象。此后，还有傅斯年的《白话文学与心理的改革》(《新潮》1919年第1卷第5期)，佩弦的《"文学的

① 转引自E. H. 冈布里奇《艺术与幻觉》，工人出版社1988年版，第1页。

美”：读 Pnffer 的“美之心理学”》(《文学旬刊》1925 年第 166 期)，蒋径三的《心理主义的美学说》(《民铎杂志》1929 年第 10 卷第 5 期)，傅东华连续刊发的《文学心理学之一：刺激的反应》《文学心理学之二：所谓文思是什么》《文学心理学之三：文学的情绪》《文学心理学之四：文学的意识》《文学心理学之五：文学的个性》(《青年界》1933 年第 4 卷第 1~5 期)等，小思的《文学和心理分析》(《铁血周刊》1933 年第 2 卷第 5 期)，云亭的《谈文学和心理学的关系》(《保定新青年》1934 年第 1 卷第 7、第 8 期)，叶庚的《由心理学的观点试论小说中景物底写法》(《大公报·文艺》1934 年 9 月 15 日)，蔡光聆的《文学之心理学研究》(《民钟季刊》1935 年创刊号)，钱怀刚的《心理学在文学作品中的势力》(《心理季刊》1936 年第 1 卷第 3 期)，陈文渊的《文学与心理》(《协大艺文》1936 年第 4 期)，方重翻译 A. A. W. Ramsay 的《心理学与文学批评》(《国立武汉大学文哲季刊》1937 年第 6 卷第 2 期)，朱光潜的《文艺心理学》(《燕京文学》1942 年第 1 卷第 4 期)，欧阳祖经的《心理建设与文学》(《三民主义文艺季刊》1942 年创刊号)，小青的《从比较心理学上研究男女文学创作的差异》(《妇女世界》1943 年第 4 卷第 12 期)。这类以心理学为切入口或指导方法来解析文学的文章，虽然质量良莠不齐，但数量十分可观，极大地促使作家们意识到文学与心理学之间的紧密关联。

在心理学的大框架下，小说家们深入探讨了作家主体的精神状态与作品中人物的灵魂世界的问题。而在各派心理学的影响中，对心理现实主义小说冲击最大的是威廉·詹姆斯的意识流理论和弗洛伊德的精神分析学说，他们的理论方法为心理现实主义小说开拓了更为细腻、复杂的内在景观。

威廉·詹姆斯被后人尊称为“美国心理学之父”，他的理论对胡塞尔以降的西方美学、哲学、文学理论诸领域产生了深远影响。据现有史料看，虽然威廉·詹姆斯的著作《论思想流》的中译本在 1946 年才由商务印书馆出版，但在这之前，诸多心理学书籍中对他都有论及，关于威廉·詹姆斯的理论观点的文章也早已以单篇论述的形式较多地出现在中国，诸如汤澄波的《詹姆士论人类的蔽》(《南风(广州)》1921年第2卷第1期)，彭基相的《詹姆士之哲学》(《民铎杂志》1924年5卷3期)，署名“弭”的《詹姆士的学说》(《东北大学周刊》1930年第94期)，署名“绣平”的《詹姆士伯格森两大哲之思想比较》(《新论衡》1929年第10期)，慈连炤的《詹姆士与杜威对于人哲学之比较观》(《哲学评论》1937年第7卷第3期)，陈恩成的系列文章《读詹姆士之实验哲学随笔》(《书林》1937年第2卷)，许宝骙的《伯格森与詹姆士》(《清华周刊》1931年第35卷第6期)。通过对此类文章的不完全统计可知，威廉·詹姆斯的主要观点早已被介绍到中国，其中就包括对文学创作影响深刻的意识流理论。早在20世纪20年代初，国人就对威廉·詹姆斯的意识流概念有了较为完整的理解。1921年，在《民铎杂志》上，柯一岑撰写的《柏格森的精神能力说》通过柏格森之口，简洁而准确地介绍了威廉·詹姆斯的“意识流”：“意识这样一种亲切的东西，似无定义之必要。因为这是川流不息的呈现于我们经验中的东西。所以哲姆士把它叫做意识流……他是一脚踏住‘过去’，一脚踏住‘将来’，不断的一步一步前行的，所以，意识是不断之流。”①1924年彭基相在《詹姆士之哲学》中更为细致地介绍并解释了“意识流”：“在詹姆士看来，那些细碎的分子并不真是经验，个人的经验是连贯不断的，是一个整块的。”②从这些相关介绍中可以看出，当时的中国学界已经较为准确地把握了威廉·詹姆斯心理学的核心，即认为只有通过知觉性的经验才能了解世界，而这知觉性的经验是在不断运动变化中的主体感知与客观存在的相互作用中形成的，从而形成一个整体的而非片段的经验，这个整体的经验也即个人的意识之流。

---

① 柯一岑：《伯格森的精神能力说》，载《民铎杂志》1921年第3卷第1期。

② 彭基相：《詹姆士之哲学》，载《民铎杂志》1924年第5卷第3期。

弗洛伊德的精神分析学在中国的传播更加广泛，诸多文学界人士对之进行译介或评论，如钱智修的《梦的研究》(《东方杂志》1914 年第 10 卷 11 月号)，胡愈之的《梦之心灵之交通》(《东方杂志》1918 年第 15 卷第 1 号)，杨振声的《新心理学》(《新潮》1922 年第 3 卷第 2 期)，鲁迅的《诗歌之敌》(《文学周刊》1925 年第 5 期)，朱光潜的《福鲁特的意识说与心理分析》(《东方杂志》1921 年第 18 卷第 14 号)等。对于心理分析的影响，许多心理现实主义小说家都明确表达了自己的态度：郁达夫、郭沫若等对弗洛伊德的某些观点表达了赞赏之情；鲁迅、施蜇存、穆世英、刘呐鸥、徐訏等在一定程度上接受了心理分析学，并将之化用在自己的创作实践中。学者严家炎就曾明确指出，如果没有对弗洛伊德学说一类的现代心理学的接受，中国现代文坛就不可能产生现代主义思想和现代主义的艺术方法，像鲁迅的《白光》、郭沫若的《残春》、郁达夫的《青烟》、林如稷《将过去》等小说，几乎没有产生的可能。①

在现代心理学的指导下，心理现实主义小说深入人的内心世界，追踪人物的意识流动，挖掘人物的潜意识心理。冯至的《禅与晚祷》以蝉声为触发点，让主人公“他”的意识在“两年前”与“病的，不健全的，污浊”的现在之间自由地出入，“他”怀着甜蜜回忆着表妹的一吻，却同时又为自己“污浊”的意念感到罪恶，从而将忧郁、孤独的“他”的内心所经历的冲突揭示开来。林如稷的《将过去》的主人公若水在黑暗混乱、民生凋敝的环境中南来北去，无助与绝望笼罩住他，他在奔驰的火车上产生了凌乱的意识流动，“这是一条蛇，赤的，绛的，菜花色，灰白色……园长。蛆条……蛇，载着迷惘，悲愁，含着似陈酒发酵的积郁……”(林如稷《将过去》)，在变形的意识中，若水空虚、晦暗、恍惚、扭曲的心理得到表现。常凤的《那朦朦胧胧的一

① 严家炎：《论五四作家的文化背景与知识结构》，载《中国现代、当代文学研究》2002 年第 2 期。

团》的叙事线索就是由父亲的死而产生的意识流动。郁达夫的《青烟》在人物心灵漫游的轨迹中，勾画出个人家世的悲哀与人生的凄冷。而除了用人物的意识流动来构筑叙事线索外，在心理现实主义小说中，以意识流来表现人物局部心理状况的现象更为普遍，可以说现代心理学的运用促使意识流成为心理现实主义小说表现人物内在心理状况的最为广泛的技法之一。在挖掘人的意识流动的同时，精神分析学说则为心理现实主义小说揭示人的复杂精神病态和潜意识心理提供了有力的武器。鲁迅的《白光》运用精神分析心理学层层解剖了一个屡试不第的腐儒的病态心理。陈士成在第十六次落榜后，心底的信念被彻底摧毁，其纤弱的神经随时都会崩塌，他的心态已经脆弱到听见学童的读书声都认为是孩子们在嘲笑他。心底的偏执让他陷入心理的幻觉，寒夜中发出青光的月亮令人心怵，犹如陈士成心底的恐惧，在这让人恐惧的静默中，突然幻化出惑人的声音，使陈士成失去了对自我的控制，随着一团跳动恍惚的白光，他完全陷入疯狂，以至走向死亡。《白光》细致地描述了一个被封建科举制度扭曲了的心理，失去控制后的病态意识活动的全过程。《狂人日记》同样运用心理学揭示了精神分裂的症状，“狂人”因思想超前而处于外在势力的巨大压迫之下，与外在社会隔离的“狂人”陷入孤独的焦虑，因之而成为“迫害狂”，幻觉赵贵翁、路上行人、小孩子，乃至赵家的狗都要来“吃掉我”。现代心理学帮助鲁迅将“狂人”的迫害狂心理细致地描写出来，在“狂人”非正常精神状态中探索精神战士的个体感知，从而揭示整个中国的精神病态。

弗洛伊德的心理学理论对文学的贡献，“并不在于他关于艺术的某些具体言论，而是蕴涵在关于精神的整个观念中”①，心理现实主义小说家正是在观念层次上受益于弗洛伊德的变态心理学说。对人的心理

---

① 莱昂内尔·特里林、陆谷孙、曾道中：《弗洛伊德与文学》，载《文艺理论研究》1981 年第 3 期。

结构，尤其是对以往一直压抑的潜意识的认识和挖掘，才使中国现代文学产生了心理扭曲、病态、二重人格的人物形象。周全平的《圣诞之夜》的主人公年轻时由于受“自卑情意”困扰，而失去了所爱女孩，在他直至年老的几十年中，仅靠一封自己当年未寄出的情书自慰，在幻觉中与年轻时心爱的姑娘相见，直至生命终结。腾固的《石像的复活》中30来岁的宗老曾经也与一位姑娘错过，这位姑娘的形象在他心里不可抹去，他把一切都想象为她，宗老在看到自己买回的裸体雕刻的影片时，幻想自己与这影片中活过来的女体交谈拥抱，在白日梦中与她相遇，甚至写信给虚无的“她”，而后又自己给自己回信，最终因此发疯。白采的《微眚》、徐蔬蘅的《责罚》塑造了主人公截然对立的人格，一方面，主人公疯狂、迷乱、罪恶；另一方面，他们又不时清醒、自责、悔恨，不可抑制的冲动与努力抓牢的反省交替出现，形成了二重人格。这些小说力图展现人的深层潜意识，以表现个人主观体验的方式来实现透视社会或反抗传统的目的。当然，由于使用的生疏，很多作品甚至直接用弗洛伊德的理论去图解人物，显得稚拙。但也不可否认，在一定程度上，弗洛伊德主义为作家们从另一个角度开辟了新的关于人的领域，而早期那些显得生硬稚拙的作品，也为以后作家们能成熟深刻地描绘心灵世界奠定了必要的基础。在20世纪三四十年代，心理现实主义小说对弗洛伊德的心理学运用得更加合理灵活。徐訏尤其善于将精神分析化用在自己的小说中，对人物的恋爱心理进行细致刻画，如《鬼恋》的主人公得知所爱之人出走后的精神伤痛，《盲恋》对人物失恋后心理的深刻细腻的展示，《吉普赛的诱惑》中潘蕊让“我”又爱又恨的矛盾心理状态。徐訏还善于运用精神分析来揭示人物的病态人格和潜意识，在《精神病患者的悲歌》中，“我”对白蒂精神病的原因进行了细腻而深刻的分析；《婚事》以精神病者杨秀常之口来剖析男女的病态人格；《彼岸》中的“我”则直接对自己的精神病症进行分析解剖。徐訏在灵活运用心理学对人物的深层心理进行解析的过程中，表达了个体的生存体验与感受。施蛰存、穆时英、张爱玲等小说家自觉灵活地运用现代心理学来开掘都市环境下都市人物的病态心理、二重人格，展示个人难以理喻的瞬间感受与倏忽印象，彰显主体的感觉体验。

心理现实主义小说以印象、直觉、性本能冲动、潜意识、意识流等理论方法为解剖刀，细细解剖人物幽微晦涩的心灵世界，将那些长久以来被漠视、被压抑、被斥责的东西释放于阳光之下。使得人不仅仅是物质的部分，更有精神的组成，人是多方面的，是一种复杂的创造物，因为“一个人的内心并不那么单纯，而那里面的一个波动，有时竟透出了极深刻极重要的东西”①。而这种内心的多样曲深充满了魅力，真实的个性从中得以展现，刘西渭对此评说得极精彩：“繁复是其绮丽的泉源，矛盾在这里是谐和，人性因之而丰盈。”②

三、西方文艺思潮的影响

新文学革命之初，陈独秀提出“平易抒情的国民文学，新鲜立诚的写实文学，明了通俗的社会文学”③，明确地表达了对西方19世纪现实主义创作学习的倾向。但是，随着作家对社会和个人认识的深刻化，对生活和自我的知识丰富起来，他们对写实主义以外的文学思潮同样感兴趣，希望能从写实主义之外汲取更多营养。《小说月报宣言》就颇具代表性地表达了这一观点：“非写实的文学亦应充其量输入，以为进一层之预备。”④在这一观点影响下，郑伯奇在概括20世纪20年代的文学状况时指出，一百多年来，在西欧活动过的文学纷纷涌入中国，不仅有浪漫主义、现实主义，就是当时还尚未成熟的象

---

① 张天翼：《“且听下回分解”及其他——写给一位太太》，载《青年文艺》1943年第4期。

② 刘西渭：《三个中篇(书评)》，载《文艺复兴》1946年第2卷第1期。

③ 陈独秀：《文学革命论》，载《新青年》1917年第2卷第6期。

④ 阿英编选：《中国新文学大系·史料》，上海良友图书印刷公司1936年版，第77页。

征主义、新古典主义、表现派、未来派等都在中国文坛流行一时。与探索外在现实世界相比，西方的现代主义文艺更愿意去寻求人幽微隐秘的内心奥秘，事件和环境不再是创作的主要因素，而人的情感、思绪以及潜藏于理性之下的无意识本能才是其关注的核心。这一类思潮由于将创作由对物质外部的反映转向对个人内心的描绘，执着于表达主体情绪和内心世界，它们为中国心理现实主义小说提供了新的观察世界和自我的途径与角度，在方法上提供借鉴途径，在精神上供给营养，对于进一步理解人的本质具有极大的推动作用。

西方文艺思潮由于其独特的表现对象与表达方式，为中国心理现实主义小说打开了一个纵深而广阔的视野，带来了新的主题、表现技巧以及新的审美观念。西方文艺思潮之所以能为心理现实主义小说所接受并吸收，在于其精神底蕴正与心理现实主义小说相契合。西方文艺思潮作为资本主义文化危机时期的产物，其表面显示为对世界前途的悲观心理，是一种颓废的、哀伤的、绝望的“世纪末”情绪，本质上则是一种关于文明没落的恐惧感，以及时不我与的焦虑感。而20世纪初的中国，一方面，庞大的传统文化体系以摧枯拉朽之势轰然倒塌，但新的前路又如此迷茫，新文化倡导者们必然产生虚无之感，且封建礼教的崩毁带来伦理和文化秩序的失衡，群体信仰的缺失造成人心浮浪；另一方面，社会的黑暗、动荡使得个人命运显得无足轻重，青年人心中充斥着强烈的时不我与的愤慨与焦虑，对生命感到彷徨而又苦闷，觉醒的知识青年们感到“周围的无涯际的黑暗”①。在中国特殊的社会文化土壤中产生的这些精神面相，正是心理现实主义小说的着眼点，其关注的个人感知和心理反应与西方文艺思潮之间发生了呼应，因而西方文艺思潮为心理现实主义小说在忧郁、颓废、空虚、苦闷等“世纪末”情绪主题的开拓上提供了滋养。

---

① 鲁迅：《中国新文学大系·小说二集·导言》，上海良友图书印刷公司1935年版，第5页。

茅盾的《蚀》三部曲真实地表现了大革命后知识青年的苦闷、厌倦情绪，在《追求》中，曼青明确地说出社会的“世纪末”病症，“就是我们常说的世纪末的苦闷”，就是“幻灭的悲哀，向善的焦灼，和颓废的冲动”。《沉沦》发表伊始，郁达夫就被世人称为“中国的颓废派”，他解释《沉沦》“描写着一个病的青年的心理”①，这青年的病就是“世纪末”的忧郁与苦闷。在郁达夫早期的小说中，其男主人公大多患有这样的“世纪末”病症，《空虚》中没有野心也不怀希望的质夫，在连“开了眼睛做梦”的权力都失去之后，于“人生终究是悲苦的结晶”的悲叹中，只剩下空虚与绝望。《银灰色的死》的主人公在“逐客离人”的“无穷伤感”中，产生了无尽的颓废和绝望。与郁达夫相似，倪贻德的《玄武湖之秋》《花影》《下弦月》等小说也表现了“世纪末”情绪的主题，表达了生活在“境遇的困苦，身世的孤零，社会的仇视”(倪贻德《玄武湖之秋》)中的主人公忧伤、孤苦、颓废的精神状态。丁玲的《梦珂》和《莎菲女士的日记》也充满了“世纪末”的颓废苦闷，莎菲渴望爱情，在追求情欲的路途中遍体鳞伤，却一无所获，生命于她只是悲哀的存在，“我的生命只是我自己的玩品，我已浪费得尽够了，那么因这一番经历而使我更陷到极深的悲境里去，似乎也不成一个重大的事件”(丁玲《莎菲女士的日记》)，莎菲的精神世界笼罩着悲观、消极、颓废的雾气。在20世纪三四十年代，施蛰存、穆时英、刘呐鸥、徐訏、无名氏等小说家的作品中仍然延续着对“世纪末”颓废情绪的表达。当然，这些“世纪末”苦闷自然是“中国式的世纪末苦闷”(茅盾《追求》)，与西方文艺思潮关注形而上的本体思考不同，中国的“世纪末”情绪表达的更多的只是“想借 decadent(颓废)来表现他的反抗时代的精神”②。然而，西方文艺思潮因其思想的时代性与普遍性，以及对人的内在世界探索的深刻性，“‘世纪末’的果汁”尤其

① 郁达夫：《〈沉沦〉自序》，见王自立、陈子善编：《郁达夫研究资料》，知识产权出版社2010年版，第185页。

② 鹤逸：《〈一条狗〉附记》，载《晨报副刊》1925年9月17日。

成为中国心理现实主义小说摄取异域营养的来源。

关于“世纪末”的西方文艺思潮，郁达夫作过较为完整准确的理解，“世纪末的文学思潮，在法国已经开了高蹈派与恶魔派(Parnassians and Diabolists)的花，到英国就结了唯美派的果；而Arthur Symons所说的象征主义运动(The symbolists movements)也就是这一种思潮的末流”①。也就是说，“世纪末”的西方文艺思潮最终汇聚为两大主要派别，即唯美主义与象征主义。这两大派别被引入中国，为心理现实主义小说带来了新的艺术观念、审美思维、表现技巧。早在1915年，陈独秀刊发在《青年杂志》上的《现代欧洲文艺史谭》就已约略介绍了象征主义，此后，关于象征主义的相关文章愈发增多，国人对象征主义的理解开始深入化，并形成了自己的观点。谢六逸认为，在写实主义以后，由于“神秘的倾向和近代人心病的现象”，两者的结合催生了象征主义。② 陈群在《欧洲十九世纪文学思潮一瞥》中介绍象征主义文学的特点是“全把宇宙及人生的实状做个标象”，用“解剖心理的方法”来表现人的心灵。③ 象征主义所关注的对象正是心理现实主义小说关注的范围，因而两者之间必然产生契合。此外，人的心灵世界是一个复杂难辨的领域，如何将抽象的、难明的心理流动具象化非常关键，象征主义以其独特的艺术手法对心理现实主义小说产生了深刻的影响。1907年，象征主义作家安德列夫的作品《默》和《谩》就被鲁迅翻译到中国，1921年鲁迅又翻译了《暗淡的烟霭里》。鲁迅对象征主义是极为熟悉的，他在《狂人日记》《白光》《孤独者》等小说中自觉且普遍地运用了象征主义手法。废名的小说则表现出更为典型的象征主义形态，执着地在象征中表达个体的主观

---

① 郁达夫：《怎样叫做世纪末文学思潮》，见傅东华编：《文学百题》，生活书店1935年版，第104页。

② 谢六逸：《文学上的表象主义是什么?》，载《小说月报》1920年第11卷第5、第6号。

③ 陈群：《欧洲十九世纪文学思潮一瞥》，载《建设》1919年第1卷第4号。

感受。张爱玲、穆时英、刘呐鸥、杜衡等作家在物象的陈列中蕴藉着个体复杂的心理感知。萧乾在评论穆时英的《公墓》时就点明，“近年来的小说在背景叙写上似正向着象征主义道上奔驰”，在这样的小说中，小说故事不再是呆板的铺陈，“色在舞，形在舞”，山水景色不单起着背景的作用，更与人物的性格、心理、命运相联系。① 张爱玲在小说中为读者建造了一个个色彩浓丽的场景，《倾城之恋》中白流苏初到香港的那个火辣辣的下午，她在码头一眼望过去，各种颜色张扬的巨型广告牌触目地围列在周围，绿油油的海水里倒映着红的、橘红的、粉红的广告牌，“一条条，一抹抹刺激性的犯冲的色素，窜上落下，在水底下厮杀得异常热闹”(张爱玲《倾城之恋》)。色彩在此已经成为个体独特感受的外化物，由于主体强烈情绪的投射，色彩成为一个个流动斑斓的心理磁场，在暗示了白流苏初到香港时的彷徨不安时，也预示了她将来在生活与情感中不断陷入“厮杀”的命运。在沉樱的小说《妩君》中，女主人公妩君追求自己的爱情，面对父亲的震怒与母亲的沉默，她计划与爱人私奔，寻求自己的天地，在有着温柔月光的黑夜前往与爱人约定私奔的地点，“她的心像逐渐接近了光明似的感到兴奋，同时又脆弱不堪地觉得紧张”，初出家门的妩君感到山林、浪涛、马路都沐浴在恬静的月光之下，随着妩君走向僻静的山坡，“路旁渐渐有着很多的树，这似乎把月光遮掩不少，但同时黝黑的树影，映衬着青白的月光，成了可怕的景象”。之前恬静的山林此时成为让妩君感到心悸的纵横密布的树影，但心中满怀希望的妩君“又想幸而有月光，如果他在等待，或是来迎接，他们可以较早相遇”。在信念的支撑下，她又重生了气力，战栗着脚步登上铺满月色的石台。随着时间的流逝，爱人仍旧未出现，超过了约定的时间越来越久，“风一吹过，树影乱了，她的心也随着波动”，她感到彻骨的寒冷，对未来失去了期望，感到空虚而苍茫，“一直照着的月亮是随

---

① 萧乾：《小说》，载《大公报·文艺副刊》1934年7月25日。

着光辉的黝黯而逐渐斜沉了!”(沉樱《妩君》)小说中的山林、月光不仅是作为妩君行动的背景而存在，更是作为妩君心理流动的象征，从她最初在夜里行走的害怕却期盼的心情，到过了约定时间的忐忑迷茫，在悚然中仍带着期许，以至最终的绝望，每一步心理流动都在月光的变化中得以具象化。在无名氏的《海艳》里，小说一开篇就对大海进行了浓墨重彩的描画，从独具个体感受的声、光、色、形等角度捕捉大海的“实在”，展现大海无限神秘、无限瑰丽、无限博大的面貌，如此费心地描写大海，并非是单纯地进行景物描写，而是运用了象征主义的手法，赋予“大海”这一象征物丰富的内涵。就印蒂的爱情而言，大海是其不同阶段精神追求的表征：印蒂与瞿萦邂逅之时，大海朦胧而美妙，象征着他们二人对爱情无限的憧憬与希望；印蒂和瞿萦身心结合之时，大海变得欢快热烈，象征着他们因灵肉一致而在爱情的道路上获得的圆满；当印蒂害怕因爱情而失去自我个性，决定要离开瞿萦之时，大海显示出狂怒与沉郁，象征着二人痛苦的内心。而站在人生的高度，让人沉思、敬畏的大海又是生命存在的象征物，这片无限博大、无限可能的大海象征着“生命不只有暴风雨，也有美丽与和平”(无名氏《海艳》)。可以说，为了能够更为真切地表现主体的感知与心理的实状，心理现实主义小说普遍汲取了象征主义的艺术手法。

同样，将精神世界的艺术化与审美化视为文艺唯一目的的唯美主义，其对精神世界的重视与心理现实主义小说也形成了共鸣。心理现实主义小说关注的中心是个体的体验与感知，这就与普罗文学将阶级性、社会性视为文学的决定性因素完全不同，凸显个体感知就意味着对艺术形式的维护，只有独特的艺术形式才能真正彰显千差万别的个体迥异的体验，而这一点正在一定程度上与唯美主义对艺术纯洁、艺术独立、艺术性的捍卫相契合。新文化运动初期，《小说月报》《新潮》《青年杂志》等期刊都热心向国人译介王尔德、佩特等唯美主义代表作家，介绍其作品以及相关文学观念，崇尚“艺术至上”的唯美主义广泛为文学界所熟悉，心理现实主义小说汲取了唯美主义艺术美的营养。在成仿吾的《一个流浪人的新年》中，漂泊者在凄冷的情绪中仍旧高喊着“把生命底潮流美化、净化、韵化!”小说充盈着一种神秘之美。在《森林的月夜》中，异域的人物和笼罩了恐怖氛围的森林勾画出一幅神秘的月下森林的画卷。腾固撰写的《唯美派的文学》是中国现代文学史上第一本介绍唯美主义的专著，他的小说同样具有浓厚的唯美主义色彩，小说中的主人公对美有着极致的追求，在必要之时可以牺牲信仰、道德乃至生命来成全美的获得，在得不到心中的美时，他的主人公最终面临的结局要么是疯狂，要么是死亡。在腾固的小说里，对美的实现是极端残酷的。郁达夫、施蛰存、穆时英、张爱玲等作家在小说里对变态心理、二重人格的展现，显示出波德莱尔在恶中求美和王尔德莎乐美式的病态审美。同时，都市作家在表现都市人的感觉体验时，所刻画的附着了主体情绪的物品、灯光、服饰、街道、屋宇、车辆、舞台乃至声音和色彩，无不显示出令人目眩的流光溢彩，与唯美主义对绚烂美的铺陈极为相似。

在西方文艺思潮之外，表现主义也为心理现实主义小说提供了必要的养分。表现主义在第一次世界大战后开始兴盛，表现主义者认为，人性丧失在资本主义机械文明的压制下，已经异化为物质的奴隶。因而表现主义者强调要从物质中拯救人性，要将艺术家的心灵和意志解放出来，以个体的生命感受突破表象，表现内在的现实与主观的精神。“它不依描写，也不依象征，但是恰和音乐的表现纯感情于音中一样表现人类的精神的经验。”①这样一种重视个体心灵、关注生命体验的思潮，在很大程度上契合了心理现实主义小说对于人的内在世界探索的要求，必然会引起其共鸣，使其在精神上得到滋养。1921年署名“幼雄”的作者在《东方杂志》上刊发了《表现主义的艺术》一文，文中介绍表现主义是以“精神和灵魂为艺术的本源，凡根据现代

---

① 《新语林》，载《扫荡》1934年第35期。

物质的文化所作的艺术品，都应该废除，而另建精神的艺术”。对于表现主义而言，其核心就是“回到灵魂去”。① 1929 年鲁迅翻译了日本文艺家山岸光宣的《表现主义的诸相》，文中指出，表现主义关心的不是官能、观察方面的内容，而是精神、思索的东西，“那精神，即事物本身，便成了艺术的对象”②。此外，在较长一段时期内，关于表现主义在文学、绘画、表演等方面的译文或评论文章都较频繁地出现在诸多报刊上，就文学而言，如史阙文的《表现主义文学的研究》(《夜光》1931 年创刊号)、鸣傅的《文学上的表现主义》(《艺锋》1931 年第 1 卷第 1 期)、王恒的《表现主义》(《革新评论》1923 年特刊号)、华林一的《表现主义的文学批评》(《东方杂志》1926 年第 23 卷第 8 期)、清华的《德国的表现主义文学》(《前导月刊(青岛)》1931 年第 1 卷第 2 期)等。这些关于表现主义的文章或许立场不同，但都强调表现主义的核心，即关注人性及心灵。表现主义思潮的广泛译介为心理现实主义小说家们打开了另一扇观察和表达的窗口。表现主义认为，物质世界原本就存在，因此复制物质世界是毫无意义的，对于文学而言，外在世界只是表象，只有人对世界的主观体验与感受才是本真的内容，表现在文学中就是突出自我，彰显人的主观情绪，并揭示人本真的存在。从这一角度而言，应该说心理现实主义小说在一定程度上都是表现主义的。无名氏强调，自我才是一切客观世界的立足之本，“有了‘自我’，一个人才有合宜的立足点，极固定的立足点”③。这种个体自我不依赖机械客观的现实力量，而是属于主观精神领域的感觉与体验，“‘我’是一种主观”④。从 20 世纪 30 年代的鲁迅、郁达

① 幼雄：《表现主义的艺术》，载《东方杂志》1921 年第 18 卷第 8 期。

② [日]山岸光宣：《表现主义的诸相》，鲁迅译，载《朝花旬刊》1929 年第 1 卷第 3 期。

③ 无名氏：《蝴蝶沉思》，见《淡水鱼冥想》，花城出版社 1995 年版，第 163 页。

④ 无名氏：《蝴蝶沉思》，见《淡水鱼冥想》，花城出版社 1995 年版，第 147 页。

夫、废名、庐隐、丁玲等，到20世纪三四十年代的施蛰存、穆时英、叶灵凤、刘呐鸥、无名氏、徐訏等，他们的小说都在以自己的方式不断地表现这样一种主观的自我，揭示人基于心理感知的本真存在。

在小说领域，虽然对人心理的重视早已有之，如有研究者认为，17世纪初法国女作家拉法耶特夫人的小说《克莱芙王妃》以细腻的笔触展现了王妃在矛盾感情漩涡中的复杂心理，称得上是近代第一部“心理小说”作品。但是，作为一种普遍的、自觉的文学追求，小说转向对人的内心拓展是19世纪末期才开始蔚为大观。形成这一转向的原因，当然离不开心理主义思潮的影响，在这股思潮中，中国现代心理现实主义小说当然受到了极大冲击。在心理主义的译介上，有不少相关批评文章被引入中国，其中应该备受重视的是日本的新心理主义。日本的新心理主义起源于20世纪20年代末，1929年土居光知在《乔伊斯的〈尤利西斯〉》一文中对西方的意识流小说进行了全面介绍。1930年伊藤整等人翻译并发表了一部分《尤利西斯》。1931年士户久夫发表《新心理主义的构成》，新心理主义这一名称得以确立。1932年伊藤整发表《新心理主义文学》，并出版同名评论集，在伊藤整等人的倡导下，新心理主义的名称得到普及。伴随着新心理主义理论方法的建立，日本不少作家纷纷进行相关小说创作，如伊藤整、横光利一、正宗白鸟、长与善郎等人。伊藤整在《新心理主义》一书中指出，与过去的文学只写“心理外的现实”不同，新心理主义专注于与“外在现实对立的精神内的现实”，而对精神内在现实的表现，具体体现为对西方意识流小说的借鉴，也就是说，日本的新心理主义是在西方意识流小说的影响下，对人的心理进行直接表现，“直接记述作为从其各形态和行动所引起的联想而发生的空想、回忆、意愿、痛恨、欢喜，以及其他无限的心理内的诸现象”①。日本新心理主义思潮的代

① 转引自叶渭渠、唐月梅：《日本现代文学思潮史》，中国华侨出版社1991年版，第184页。

表人物伊藤整，其作品和文艺批评被介译到中国，译者高明在翻译伊藤整的小说《被抚的脸》(《时事类编》1935 年第 3 卷第 10 期)时，开篇介绍伊藤整属于“新心理派”，《被抚的脸》中男主人公山吹与曾经的恋人不二子有短短的交集，而在分开多年后，由他人的提及展开了对不二子不可抑制的想象。作者对山吹幽深的心理展示，高明称之为“写心理实达前人谓蹈之境”①。伊藤整的《北海道文学界》(《华文大阪每日》1940 年第 10 期)、《去年度日本文坛回顾》(《中华月报》1944 年第 7 卷第 5 期)等评论也被翻译到中国，里面也涉及心理主义的内容。木寺黎二的文艺批评《新心理主义文学批判》(《时事类编》1935 年第 3 卷第 6 期)被高璘度翻译到中国，在文章前的译者序中，高璘度还向读者介绍道，乔伊斯的《尤利西斯》被批评家们称为“心理的写实主义”，且乔伊斯的影响在数年前就达到日本，日本文坛的中坚分子横光利一、川端康成以及青年作家伊藤整等人都在模仿乔伊斯的新心理主义，在日本也产生了“新心理主义文学运动”。② 创作了新心理主义小说的作家，如横光利一、正宗白鸟、长与善郎等人，其部分作品也被译介到中国，并在一定程度上被中国作家所熟悉。日本作为现代中国汲取西方思潮的中转站，其对中国现代文学的影响不可谓不大，且当时不少中国作家是在日本开始写作的，日本所产生的思潮运动必然在较大程度上对中国作家的创作及文艺思想产生影响，如石凌鹤的《关于新心理写实主义小说》(《质文》1935 年第 4 号)几乎完全脱胎于木寺黎二的《新心理主义文学批判》。且日本新心理主义所学习的西方意识流小说家，如伍尔夫、乔伊斯、普鲁斯特等人，也早被赵家璧、叶灵凤、叶公超、曾觉之等文学者译介到中国，形成了一定的影响力。除了对日本的心理主义的介译外，还有 E. 奴希诺夫的《现

① ［日］伊藤整：《被抚的脸》，高明译，载《时事类编》1935 年第 3 卷第 10 期。

② ［日］木寺黎二：《新心理主义文学批判》，高璘度译，载《时事类编》1935 年第 3 卷第 6 期。

代的现实主义与心理主义的表现》(《东流文艺杂志》1935 年第 2 卷第 1 期)等外国文艺批评家的文章。本土关于心理主义的美学、哲学、文学批评也不少，如雁江的《心理主义与伦理主义》(《学生》1922 年第 9 卷第 9 期)、蒋径三的《心理主义的美学说》(《民铎杂志》1929 年第 10 卷第 5 期)、朱谦之的《史的伦理主义与史的心理主义》(《现代史学》1933 年第 1 卷第 2 期)、方书春的《新心理主义底辩护》(《青年中国季刊》1940 年第 2 卷第 1 期)、陈节坚的《心理主义与伦理主义之见解》(《青年月刊：革命真理》1940 年第 1、2 期)等。或许这些文章的立场不同，但其中所涉及的关于人的内心世界的开掘，为心理现实主义小说深入把握处于大变革时期人的矛盾和困惑的精神心理提供了理论途径。

第二节 域外模型与中国化

在新文学的草创时期，对于急需摆脱过去，迫切期望建立新文化体系的中国新文学建设者们来说，如何以最经济、最快捷的方式达成目的，是他们最初思考的中心，思考的最终结论便是“取材于世界各国”①，只有于世界各国文学取材愈多，新文学者所得才愈深，从而新文学才可能得到发展。中国心理现实主义小说正是在这一情势下，首先将域外“老师”的作品作为模板，从域外心理小说中以最捷径之途汲取先进技巧和先进思想，将之引为良规，在经过生涩的模仿后，才在具体的中国语境中迈向成熟，从而完成中国心理现实主义小说的范式建立。

一、对域外模型的引进及模仿

小说对心理世界的探索，本身是一个漫长的过程，形成潮流是在

① 郑振铎：《文学丛谈》，载《小说月报》1921 年第 12 卷第 1 号。

19 世纪末 20 世纪初期，但在这之前，如爱伦·坡、陀思妥耶夫斯基等具有先锋意识的小说家就已将笔触深入人物复杂曲深的心灵世界，显示出其对人性开拓的巨大价值。对人类精神世界的探索是 20 世纪文学的普遍原则，詹姆斯、伍尔夫、乔伊斯、福克纳等小说家对人难以捉摸的内在世界进行了更为深入的探索，让小说迈向人性的更深、更细之处，表现个体主观的真实状况。新文学时期，这些文学大师们齐齐涌入中国，为中国心理现实主义小说的形成提供了可供借鉴仿效的模型。从域外心理小说大师的创作风格特征来看，他们大致为中国心理现实主义小说提供了两类小说模型，即关注人内心搏斗、病态心理的“心灵式”小说模型，以及捕捉人瞬息万变、难以捉摸的潜意识的意识流小说模型。

(一)“心灵式”小说模型

爱伦·坡是 19 世纪中期美国著名的小说家，由于其先锋的小说观念和极具探索性的小说创作，导致他在世时成为美国文坛的另类作家，未引起足够的重视，在逝世后才得到世界文坛的承认，对世界文坛具有极大影响，而中国的新文学者们与世界文坛同步地认识到爱伦·坡的巨大影响。陈炜谟称“Edgar Poe 的影响生在外国。在法国他的影响很大”①。郑振铎在《文学大纲》中称赞爱伦·坡，“没有一个美国作家在欧洲文学上有他那样之有力的影响的。欧文使欧洲文坛认识了美国的文学，爱伦·坡却使欧洲文坛受着美国文学的重大影响了。在一九〇九年的爱伦坡的百年生忌时，全个欧洲自伦敦到莫斯科，自克里斯丁那(Christiana)到罗马，都声明他们所得到的他的影响，且颂歌他的伟大与其成功”②。爱伦·坡及其作品在 20 世纪初就被介绍到中国，1905 年 5 月的《女子世界》刊发了爱伦·坡的小说《玉

① 陈炜谟：《论坡(Edgar Poe)的小说》，载《沉钟》1927 年爱伦·坡特刊。
② 郑振铎：《文学大纲》，商务印书馆 1927 年版，第 555 页。

虫缘》(原名《黄甲虫》*The Gold-Bug*)。鲁迅在日本留学时读过爱伦·坡的《黄甲虫》,并推荐给周作人,由周作人翻译成中文,“乙巳日记中记着翻译小说的事,有《阿里巴巴和四十个强盗的故事》,以及亚伦坡的《黄金甲虫》,前者是《天方夜谭》里的一篇,后者所根据的是山县五十雄的编注本,总名“英文学研究”……这些原书都是鲁迅寄来的”①。后来,《黄金甲虫》还被收入鲁迅、周作人二人合译的《域外小说集》第二册中。1917 年 3 月,周瘦鹃翻译的《欧美名家短篇小说丛书》收入爱伦·坡的《心声》(*The Tell-Tale Heart*),而茅盾在 1921 年 9 月也翻译了《心声》,将之发表于《东方杂志》第 17 卷第 18 号。抗战胜利后,良友图书公司出版了焦菊隐翻译的爱伦·坡的《爱伦·坡故事集》和长篇小说《海上历险记》。

中国心理现实主义小说从爱伦·坡的恐怖心理小说中汲取营养,并对之进行学习模仿。鲁迅、周作人的《域外小说集》在书后的著者事略中介绍,爱伦·坡“所作小说皆短篇,善写恐怖悔恨等人情之微……《默》……自题曰寓言,盖以示幽默之力大于寂寞者”②。从介绍中可以看出,鲁迅、周作人已经认识到爱伦·坡小说的特点是对人心理情绪的兴趣,并且还意识到爱伦·坡在描写“恐怖悔恨等人情之微”上的卓越能力。对爱伦·坡有着浓厚兴趣的陈炜谟赞赏爱伦·坡的小说对人内心世界的深入,认为爱伦·坡的小说是基于一种“奇怪”“恐怖”“神秘”的经验,“呈展出他古怪突兀的世界”。也就是说,爱伦·坡在小说中并非追求对客观世界的逼真再现,而是追求一个由主观情绪主导的荒诞、虚幻的世界,“种种的恐怖搅扰着他。他的世界是一种想像的世界;这样的世界是常浮现在像他那样的一个神经性

---

① 周作人:《鲁迅小说里的人物》,止庵校订,北京十月文艺出版社 2013 年版,第 322 页。

② 周作人:《域外小说集·著者事略》,中华书局有限公司 1936 年版,第 2 页。

的人的面前的”①。在这样的小说中，爱伦·坡要写的不是一个故事，而是“一种情绪，一种气氛(Atmosphere)”②。由于其着重描写的是人的恐怖情绪和变态的心理冲动，因此在人物塑造方面，他的独特之处在于“刻画出一种‘丧失了人性的人’的内心世界”③。爱伦·坡专注于表现人非理性的心理，表现人不可控制的情绪，其笔触深入人复杂、隐秘的心灵底层，为现代小说提供了一种新的类型，这种小说既能“摄取外形”，又能“摄取内心”，不但可以表示出“生活之诸相”，更为重要的是，还能营造并表现“抽象的”“超平凡”的气氛，这样的小说，其核心是“从外面的东西渐渐移来抓住内里的灵魂”④。爱伦·坡将自己表现恐怖怪异氛围、敏感病态人物的小说称为“心灵式的”⑤，这种“心灵式的”小说与心理现实主义小说有着一致性，成为后者学习模仿的重要来源。

翻译过爱伦·坡作品的鲁迅，其小说中有着与爱伦·坡小说相似的特征，即在恐怖、神秘、荒诞的氛围中展开人物疯狂病态的心灵画面。《狂人日记》中“狂人”时时处于害怕“被吃”的恐惧之中，看见赵贵翁的眼色、路上的行人都认为似乎“想害我”，在这样紧张的心理中，“狂人”看见“一个人，张着嘴，对我笑了一笑”，自认晓得了他们吃自己的布置，心里更加恐惧，以至于见着亲人，也认为自己将会被吃掉。小说中“狂人”因恐惧而愈加敏感、紧张，其心理的状态使得小说整体上带有阴森可怖的氛围，显示出明显的爱伦·坡小说的特点。《长明灯》《白光》在一定程度上也体现了爱伦·坡“心灵式的”小

---

① 陈炜谟：《论坡(Edgar Poe)的小说》，载《沉钟》1927 年爱伦·坡特刊。

② 施蛰存：《从亚伦坡到海敏威》，见《施蛰存七十年文选》，上海文艺出版社 1996 年版，第 353~354 页。

③ 盛宁：《爱伦·坡与中国现代文学》，见张隆溪、温儒敏编选：《比较文学论文集》，北京大学出版社 1984 年版，第 176 页。

④ 陈炜谟：《论坡(Edgar Poe)的小说》，载《沉钟》1927 年爱伦·坡特刊。

⑤ [美]爱伦·坡：《〈怪异故事集〉序》，见《爱伦·坡集：诗歌与故事》(上)，曹明伦译，生活·读书·新知三联书店 1995 年版，第 165 页。

说的特征，不管是“疯子”还是陈士成，他们都心陷恐惧之中，在紧张恐惧的心理驱动下做出了不可控制的疯狂行为，如陈士成在阴森的夜晚追随着一团神秘的白光，将挖坟墓荒诞地坚信为是在挖财宝，结果挖到的人骨“在他手里索索动弹起来，而且笑盈盈的显出笑影”（鲁迅《白光》），恐怖、神秘、阴森的氛围与人物紧张、敏感、病态的心理相互吻合。

浅草—沉钟社的陈炜谟极为喜爱熟悉爱伦·坡的小说，他专门作《论坡(Edgar Poe)的小说》一文，对爱伦·坡的小说进行系统的介绍，在陈炜谟的小说中，可以明显见出对爱伦·坡的模仿，甚至在他的小说中还直接出现爱伦·坡(《西风吹到了枕边》《悼——》)。《西风吹到了枕边》以一个怪诞的梦境来写人生的悲哀，“我”是一个“在外面空跑了若干年”的知识青年，满怀着“人生是何等的辛苦，人间是何等的不幸”的哀叹，而与“我”结婚的“她”同样也满怀着人生的哀叹，“她”从小失去父母，寄人篱下，没有接受教育，因此觉得人生很是悲哀。人物主观的悲哀情绪贯穿了整篇小说，小说萦绕着悲观的氛围。而怪诞梦境的写作手法和悲观的主题也在爱伦·坡的小说中经常出现，这就使两者有了相同之处，尤其在《西风吹到了枕边》的结尾写道：“一醒转来时，只见案上的油灯已经燃到最后一滴了，屋子里阴黯黯的，令人想起爱伦·坡的恐怖故事的背景来。”这就更显示出陈炜谟以爱伦·坡为模仿对象进行创作的事实。爱伦·坡的小说塑造的男主人公都是敏感、病态、带有神经质特征的，女主人公也是如此，她们以病态的形式出现，但病态之中又闪耀着光芒，她们是“深沉而且光亮”“神秘而且完美”①的。陈炜谟的小说也同样显示了这一特征，《悼——》中的“我”就是一个神经质的人，他的头脑中有着无数怪异的想法，“因为在那里有许多恐怖的，怪诞的幻像等着我，使我颤慄，头晕，甚至于疯狂魔症”。“我”的爱人秀也显示了爱伦·坡

---

① 陈炜谟：《论坡(Edgar Poe)的小说》，载《沉钟》1927年爱伦·坡特刊。

小说中带有病态美的特征，秀有娟秀的容貌、和悦的微笑、羞讪却动人的两颊红晕，但秀又是一副营养不良的苍白模样，在“我”的冷漠下抑郁而终。在小说结尾，“我”变卖家当维持生计，“到了最近，所剩得的，只是一厚册的 E. A. Poe 的故事和三四本 Strindberg 的剧本了，对于这两位我平时最挚爱倾折的先贤，到了此时，无论如何，也是实在不忍放弃”。这样的结尾更表明了陈炜谟对爱伦·坡的喜爱，并有意将之作为模仿对象。

对于爱伦·坡的恐怖神秘小说，施蛰存也明确表示过对其的模仿，基于自己对爱伦·坡作品的阅读，施蛰存在《无轨列车》第四期上“写了一篇完全摹仿爱仑坡的小说《妮侬》”①。《妮侬》以爱伦·坡惯用的第一人称叙述方式来讲述“我”与妮侬之间充满神秘感和怪诞感的爱情，小说描写了“我”初识爱情时的甜蜜、得到爱情时的厌憎，这几种情绪交织在一起，让我陷入神经质，以至“我”完全得到妮侬后莫名地感到“新的残毁”，而这“残毁”竟然让“我”怀疑“我所爱过的，不啊，不是这个人呀！”在“我”神经质的眼中，妮侬的死带来的是残酷而奇异的美：“我亲看着她火炎的唇，火炎的脸，它们是这般地红，这般地可怕，啊，我不知将找什么来比拟这怪异的色彩，但是，还有更红的，更红的血从她薄薄的唇间不住地滴下来，滴下来，啊，那红，那红，从唇边滴下来，如殒逝的星，如飘下枯枝的蔷薇，如黄金海仑胸前的宝石滴下着光芒。”《妮侬》探索人物复杂的心理世界，塑造神经质的人物，追求神秘怪诞的美，这些特征无不带有爱伦·坡的印记。

李健吾早期创作的小说，也体现了他对爱伦·坡的模仿。李健吾的《关家的末裔》与爱伦·坡的《厄舍屋的倒塌》不管在结构线索还是在叙述方式上都十分相似，两者都是通过“我”的目击，为读者展示

① 施蛰存：《我的创作生活之历程》，见《施蛰存七十年文选》，上海文艺出版社 1996 年版，第 56 页。

神秘、恐怖的情绪，描写人内心深处复杂的精神状态。《最后的一个梦》延续了爱伦·坡对病态心理的挖掘，塑造了一个有着癫狂行为的偏执狂病人。《影》与爱伦·坡的同名小说一样，在神秘的氛围中以“影”为象征物追寻死亡的意义。

爱伦·坡的“心灵式的”小说探索人内在世界的复杂面貌，思考心灵“在事实之前怎样的动作的问题”，其小说“完全是一个心灵的论理部分”①。具有这种“心灵的论理部分”特征的小说，爱伦·坡的后续者是陀思妥耶夫斯基。法国著名批评家托多罗夫在其论文《爱伦·坡的界限》中称，陀思妥耶夫斯基是爱伦·坡的崇拜者。陀思妥耶夫斯基在自己主编的杂志《时间》上翻译发表了爱伦·坡的《黑猫》《泄密的心》等小说，并为之写了序。他作《爱伦·坡的小说》一文，称赞爱伦·坡是“有非凡才华”的“别出心裁的天才”。陀思妥耶夫斯基认为，爱伦·坡“几乎总是选择最罕见的事实，并将其主人公置于最不寻常的客观或心理环境之中”②。陀思妥耶夫斯基的创作中充满了现代主义因素，而其小说对人物隐秘心理世界的关注，对内心时时进行的搏斗的重视，以及对精神病态的探索，与爱伦·坡极为相似，可以见出爱伦·坡对陀思妥耶夫斯基小说题材内容和审美风格的深远影响。陀思妥耶夫斯基对心灵进行探索的小说同样为中国心理现实主义小说提供了卓越的仿效对象。1918 年，周作人翻译了《陀斯妥耶夫斯奇之小说》，在文前的译者案中，周作人称赞小说“谋杀老妪前，当时，及其后心理状态，极为精妙”③。可以说，周作人把握了陀思妥耶夫斯基的作品《罪与罚》的突出特点。而鲁迅更早就已接触了陀思妥耶夫斯基的作品，据《鲁迅日记》显示，1913 年鲁迅就已购得日文版《罪与罚》，1917 年又购买其 3 本小说。鲁迅发表过多篇译介陀思妥耶夫斯

① 郑振铎：《文学大纲》，商务印书馆 1927 年版，第 557 页。

② [法]托多罗夫：《爱伦·坡的界限》，见唐建清等编：《欧美文学研究导引》，南京大学出版社 2006 年版，第 218 页。

③ [英]W. B. Trites：《陀思妥夫斯奇之小说》，周作人译，载《新青年》1918 年第 1 期。

基的文章，最常为后人引用的是《〈穷人〉小引》。在此文中，鲁迅称陀思妥耶夫斯基“将这灵魂显示于人的，是‘在高的意义上的写实主义者’”①。鲁迅以他的敏锐抓住了陀思妥耶夫斯基作品揭示心灵历程以及显示人的灵魂的深的特质，并将自己对陀思妥耶夫斯基的作品中最感兴趣的对灵魂的审判，严酷地实施于自己笔下那群既哀其“不幸”又恨其“不争”的麻木愚钝的人身上。郁达夫在日本留学时就开始阅读陀思妥耶夫斯基的作品，他高度称赞陀思妥耶夫斯基，认为真正能称得上好的小说，“至少也应该同杜思退益夫斯基一样地造出几个具体的有血肉感情的人出来才行”，郁达夫称陀思妥耶夫斯基是“注重描写内心的纷争苦闷”的近代文豪。② 郁达夫认为，人生是危险的，是“一种斗争。天堂和地狱，只隔了一张纸，恶魔与天神，都存在在一个人的心里的”③。郁达夫的此种观点，极其类似于陀思妥耶夫斯基的看法：“魔鬼同上帝在进行斗争，而斗争的战场就是人的心。”④他模仿陀思妥耶夫斯基对人物内心世界的展示，将人物设置到某种逼厄的绝境中，展现灵魂分裂的双重人格，拷问其内心潜藏的奥秘。《沉沦》中主人公坦率暴露自己的变态心理，在某种程度上与陀思妥耶夫斯基具有一致性。除郁达夫外，路翎的创作同样显示了陀思妥耶夫斯基的身影。虽然路翎并未如郁达夫一样直接表示过对陀思妥耶夫斯基的称赞，但对路翎影响极深的厨川白村的《苦闷的象征》，陀思妥耶夫斯基的艺术为其提供了很大滋养和支持。厨川白村将陀思妥耶夫斯基的作品作为力的艺术来推崇，认为艺术根柢在于生命力的跃进。而路翎在《财主的儿女们》里，借蒋纯祖之口表达了自己的艺术观，即只有从心灵的苦闷产生的才是最高的艺术，而这种从心灵苦闷产生的艺术正是一种充满了生命力的对象。在路翎的艺术世界里充满

---

① 鲁迅：《〈穷人〉小引》，载《语丝》1926 年第 83 期。

② 郁达夫：《读刘大杰著的〈昨日之花〉》，载《青年界》1931 年第 1 卷第 1 期。

③ 郁达夫：《日记文学》，载《洪水》1927 年第 3 卷第 32 期。

④ 陀思妥耶夫斯基：《卡拉玛佐夫兄弟》，耿济之译，人民文学出版社 1981 年版，第 154 页。

了人物因“求生意志”和“原始强力”而形成的心灵战场的殊死搏斗，人物的灵魂极度不安，命运尖锐地逼迫着每一个灵魂。

（二）意识流小说模型

西方的意识流小说已经不再局限于以对人的“印象”和“直觉”的描写来揭示人的内在心理，而是深入内心世界并直接呈现心理流动的真实样貌，小说以人物的意识流动为结构中心来展示人物持续流动的内在感知。中国现代文坛对西方具有极强先锋色彩的意识流小说的译介与世界文学趋势同步。乔伊斯在1922年就出现在中国文坛，在乔伊斯的新作《尤利西斯》在巴黎发表的当年，茅盾就在《小说月报》上介绍了相关情况(《小说月报》1922年第13卷第11号)。1929年赵景深翻译了《现代英美小说的趋势》(《文学周报》1929年合订本第8卷)，文中评价乔伊斯是担负了伟大使命的反道德的代表作家，与普鲁斯特、理查森等人是受“心理势力”影响的最有权威的心理小说家代表。吴兴华刊发了两篇乔伊斯的力作，一是《乔易士的研究》，二是《菲尼根的醒来》(《西洋文学》1940年第2期)。蒋东岑刊发的《茄伊丝与新兴爱尔兰诸作家》(《中国文学》1934年第1卷第5期)较为详细地介绍了乔伊斯创作的特点，认为乔伊斯小说创作是同时运用神秘力量和“具有写真的手法”，称乔伊斯是具有惊人想象力的作家。傅东华还翻译了乔伊斯作品《复本》“前记”(《文学》1934年第2卷第3期)。

另外，法国意识流文学大师普鲁斯特在20世纪20年代也被介绍到中国。1923年，茅盾在《小说月报》上介绍了逝世不久的普鲁斯特，茅盾称普鲁斯特是一位著名的“心理自然主义”小说家，认为其创作将心理分析和自然派的客观描写紧密地结合起来。① 普鲁斯特的3篇作品也被翻译进来，分别是卞之琳翻译的《睡眠与记忆》(《大公报·

---

① 沈雁冰：《新死的两个法国小说家》，载《小说月报·海外文坛消息》1923年第14卷第2号。

文艺副刊》1934 年)、李健吾翻译的《春天的门限》(《文学杂志》1937 年第 1 期)、张蓂亚翻译的《嫉妒心之终尽》(《法文研究》1943 年第 3~6 期)。在对普鲁斯特的介绍中，类似于“心理分析派的大师”或“心理分析的古典主义代表”的观点多次出现，如叶灵凤《谈普洛斯特》中指出，普鲁斯特小说中的人物活动只是其所描写的精神活动的佐证，他的重点是内心的表达。曾觉之在《普鲁斯特(1871—1922)》中指出，普鲁斯特“以为艺术的目的即在于表现这最深内的，最个人的生活”，普鲁斯特为读者“指出的是人心的浩大无边”，“我们心理生活的广漠，绝非常人之所推度，普鲁斯特是深切地认识这种事实而将其表现于文艺中的作家”。① 徐訏的《关于马歇尔·普鲁斯特》中也表达了相似的观点，徐訏称普鲁斯特小说中的人物是过去记忆中的人物，“他执著于一个下意识的自己”②。

意识流小说的另一位大师伍尔夫也是为中国文坛所熟知的大家。1932 年，叶公超翻译发表了伍尔夫的《墙上的一点痕迹》，在“译者识”中，叶公超评价伍尔夫关注的是“心理分析学所谓下意识的活动”，对于在文学中去探索未必有连贯逻辑的心灵世界的流动的努力，叶公超称赞伍尔夫的“技术是绝对有价值的”。③ 京派作家群对译介伍尔夫出力最大，卞之琳翻译了伍尔夫的论文《论俄国小说》(《大公报·文艺副刊》1934 年)及散文《在果园里》(收入 1936 年版的《西窗集》)，萧乾撰写了书评《吴尔芙夫人》(《大公报·星期文艺》1948 年第 78 期)及《V. 吴尔芙与妇权主义》(《新路》1948 年第 1 卷第 20 期)，李健吾、徐志摩等人也译介过伍尔夫的作品。除京派作家外，有不少文学家也介绍过伍尔夫及其小说，如赵景深、赵家壁、范存忠等人。吴景荣的《吴尔芙夫人的〈岁月〉》对伍尔夫的集大成之作进行了集中的个案分析。在创作上受到伍尔夫影响的尤以京派作家群为典

① 曾觉之：《普鲁斯特(1871—1922)》，载《法文研究》1941 年第 3 卷第 1 期。
② 徐訏：《关于马歇尔·普鲁斯特》，载《中流》1948 年第 1 卷第 1 期。
③ 叶公超：《〈墙上的一点痕迹〉译者识语》，载《新月》1932 年第 4 卷第 1 期。

型，他们不仅翻译并研究伍尔夫小说，不少人还在自己的创作中带上了明显模仿伍尔夫的痕迹。

意识流小说对人物心理流动的描摹以及由此而形成的小说形式对心理现实主义小说产生了深远影响。意识流小说所采用的自由联想、内心独白等手法可以说就是心理现实主义小说揭示内心世界的常用手法。此外，意识流小说的经典代表作伍尔夫的《墙上的斑点》于1919年发表，乔伊斯的《尤利西斯》于1922年发表，这也为中国心理现实主义小说的仿效提供了时间上的共时性可能。几乎是同一时期，王以仁创作了《神游病者》(《小说月报》1924年第15卷11期)，这一短篇小说与《墙上的斑点》极为相似，两者都深入人物心理的无意识层面，描写人的意识流动，且在两部小说中引起人物意识流动的触发点几乎是相同的。在《墙上的斑点》中，伍尔夫以墙上的一个斑点展开人物此起彼伏、若断若续的意绪，小说在人物纷至沓来的思绪和感觉中自然行进。《神游病者》中的“他”同样是以墙上和天花板上的两点残墨为触发点展开无限想象，“他”盯着粉白的天花板上的印记，便在头脑中经营出了许多“浪漫的思想”：一下子看见天花板上出现一个肌肉紧张的笑脸，一下子又变成非常可爱的张着笑口、有着嫩白皮肤的圆脸，接着，又在天花板的尽头幻现出一个中古时期的骑士，单枪匹马地冲锋陷阵。随后，那两点残墨又变成向“他”行脱帽礼的西装少年，而自己也微笑着和西装少年点头示意。一个又一个无意识片段不断闪现，在杂乱无章的意识涌动间展示人物迷离颠倒的心理画面。李健吾的长篇小说《心病》也是一部较多运用与伍尔夫相似的意识流手法的小说，其中有些片段让人较为清晰地感到李健吾对伍尔夫的借鉴。如主人公陈蔚成知晓舅妈私吞自己汇款的底细后，他由看见门边一座像黑坟一样的电门展开瞬息万变的意识流动，这与伍尔夫小说《墙上的斑点》中那位由蜗牛而引发跌宕跳跃的自由联想的妇女极为相似。林如稷的《将过去》同样是明显仿效西方意识流小说的作品。主人公若水在颤抖的火车上，头脑也不断地颤抖，恍惚之间脑中闪现出凌乱跳跃的无意识片段：火车幻化为一条载着迷茫、仇恨的蛇，不断地曲行、匍匐、蠕动，接着又幻化为如臭虫一般大小的人，伴随着生鸡蛋的腥恶。在三人一榻房间里，夜晚原本酷热难当，但若水却只觉得凄凉、冷漠，在自己冷汗滴下的瞬间，头脑中充满了颠倒错乱的幻想：夜晚一会儿变成“无所不容，蕴藏不尽，如火如荼的白画”；一会儿变成室友涂着厚粉的面庞，故意走出“古松当风”的姿态；一会儿黑夜又变成繁华却如沙漠般荒凉的首都。若水头脑中的意识流片段之间的联系比《神游病者》更加散乱随意，各个心理具象因其模糊性而更具有象征色彩，小说也基本上是随着人物极具跳跃性的意识流动展开，可以说林如稷的《将过去》在构思与写作技法上更类似西方意识流小说。废名的《桥》同样是典型的具有意识流特征的小说，朱光潜认为，废名的《桥》“撇开浮面动作的平铺直叙而着重内心生活的揭示”，“丢开一切浮面的事态与粗浅的逻辑而直没入心灵深处，颇类似普鲁斯特与伍尔夫”①。但他又指出，其与西方小说在精神上的异处，即普鲁斯特和伍尔夫的小说通过揭示内心世界而表现人物对于人事的反映，而废名的小说则偏重人物与自然之间的联系。汪曾祺在写给唐湜的信中明确表示，自己在创作中追求一种心灵与小说形式相契合的风格，而他相信他所追求的这种审美风格与伍尔夫的追求是相同的。其小说《复仇》《绿猫》《小学校的钟声》等都是在意识流动中展示人的心灵的律动。据费慰梅回忆，林徽因谈起徐志摩时，她的记忆总是和曼斯菲尔德、伍尔夫等文学大师联系在一起。作为积极译介过伍尔夫的作家，林徽因的创作中带有伍尔夫的因素不足为奇。《九十九度中》这篇被李健吾称为“最富有现代性”的小说，以一组片段镜头的链接，将背景设置在“九十九度中”高温的一天中，以散点透视的技法展示了北平各阶层人物的意识和情绪流动。这篇具有典型意识流特征的小说，其叙事结构与时间安排都与伍尔夫的《达罗威夫人》类似。

---

① 孟实：《桥》，载《文学杂志》1937年第1卷第3期。

意识流小说对人性心灵的真实表现，对真实生命与主体个性的张扬，对传统的反叛，对个体审美情趣的重视，以及在艺术形式和技巧上的突破，为中国心理现实主义小说树立了极为有效的模板，使之能从中汲取养分，从而揭示主体的主观经验，建立个人话语，并维护文学审美的独立性。

当然，由于对这些域外心理现实主义小说大师的介绍是片面的，也造成了中国作家对他们理解和把握的偏颇，在外部来源与内部具体创作之间也就形成了错位现象。然而，从接受学而言，任何一种域外理论或流派传入本土都存在一个模仿的阶段与误读的过程。即便对域外老师的理解是片面的，甚至是错位的，也不能否认他们作为模板对中国现代文学具有极为重要的借鉴和开拓意义。中国现代文坛对他们的引进是一种自发自觉的艺术借鉴，而这种目的清晰的借鉴又使心理现实主义小说模式的建立获得最有效的途径。

二、接受中的龃龉及中国化——以对亨利·詹姆斯的接受为例

在对域外文学的接受过程中，作家先在的认知体系和心理结构势必使接受成为复杂变换的过程，从而形成独特的影响结果。本部分以亨利·詹姆斯对中国心理现实主义小说的影响为主要事例，探讨域外心理现实主义小说在本土传播的影响因子，以及在接受过程表象下暗含的龃龉所最终产生的具有独特本土经验的中国心理现实主义小说。之所以以亨利·詹姆斯在中国的传播接受为例，一是，由于亨利·詹姆斯是世界文学史中公认的真正意义上的“心理现实主义”小说的开创者，他关于心理现实主义的小说及小说理论不仅对与他同时代的康拉德、伊迪斯·华顿等人有很大影响，更对其后的伍尔夫、乔伊斯、普鲁斯特、海明威等作家影响深远，而这诸多受亨利·詹姆斯辐射的作家也在“五四”前后就被广泛译介到中国，被新文学建设者们熟知，从这一层面上说，亨利·詹姆斯不仅影响辐射面广，而且具有研究的典型性。二是，因为亨利·詹姆斯作为现实主义向现代主义的过渡

者，在中国从传统到现代转向的语境下，他的小说和小说理论相比于乔伊斯等人更切合中国心理现实主义小说的某些特质，更具有被接受的质素。

（一）亨利·詹姆斯在现代中国的介译情况

亨利·詹姆斯是美国著名的小说家和小说理论家，其兄长威廉·詹姆斯是美国著名心理学家，在心理学领域对意识流进行了深入研究，而其意识流理论对亨利·詹姆斯的小说创作产生了直接影响。亨利·詹姆斯在小说创作中大胆探索，扭转以往仅将小说当作传奇稗史的认知，将小说上升到艺术的地位来进行认识，凝聚其思想精华的小说理论著作《小说的艺术》在世界文坛上产生了深远影响。与传统的小说观念相仿，亨利·詹姆斯认为，真实地“再现生活”是小说存在的唯一理由，但这再现的“生活”却已不是以往认为的客观现实社会，而是深深地染上了作者眼光的色调，是作者对生活的主观印象。由此可知，亨利·詹姆斯所认为的小说“再现现实”是对作家“经验”的再现，强调的是主观性的一面，而非传统所推崇的客观物质再现。于此，亨利·詹姆斯提出了“心理现实主义”的概念，认为客观外在现实不再是小说的表现对象，主观世界的意识、情绪、经验才应该是小说的表现对象。在其小说《一位女士的画像》的序言里，亨利·詹姆斯表达了自己在主题表达与人物塑造方面的小说理念：“把问题的中心放在少女本人的意识中，你就可以得到你所能期望的最有趣、最美好的困难了……完全依靠她和她个人的心理变化，把故事进行下去，记住，这就需要你真正来‘创造’她。”①亨利·詹姆斯认为，外貌、语言、动作并不能塑造“真实”的人物，只有人物的意识才能体现人物和生活的“真实”，而小说故事正是在人物的意识中开展。小说关

① ［美］亨利·詹姆斯：《小说的艺术——亨利·詹姆斯文论选》，朱雯等译，上海译文出版社2001年版，第290页。

注的是人物意识的曲折变化流动，而非故事情节的惊险曲折，“意识”成为小说的核心，小说表现的对象由外在客观转向了内在主观，随之而来的是小说叙述方式和文体样式的改变。亨利·詹姆斯关于“真实”的理解，且在此基础上形成的关于小说的理解，促使其创作出心理现实主义小说文本，并在世界文坛产生了广泛影响。

1949年以前，亨利·詹姆斯有4部作品被译介到中国，分别是《黛茜·米勒》《四次会面》《诗人的信件》《螺丝扭》。据现有资料显示，其中《黛茜·米勒》有两个版本：一是，1934年由中华书局出版，林疑今翻译的《黛茜·米勒尔》；二是，刊发在《文艺月刊》1935年第7卷第2期署名“雪樵”的译者翻译的《郜赛密勒维特》。短篇小说《四次会面》被收入其小说合集，也有两个版本；一是，收入1936年上海生活书店出版的由蹇先艾与陈家麟翻译的《美国短篇小说集》；二是，收入1937年商务印书馆出版的由傅东华和于熙检选译的《美国短篇小说集》。1945年则出版了于绍方译的《诗人的信件》，周彤芬译的《螺丝扭》，卞之琳分别为这两部小说作了序。虽然亨利·詹姆斯的作品被翻译进入中国的并不多，但其小说理论早已被国人较为广泛地熟知，了解并论及亨利·詹姆斯的文学家大有人在，且其中不乏大家，赵家壁、赵景深、沈雁冰、老舍、郁达夫、沈从文、谢六逸、孙俍工、孙晋三、叶公超、石凌鹤、卞之琳、汪曾祺、赵萝蕤等人在自己的著作、信件、谈话中都曾论及。从现有史料看，早在1919年，张毅汉在《小说月报》上刊发的《小说范作》中就已提及亨利·詹姆斯，“小说家亨雷杰姆士常语人谓其小说之发端”①，张毅汉以亨利·詹姆斯关于小说中人物重要性的观点来阐发小说应以人物为中心展开事件的主张。1921年清华小说研究社编写的《短篇小说作法》以亨利·詹姆斯对屠格涅夫的评价为例证来分析人物与情节之间的关系：“屠盖涅夫做小说的时候，——常有一种幻想，觉得很多人物在他面前徘徊

① 张毅汉：《小说范作》，载《小说月报》1919年第10卷第12号。

不已……他瞧着他们被机会及生活的复杂降服住了，明明白白的看着他们以后一定要替他们寻出正当的相互的关系，必如此始足以将他们表现出来；然后再将当时情况细细的深思，发现，选择，集合起来，以最宜于人物的思想意志为主……"①《短篇小说作法》在"人物"一章中也引用亨利·詹姆斯的观点来突出小说的关键之点在于人物的塑造，即一篇小说之胚胎，绝不是布局，乃是人物之表现。根据《短篇小说作法》的序言所介绍，"这本书在中国是空前之作"，目的是纠正"陈词滥调"的中国短篇小说，提高读者批评的水平，乃至提高中国小说的价值与艺术，因此，这本书所产生的影响对于大众认识亨利·詹姆斯有一定作用。《短篇小说作法》列举亨利·詹姆斯重点关注"人物"而非"布局"的内容，完全区别于中国传统小说重情节而忽视"人"的旧模式，反映了小说从情节转向人物心理的趋势。1924 年，商务印书馆出版了华林一翻译、吴宓校对的美国小说理论家汉密尔顿(Clayton Hamilton)的《小说法程》(*A Manual of the Art of Fiction*)，该书七次提及亨利·詹姆斯。在文学想象这一问题上，汉密尔顿认为亨利·詹姆斯"颇多高见"，称赞并转引亨利·詹姆斯的言论："何种经验，有意而得。经验起于何处，终于何地。少女之长于乡村，而于所见所闻，毕记无遗者，谓其不当描写营屯生活，至不公也。神迹异事，所观不鲜。少女以想象力之助，表现兵士之生活，何奇之有。"②作为教科书性质的《小说法程》在 20 世纪二三十年代的中国小说理论界产生了重大的影响，当时几乎所有中国小说理论都有这本书的影子，这样大面积的受众面无疑增加了亨利·詹姆斯的被接受度，使其相关论点也被中国文坛接受。1927 年黄仲苏在《东方杂志》上刊载了《小说之艺术》，在此文中，黄仲苏介绍亨利·詹姆斯的观点"小说之

---

① 清华小说研究社：《短篇小说作法》，见严家炎编：《二十世纪中国小说理论资料》(二)，北京大学出版社 1997 年版，第 128 页。

② ［美］克莱顿·汉密尔顿：《小说法程》，华林一译，商务印书馆 1924 年版，第 24 页。

为艺术亦正与图画之为艺术有同等的意义与价值”，“真实性”是小说唯一的条件，“由一事以想象他事，由一理以推断他理，皆可以谓之经验”①等，这些见解皆是亨利·詹姆斯小说理论的重要观点。到20世纪20年代中后期，中国新文学者们开始在编写的文学史类书籍中将亨利·詹姆斯作为一个章节来表述。1927年由郑振铎编写的《文学大纲》在“美国文学”一章中将亨利·詹姆斯单独列出，郑振铎介绍亨利·詹姆斯是“国际小说的创作者”，肯定他不仅是一个“短篇小说的有力的作家”，还是一个“深入”的“文学批评的重要作家”。② 同年8月，郑次川在《欧美近代小说史》中将亨利·詹姆斯列于“自然主义”一章，敏锐地抓住了亨利·詹姆斯创作的中心点，明确指出其小说的特点“乃在他的心理的印象的手法”③。1929年曾虚白在《美国文学ABC》中分别从“生活”“性格”“作品”“批评”四个方面更为详细地介绍评析了亨利·詹姆斯，认为亨利·詹姆斯的小说理论比其小说更重要，且曾虚白同样切中了亨利·詹姆斯小说的核心——“他是个解析心理的专家”④。总体来说，这三本文学史类书籍虽然对亨利·詹姆斯评介的侧重点有所不同，但都一致评价他是重要的小说家和小说理论家，并将亨利·詹姆斯称为解析心理的能手。1932年署名“由之”的译者在《矛盾月刊》上翻译了 H. M. Walbrook 的《亨利詹姆士底小说》，在这篇长达22页的译文中，亨利·詹姆斯被较详细地介绍给了中国读者。这一译文讨论了亨利·詹姆斯的限制视角的运用，“作者对于问题的解决，全委诸读者的认识，其间约四分之三，作者总是隐藏暗示着”，并阐释了亨利·詹姆斯小说的根柢在于“实则蛰伏于吾人所谓生命的嚣扰之下的那种思想与情感的内在活动，足以唤起且形成各种言论与行动，观察与情性，且常居于吾人对于人类喜戚的一切

---

① 黄仲苏：《小说之艺术》，载《东方杂志》1927年第24卷第22期。
② 郑振铎：《文学大纲》，商务印书馆1927年版，第565页。
③ 郑次川：《欧美近代小说史》，商务印书馆1927年版，第98页。
④ 曾虚白：《美国文学ABC》，世界书局1929年版，第117页。

见闻的中心"①。20 世纪 40 年代后期，萧乾刊发了两篇关于亨利·詹姆斯的专篇论述。1947 年，萧乾的《詹姆士的四杰作：兼论心理小说之短长》从小说创作角度以中国传统文论中体验的方式对亨利·詹姆斯进行了真正学术意义上的本土批评。萧乾分析了亨利·詹姆斯的《某夫人绘像》《鸽翼》《大使》《金碗》四部作品，对亨利·詹姆斯的小说给予了极高评价，认为谈到 20 世纪的英美小说，必须以亨利·詹姆斯起笔。萧乾抓住以亨利·詹姆斯作品为代表的心理小说所企图捕捉的"不是人生本相而是生活在人心灵上所投的倒影"这一关节点，高度评价亨利·詹姆斯在技巧上"不止是把小说由粗推到了细，更是由浅推入了深"，乃至把小说"抬到诗的境界"。② 其实，在刊发此文的前几月，萧乾的另一篇文章《小说艺术的止境》中也专门谈到亨利·詹姆斯，称其重心灵轻情节的心理小说为"透明体"，并辨析了亨利·詹姆斯与乔伊斯、伍尔夫的不同在于，他还没有完全脱离小说的传统，仍然"有情节做骨骼，有人物作精神气又有他那无比的曲绕蜿蜒的文体作皮肤衣裳"③。萧乾在 1948 年刊发的书评《詹姆士掌故录》中介绍了亨利·詹姆斯在英美受崇拜的程度，更值得注意的是，萧乾叙述第一次世界大战中亨利·詹姆斯参加美国救护队及比利时难民动员会等组织，痛斥德国黩武者的行为，从这些事实中，萧乾赞美即使是唯美的、纯技巧论者的象牙之塔大师亨利·詹姆斯，在遇到无法躲避的严酷现实之时，仍旧会义无反顾地有所行动，从而萧乾得出结论——"可见艺术灵感与是非良知原不必冲突的。然而那良心却不是无情鞭挞或恶意诟骂所逼得出的"④。在这里，艺术的至臻追求与

① H. M. Walbrook：《亨利詹姆士底小说》，由之译，载《矛盾月刊》1932 年第 3、第 4 期。

② 萧乾：《詹姆士的四杰作：兼论心理小说之短长》，载《文学杂志》1947 年第 2 卷第 1 期。

③ 萧乾：《小说艺术的止境》，见钱理群编：《二十世纪中国小说理论资料》（四），北京大学出版社 1997 年版，第 421 页。

④ 萧乾：《詹姆士掌故录》，载《新路周刊》1948 年第 1 卷第 12 期。

现实的积极参与并行不悖，这是一个颇有深意的结论。

可以看出，亨利·詹姆斯进入中国首先是作为极其重视人物心理并擅长于描写小说人物心理的作家而被关注的。不管新文学者们对亨利·詹姆斯的小说及其小说理论的关注点或态度有何不同，在亨利·詹姆斯对人物心理的重视这一点上，所有人都一致首肯。比如蹇先艾版本与傅东华版本的《美国短篇小说集》，在选取美国代表作家作品的内容上有很大不同，但都选择了亨利·詹姆斯的《四次会面》，选择的理由在两部《美国短篇小说集》对作家进行的简单介绍里得到体现。蹇先艾介绍亨利·詹姆斯的短篇小说“多半是人物性格的研究”，其写作“用眼和心的地方多”。① 傅东华强调亨利·詹姆斯的小说所用的方法“是性格分析，从此开拓了心理小说的一条大路”②。

（二）亨利·詹姆斯对现代中国文坛产生的影响

亨利·詹姆斯的心理现实主义小说理论在20世纪上半叶的中国文坛得到广泛传播，对中国心理现实主义小说产生了重要影响，大体来说，这种影响体现在两个方面：在表现题材方面，小说家对个人“经验”的重视促使其向内在精神世界进行挖掘；在叙述技巧方面，以人物的意识为中心促使小说家采用新颖、先锋的叙述视角。而题材和叙述方式的改变又进一步形成了心理现实主义小说淡化故事情节的散文化特征。

在小说的表现对象方面，亨利·詹姆斯认为，小说的内容不是外在的物质客观，而是“经验”，也就是说“一个人必须根据他的经验来

---

① ［美］欧文等：《美国短篇小说集》，蹇先艾、陈家麟译，上海生活书店1936年版，第123页。

② ［美］欧文等：《美国短篇小说集》，傅东华、于熙检译，商务印书馆1937年版，第11页。

写"①。经验是一种"漫无边际的感受"，当作家拥有想象力时，就能把生活中即使是最模糊的经验迹象捕捉到，从而使"空气的脉搏转化为启示"。在亨利·詹姆斯的小说理论中，"经验"是其核心之一。瞿世英在《小说的研究》中以相似的言说方式表达了与亨利·詹姆斯相同的观点，瞿世英指明"小说作家的材料第一就是经验"，小说家要为读者解释的一定只能是"他的经验"。想象与经验密切相关，小说家的"想象正是这旧的经验的暗示所发生的新结合"，想象是"将片段的经验重新结合而发明的"。② 对亨利·詹姆斯熟悉的谢六逸和老舍也在自己的小说创作理论中表达了与之相同的观点。谢六逸在《小说创作论》中认为，经验是一座宝库，经验越广越深，小说也就越广且深，作小说"应该以自己的经验去做基础，借'想象'之力，去描写类似的材料"③。老舍更以真诚的情感表达了小说就是生命经验的呈现："小说几乎是真实的一片段，但是，这一片段真实从何而来？不是由生命的观察与体认么？这一段的组成，不是许多不同的心象的织成么？这分明是说：这些是生命，容我以艺术表现之。"④郁达夫坚持创作主体经验的首要性，宣称以想象的事实为材料的小说就是作家的自叙传。在以往的中西传统小说观念中，小说承载了道德的训谕功用，个人经验是被漠视的。亨利·詹姆斯将个人独特的生命经验作为小说艺术创作的基础，重视小说展现的每一个"与众不同的独特的心灵"⑤，其观点在中国的传播，影响且深化了中国现代心理现实主义

---

① [美]亨利·詹姆斯：《小说的艺术——亨利·詹姆斯文论选》，朱雯等译，上海译文出版社2001年版，第13页。

② 瞿世英：《小说的研究》(下篇)，载《小说月报》1922年第13卷第9号。

③ 谢六逸：《小说创作论·主题小说》，见吴福辉编：《二十世纪中国小说理论资料》(三)，北京大学出版社1997年版，第152页。

④ 老舍：《文学概论讲义·小说》，见吴福辉编：《二十世纪中国小说理论资料》(三)，北京大学出版社1997年版，第483页。

⑤ [美]亨利·詹姆斯：《小说的艺术——亨利·詹姆斯文论选》，朱雯等译，上海译文出版社2001年版，第10页。

小说对小说本质的认识，助力于心理现实主义小说以个人体验为核心的新观念的形成。从郁达夫等作家的“自我表现”，到老舍、施蛰存、徐訏、张爱玲等作家对身处传统与现代夹缝中的个体的幽微、复杂经验的显示，都隐隐浮现亨利·詹姆斯的身影。郁达夫在自己的小说理论中好几次论及亨利·詹姆斯，在他的小说文本中甚至直接出现了亨利·詹姆斯小说中的人物(《蜃楼》)，可以说郁达夫对亨利·詹姆斯的小说观念及小说创作的了解是较深入的。亨利·詹姆斯的“经验”论关注主体的地位与存在状态，这一主张与郁达夫“自我表现”的文学追求极易产生触发点，从而形成突出个体主观感受与体验的小说形式。郁达夫几乎所有的小说，都是以创作主体的经验为基础，表达现代的感性主体在转折时代的苦闷与焦虑。与亨利·詹姆斯相似，郁达夫在对主体经验的描摹中探寻着现代主体性的建构。这种将主体内在精神世界凸显到前台，展现个体心灵图景的心理现实主义小说形式也影响了施蛰存的小说创作。施蛰存的《夜叉》《魔道》等细腻表现人物惊惧感与荒谬感的小说与亨利·詹姆斯的《螺旋之旋》有着极大的相似之处。亨利·詹姆斯与施蛰存在小说创作上的相关性，学者张京媛做过详尽的分析，认为《夜叉》是对《螺旋之旋》的戏仿。

由于对“经验”的强调，亨利·詹姆斯进而强调对小说家的尊重，他坚持必须要让小说家“享有选择的自由”，因为人性是无边无际的，经验也是从无止境的，那么艺术的领域就“涵盖了全部的生活，全部的感受，全部的观察，全部的想象”①。在这广阔的领域里，制定出任何规定都是对作家自由的限制，也是“对我们恰恰最感到关心的东西的压制”，小说家是自己创作实践的主人，“可以供他尝试的东西是没有限度的——他的各种可能的实验、努力、发现、成功，都是没

---

① [美]亨利·詹姆斯：《小说的艺术——亨利·詹姆斯文论选》，朱雯等译，上海译文出版社 2001 年版，第 23 页。

有限度的”①。关于作家选择自由的观点，阅读过亨利·詹姆斯著作的老舍也深受触动，老舍在《文学概论讲义》中提出，小说在形式、内容、材料上都应该是自由的，可以选择任何一种只要是小说家认为合适的方式，小说能采取一切的形式，因而也就意味着它打破了一切形式。在《怎样写小说》中，老舍要求小说家必须要有意识地以艺术家自居，一切材料都是由小说家自己支配，他甚至直接宣称：“我们并不是任何人的奴隶，而是一切的主人。”②心理现实主义小说形成的首要条件就是对主体主观经验的承认，而承认了主体经验的价值，同时也意味着对主体地位的首肯。小说家作为小说创作的主体，应该是具有自由独立性的。然而，小说家长久以来都处于被动的地位，即使在新文学时期，由于各种复杂权利关系的牵绊，小说家在很大程度上仍然被规约在能写什么、不能写什么的范围内。亨利·詹姆斯通过对心理世界的关注，对小说家自由选择态度的坚持，对作家主体权利的重视，以及于其中反映出的作家与社会的伦理关系，都在中国心理现实主义小说中显现出或明或隐的身影，为心理现实主义小说创作主体的价值和地位提供了理论保障。

关于叙述视角，新文化运动以降，相比于其他方面的革新，现代小说理论对真正意义上的视点创新显得兴趣缺乏。当然也有关于视点的专篇论述，如夏丏尊的《论记叙文中作者的地位并评现今小说界的文字》、穆木天的《谈写实的小说与第一人称写法》、陈君治的《谈第一人称写法与写实小说》、高明的《小说作法·视点及形式》等，甚至在不少小说学的教科书里都具备关于视点的章节，但是大多论述只是粗略地给视点分类，在内容上将视点简单化，认为叙事视点仅仅是为人物、情节、环境服务的“技巧”而已，其本身无甚独立审美价值，

① ［美］亨利·詹姆斯：《小说的艺术——亨利·詹姆斯文论选》，朱雯等译，上海译文出版社 2001 年版，第 11 页。

② 老舍：《怎样写小说》，见钱理群编：《二十世纪中国小说理论资料》(四)，北京大学出版社 1997 年版，第 76 页。

并且回避限制视点叙事。这些观点表现了叙述视点理论的贫乏，并进而对小说文学性的深入造成伤害。心理现实主义小说以人内在的意识、情绪、经验为表现的中心，而这一类表现对象具有主观性、散乱性、片段性、跳跃性、突发性、非理性等特点，传统的因果线性结构或全知视角当然难以表现这些对象的真实状况。新的表现对象需要新的叙述技巧，因此，在叙述技巧方面，亨利·詹姆斯的小说及小说理论为中国心理现实主义小说提供了先锋的叙述技巧模型，其中最为典型的模仿者是卞之琳。20世纪40年代初，在西南联大外文系任教的卞之琳专门为学生开设过一学期关于亨利·詹姆斯的选修课，在课上选讲亨利·詹姆斯较有代表性的小说《一个女士的画像》和《使节》。在卞之琳的影响下，他的学生翻译了亨利·詹姆斯的《诗人的信件》和《螺丝扭》，卞之琳专门为此作了序。在序中，卞之琳强调，亨利·詹姆斯"在英国小说史上是第一个把小说当作艺术，注意小说形式而影响了当代英国小说的小说家。也是他，在英国，首先着重了小说里的心理表现而无形中助成了日后的'意识流'派小说"①。丰富细腻的心理意识也正是卞之琳的《山山水水》的一大特点，小说以主人公林未匀和梅纶年在"战争"与"和平"之间不断穿行所产生的内心独白及大量理性对话为结构，表达知识分子在历史的挤压下对于生存的深层哲思。而《山山水水》在视点形式的探索上呈现出更加复杂先锋的设计。在《山山水水》的《卷头赘语》中，卞之琳解释了自己刻意在小说视点的安排上模仿亨利·詹姆斯的"视点"和"角度"，在每卷采用不同的"编造中心"(compositional centre)：第一卷以女主人公林未匀为中心人物，透过林未匀的视角去观察感受外界；第三卷的"编造中心"变为男主人公梅纶年，以梅纶年的体验和感知来补充第一卷林未匀所观察到的世界，两者间形成对映；而第二、四卷则由林未匀和梅纶年两者共同担当"编造中心"，由两者的主观体验综合而形成"主

① 卞之琳：《卞之琳文集》(中)，安徽教育出版社2002年版，第50页。

导觉知"(presiding intelligence)，作者为了能使个体的心理体验更加细腻地被描写出来，甚至在第二、四卷还间或插入了无所不在、无所不晓的全知视角叙事，以及转换视角中心的多视角叙事。① 卞之琳之所以说自己"有意"采用了亨利·詹姆斯的叙事技巧，应该是因为亨利·詹姆斯的叙事理论有助于他更好地达成自己的创作意图。在此就有必要涉及亨利·詹姆斯小说创作的核心问题，即"如何在那么紧紧地抓住我的中心人物、始终以他为模式的同时，又使我的小说形式总是保持引人入胜的魅力"②。亨利·詹姆斯解决这一问题的方法就是放弃单一使用难以进行"细腻的区别"的全知全能第三人称视角和使形式"注定要松弛"的第一人称视角，而采用限制性的第三人称视角描写小说主人公，以这一"意识中心"来展开事件、情感和心理。其实这一限制性的第三人称视角类似于第一人称的作用，但区别于第一人称的主观抒发，这一视角以冷静、克制的态度表现中心人物的内心世界，将变动不居的外部世界转化为中心人物心理的图景。对于这一视角所达到的美学效果，弗雷德里克·詹姆逊作出结论："詹姆士的观点是作为对物化的抗议和申辩而出现的，结果为愈加主体化和心理化的世界的永久存在提供了一件有力的意识形态工具。"③对外部世界转化而成的内心图景作出客观冷静的叙述，从而在形式中传达自我对世界的感知和思考。具体到《山山水水》，卞之琳采用亨利·詹姆斯的叙事方式，同样将丰富的外部世界转换为中心人物繁复的内在感知，表达具体、鲜活的个人对于存在的思索。在叙事形式的构建下，卞之琳以不同的视角阐发了不同中心人物对时代和社会的抽象哲思。

心理现实主义小说以人物的情绪或意识展开结构，这就在一定程

---

① 卞之琳：《卞之琳文集》(上)，安徽教育出版社 2002 年版，第 264~265 页。

② [美]亨利·詹姆斯：《小说的艺术——亨利·詹姆斯文论选》，朱雯等译，上海译文出版社 2001 年版，第 332 页。

③ [美]弗雷德里克·詹姆逊：《政治无意识》，王逢振、陈永国译，中国社会科学出版社 1999 年版，第 208 页。

度上弱化了故事的情节线索，使得小说呈现出散文化的形式特征。汪曾祺在写给唐湜的信中专门说道：“我要形式，不是文字或故事的形式，是人生，人生本身的形式，或者说与人的心理恰巧相合的形式。(吴尔芙，詹姆士，远一点的如契诃夫，我相信他们努力的是这个。)”①汪曾祺在西南联大时期的小说创作正显示了其向亨利·詹姆斯等小说家注重心理、形式靠近的努力，其小说《复仇》可以说是这一努力的典型例证。《复仇》分别有1941年和1944年两个版本，这两个版本的人物、内容都是一样的，但在形式表达上却很不同。1941年的《复仇》以“给一个孩子讲的故事”为副题，虽然也在“我”的心理状态中加入些微意识流，但故事情节清晰，与传统小说的叙事结构无异。1944年汪曾祺重新试验《复仇》的叙事形式，小说里的故事讲述完全区别于传统，没有戏剧化的矛盾冲突，完全呈现出散文化小说的特征。整篇小说全靠“我”的意识流动推进，在意识的流动中细腻又含蓄地倾诉着“我”真切复杂的生存体验，唐湜将之评价为“自觉的把握与沉思，一种心理意态的‘捕捉’”②。《复仇》以后，汪曾祺的小说《小学校的钟声》《绿猫》等，在意识的流动和形式的组织上呈现得更加自然而散文化。汪曾祺在小说中追求生活潜在的脉搏，将大时代中思想与情感的波动与小说的形式紧扣起来，以之展示人生命的旋律，即他所谓的“与人的心理恰巧相合的形式”。在西南联大任教的冯至，其创作的小说《伍子胥》也在一定程度上体现了与亨利·詹姆斯相似的散文化小说的美学追求。唐湜称《伍子胥》是以“意识流或内心情绪渲染”而结出的“完熟而透明的诗的果子”③，小说人物在复仇过程中

① 唐湜：《虔诚的纳蕤思——谈汪曾祺的小说》，见钱理群编：《二十世纪中国小说理论资料》(四)，北京大学出版社1997年版，第489页。

② 唐湜：《虔诚的纳蕤思——谈汪曾祺的小说》，见钱理群编：《二十世纪中国小说理论资料》(四)，北京大学出版社1997年版，第490页。

③ 唐湜：《冯至的〈伍子胥〉》，见钱理群编：《二十世纪中国小说理论资料》(四)，北京大学出版社1997年版，第426页。

内心的意识流动，小说浓郁的诗性和哲理性，都隐隐显示了亨利·詹姆斯的风格特点。

以亨利·詹姆斯作为模板进行学习的，还有“京派”作家群。“京派”作家中很多人声称自己受到弗吉尼亚·伍尔夫的影响，而伍尔夫在精神渊源、小说技巧、创作意图等方面又是与亨利·詹姆斯一脉相承的。伍尔夫对亨利·詹姆斯极为崇拜，认为“正是由于亨利·詹姆斯的伟大创作给了我们一个如此真实的世界和一种如此独特而异常的美感”①，她甚至还宣称“我要像亨利·詹姆斯那样写作”②。汪曾祺曾说过，在学习别的作家的风格之时，不仅要学习这作家本人，更要“学习他所师承的前辈”，只有这样“才不至流于照猫画虎，邯郸学步”。③ 因此，叶公超、萧乾、卞之琳等人对伍尔夫的译介，汪曾祺、林徽因、凌淑华、废名、李健吾等作家的创作，表层显现的是伍尔夫的身影，但背景却是亨利·詹姆斯开创的心理现实主义，这些作家的小说中大量采用意识流、内心独白、自由联想、梦境等艺术手法，使得小说凸显人物内心真实时淡化了故事情节，从而呈现出散文化风格。此外，郁达夫、废名、沈从文等创作的心理现实主义小说体现了更为强烈的散文化小说特征。郁达夫对亨利·詹姆斯极为熟悉，他在自己的小说文本和理论著作《小说论》中都论及了亨利·詹姆斯，郁达夫创作注重表现心境的心理现实主义小说不以故事情节为叙事中心，而是力求呈现人物哀怨、凄冷、苦闷、抑郁的复杂心理世界，小说淡化情节线索，表现出浓厚的散文化特征。

---

① 转引自易晓明：《优美与疯癫——弗吉尼亚·伍尔夫传》，中国文联出版社2002年版，第128页。

② 转引自易晓明：《优美与疯癫——弗吉尼亚·伍尔夫传》，中国文联出版社2002年版，第109页。

③ 汪曾祺：《谈风格》，见《汪曾祺全集》(第3卷)，北京师范大学出版社1998年版，第341页。

(三)接受的原因及暗含的龃龉

作为世界公认的心理现实主义小说的开拓者，亨利·詹姆斯因其在小说观念、题材内容、文体形式等方面对人的心理世界进行了深入的探索，而对中国心理现实主义小说产生了广泛影响，使其能在西方老师的模型下更为快速地成长。然而，在对外来文学的接受中，艺术的接受并非照单全收或被动地消费，接受者依据个人的审美经验以及广阔的社会生活经验所形成的期待视野，使得文学的接受和吸收呈现出在认同与拒绝两端游移的动态情势，而其中所产生的冲突、调和以及张力不仅是心理现实主义小说，更是中国现代文学的最大研究价值所在。

亨利·詹姆斯被中国文坛称赞并被接受的重要原因，是其擅长塑造小说人物的心理世界。"五四"对人的发现，使人由传统伦理秩序上的抽象符号转为独特具体的个性，而阐发人价值意义的旨归注定了小说要向人的心灵世界进行探索。不管是宣称"人物之重要，乃在人内部精神上为人所看不见的地方"①，抑或是高喊"艺术的结晶，便是主观——个性的情感"②，无不表明新文学者们期望从以往伦理秩序的压制中突围，从而建立个人话语体系。瞿世英曾强调，纯客观的描写仅写了半个人，不是人的全部。也就是说，要真实地反映社会人生，对人心灵的探索就是必然的。从这一层面上说，亨利·詹姆斯(同样也包括伍尔夫、乔伊斯、普鲁斯特等)的小说及小说理论对人物心理的发见吻合了中国现代文学的时代要求，与"五四""个人"的发现相印证，在一定程度上符合接受者的期待视野与兴奋点。所以，沈雁冰称赞亨利·詹姆斯等"伟大"的作家将书中人物的心理变化看

① 清华小说研究社：《短篇小说作法》，见严家炎编：《二十世纪中国小说理论资料》(二)，北京大学出版社1997年版，第162页。

② 庐隐：《创作的我见》，载《小说月报》1921年第12卷第7号。

得极重要“乃是小说艺术上一大进步”①，石凌鹤推崇亨利·詹姆斯等人在作为写作技巧的心理解剖的描写方面已臻至境，“再没有什么可以附加而且也不能再附加了”②。

然而，现实盘根错节的复杂情状是难以用逻辑推理去以简御繁的，真实的情况常常呈现悖论之势，这样的悖论首先突出地表现在新文学理论建设者们对亨利·詹姆斯接受的态度上。对中国心理现实主义小说产生了较大影响的亨利·詹姆斯，同样也是中国现代文学理论者们(甚至包括心理现实主义小说创作者)批评的对象。肯定亨利·詹姆斯作为伟大的或重要的小说家，前提是亨利·詹姆斯的心理探索，但这样高度地称赞并不保证这位西方老师能成为完美的学习模板，对这位老师的赞扬之处恰恰也正是对他的批判之靶。如对亨利·詹姆斯表示称赞的郑振铎、曾虚白等人，同样对亨利·詹姆斯小说的“缺陷”进行批判：郑振铎对亨利·詹姆斯小说的内容感到不满，认为“他的知识范围却太狭小了；他的人生的知识仅得之于旅店的客室，艺术馆及图书馆中”③。在评价亨利·詹姆斯透视社会的程度这一问题上，曾虚白与郑振铎的观点相似，认为亨利·詹姆斯的范围狭窄，难以深入真正的生活，“在有限度的范围以内能透视到人类的灵魂里的，只是这个限度实在太狭窄了……他能深入到每一个单独的人，却不能深入到人生中去。单提文学的艺术讲，他确乎有可取的地方，若说是表现人生，他可实在是失败了”④。此外，曾虚白还从“方法”方面评析亨利·詹姆斯在艺术方面的不足，“他习惯着用眼睛和心写他的作品，却不用他的耳朵”⑤。对于亨利·詹姆斯的限制视点

① 沈雁冰：《人物的研究(小说研究之一)》，载《小说月报》1925年第16卷第3号。

② 石凌鹤：《关于新心理写实主义小说》，载《质文》1935年第4期。

③ 郑振铎：《文学大纲》，商务印书馆1927年版，第565页。

④ 曾虚白：《美国文学ABC》，世界书局1929年版，第117页。

⑤ 曾虚白：《美国文学ABC》，世界书局1929年版，第115页。

叙事，曾虚白批评，这样的“作风”不能反映生活的全貌，“不能了解广大而普遍的人类性质”，而亨利·詹姆斯采取限制视角的“旁观者”态度，使得小说“不能给读者一种真实人生的印象”。① 对亨利·詹姆斯的这种矛盾不仅表现在不同立场态度的理论家身上，也体现在同一位理论家身上。1929 年赵景深在《小说月报》上刊发的《二十年来的美国小说》中认为，罗曼小说与神秘小说是浪漫的，而社会小说与心理小说则是属于写实的，并称赞“心理小说家”亨利·詹姆斯和花尔藤（Edith Wharton），认为“有眼力的读者，都极其推崇他们”。② 但在 1931 年出版的《1930 年的世界文学》中，赵景深却将亨利·詹姆斯称为不关注社会的“消遣的”“资产阶级”“二三流的”③小说家。不过短短两年时间，赵景深对亨利·詹姆斯的定性可谓翻天覆地。

这表面上的自相矛盾，其地表之下牵涉的是关于文学与现实的关系问题。文学如何反映现实，以及文学如何介入现实，从孔子的“兴观群怨”、柏拉图的“模仿说”肇始直至如今，一直都是文学的核心论题。小说因为在体裁上具有比诗歌、散文、戏剧更能容纳社会人生广阔内容的优势，造成了小说家对于真实地反映现实这一命题几乎可以说有命定的焦虑感。小说家总是希望能在小说里尽可能真实地容纳人生现实。当“生活在现代的思想中是比以前更复杂了”之时，自然会“有许多我们不理会的事实，不敢说的情绪，现在都变成了小说的好材料”④。这些“材料”不仅仅是物质世界的，更包括精神世界的，人是立体复杂的创造物，也正是在这一要求下，亨利·詹姆斯才被茅盾、石凌鹤等人称赞。但当“文学革命”中的“文学”被归于关乎国家民族“革命”之麾下时，新文学理论建设者们首先思考的是小说如何才能有效地介入现实，从而成为变革社会的工具，此时的“现实”并

---

① 曾虚白：《美国文学 ABC》，世界书局 1929 年版，第 116 页。
② 赵景深：《二十年来的美国小说》，载《小说月报》1929 年第 20 卷第 8 号。
③ 赵景深：《1930 年的世界文学》，神州国光社 1931 年版，第 170 页。
④ 叶公超：《写实小说的命运》，载《新月》1928 年第 1 卷第 1 期。

不等同于“真实”，而是摇身成为一种具有特定转喻和隐喻含义的话语，在这一话语模式下，“现实”对“真实”进行了框定和规训。强调描绘心理真实图景的小说，不可避免地弱化了对“现实”的介入，而对社会没有积极介入的小说当然难以实现其特定的社会学意义，因而处于被批判的地位——“心理主义的描写法，是决不适合于描写一时代的大事变的”①。说到底，这其实是一种“用”的哲学的表征，文学“用”于改造时代和社会，“用”于参与建构宏大的政治理想。在“用”的前提下，个人经验就显得不太合时宜，轻则示贬于褒，重则攻瑕指失。在现代中国的社会语境下，“五四”的启蒙绝不止于个性的解放，而更多的是国族观念的启蒙，在国族观念和救亡主题的扩张下，个人主观经验的空间不断被压缩，主观真实感受的表达也被认为不应是文学的题中之意，认为只需要“从客观方面烘托出感人的力量来，不必以主观的态度出之”②。而对于描写主观心灵感受的作品，则将之斥责为“最大的缺点是作者的态度偏于主观，题材的范围过于狭小”③。针对亨利·詹姆斯，萧乾批评其作品是“没士气的芝兰”，直陈亨利·詹姆斯的短处——“他代表当代英美小说所有的弱点(颓废，隐晦，远离现实，偏重形式，和一种难医的抑郁症)”，因为脱离了现实的血肉人生，所以“躲避了正面的描写，也就躲避了生活的真相”。他进而断言，“从中国现阶段的处境”而言，“《大使》、《金碗》是死路”。④ 亨利·詹姆斯的心理现实主义小说真正的独特点——意识中心、视角限制，这些关于文学本体的探索，由于无益于现实的介入，因此中国现代文学的理论建构选择对其视而不见，即是说，亨利·詹

---

① 王任叔：《中国现代小说发展的动向底蠡测》，载《创作》1935 年第 1 卷第 3 期。

② 徐国桢：《小说学杂论》，见吴福辉编：《二十世纪中国小说理论资料》(三)，北京大学出版社 1997 年版，第 70 页。

③ 郑伯奇：《身边小说》，载《新小说》1935 年第 2 卷第 1 期。

④ 萧乾：《詹姆士的四杰作：兼论心理小说之短长》，载《文学杂志》1947 年第 2 卷第 1 期。

姆斯被刻意地规范在一定的范围内被接受。

同样，即便是如此主动热切地向亨利·詹姆斯靠拢的心理现实主义小说创作，其命运仍然显示出了龃龉之态。明确追求过亨利·詹姆斯、伍尔夫形式风格的汪曾祺，只选择适合自己经验的部分来消化，而对于真正体现亨利·詹姆斯美学追求的作品，汪曾祺却评价说："那是我读过的最难读的小说"①。而且，在小说《绿猫》中，汪曾祺借主人公之口还说了一段颇有深意的话："心理小说在中国还是个颇危险的东西。中国人大概都比较简单，也许，我们的小说作家以为中国人很简单，反正，没有这东西。我想劝他还是写写高尔基式的小说。"②汪曾祺以反讽式的语气为中国的心理小说作了一个悲观的预测。相比于汪曾祺，卞之琳的《山山水水》在形式和风格上更贴近亨利·詹姆斯小说理论的核心，然而，这部花费8年心血的小说最终却被作者自己判定为"一部终归失败的长篇小说"③，在1950年被付之一炬。其实，像亨利·詹姆斯小说一样充满了主体哲思的《山山水水》不被中国时代接受的命运是注定了的，早在20世纪20年代，受亨利·詹姆斯较大影响的郁达夫就开始批评这种形式——"有人说Henry James的小说难读，仿佛是和读哲学书一样，这绝不是对亨利·詹姆斯的谀奖之词。"④

说到底，对舶来品的渴慕与接受终究离不开具体的社会语境。在西方"老师"与中国"学生"之间，始终有一个问题横亘其中，那就是"现代"的源头在中国之外，而如何吸收、消化这源头活水却必须在中国语境之内实现，这就注定了单纯的"西方渴慕"不能有效阐释中

① 汪曾祺：《汪曾祺全集》(第5卷)，北京师范大学出版社1998年版，第93页。

② 汪曾祺：《绿猫》，载《文艺春秋》1947年第5卷第2期。

③ 卞之琳：《卞之琳文集》(中)，安徽教育出版社2002年版，第452页。

④ 郁达夫：《小说论》，见严家炎编：《二十世纪中国小说理论资料》(二)，北京大学出版社1997年版，第432页。

国社会文化的复杂、独特属性，以及新文学者们庞杂的切身体验，“老师”的“现代性”话语到了“学生”那里被嫁接成为另一个品种，适宜中国本土环境的话语得以保留，旁逸斜出的部分则要么被砍掉，要么被重新塑型，最终为我所用。这也回答了上文提到的亨利·詹姆斯被西方现代主义大师们奉为圭臬的心理现实主义美学原则，恰恰被新文学者们视为“缺点”的问题。或许，对亨利·詹姆斯作过深入研究的萧乾有一段话能更具体地解释其中的原因——“在英国，我为他们(指心理小说大师——引者注)文学的成就所眩惑，有时研究的心情中夹杂了过重的崇拜，然而回来不上几个月，接触了中国的黄土，重见了中国的创痕，我评价很自动地在修改着了。”①更何况，对于20世纪上半叶的中国来说，挽救民族危机、追求光明希望成为其主体情绪，文学相应地也就形成了激昂、奋进的主流话语，而吸收了西方现代前卫思想的中国心理现实主义小说，由于其强烈的个性化因素和低沉、颓废的格调，与主流话语之间明显抵触，正如施蛰存一针见血地解释：“在中国一向的文学气氛中，走向‘现代’就是走向异端，是不被允许的。”②心理现实主义小说带有的异端性使其一直备受批评，“它在中国一直居于边缘地位，处于一种文学先锋与社会边缘的悖论状态”③，而为了在这样尴尬的处境中求得生存，中国心理现实主义小说不得不消除西方“老师”某些先锋前卫的内容，而在有意或无意间向适应主流话语的现实主义靠拢，以求自身体系的建立与维系。

除了外部因素外，文学者的内部因素更是在接受异域文化的过程中起着关键作用。心理现实主义小说家虽说都是以反传统为基石而接受域外文学的，但传统早已化为骨血融入他们的体内，使他们对传统有着本能的依恋。带着这样的“前见”，在接受域外文学时，新文学建设者们必然不会似一张“白纸”般等着“他者”来描画，正如海德格

---

① 萧乾：《萧乾选集》(第四卷)，四川人民出版社1983年版，第208页。

② 施蛰存：《沙上的脚迹》，辽宁教育出版社1995年版，第166页。

③ 吕周聚：《中国现代主义诗学》，人民文学出版社2001年版，第50页。

尔所言："解释从来不是对先行给定的东西所作的无前提的把握。"①传统浸润下的他们，以本土的美学观念、思维方式和人生感受将异域文学的"他者"误读为自己所需要的形式，最终成为"自我"的一种。亨利·詹姆斯的小说和小说理论通过将"个体意识"置于中心地位，最终要揭示的是关于自由的伦理哲学，但中国传统"先天下之忧而忧，后天下之乐而乐"的人文情怀，使新文学建设者们无法置身于纷乱之外去追求模糊而遥远的自由、民主，因而亨利·詹姆斯被批判为"消遣的"作家。即便是"京派"作家，其模仿亨利·詹姆斯、伍尔夫一派的作品(甚至包括凌淑华的英文自传体小说《古韵》)，形式的模仿只是一种策略性的表象，其本质仍然是传统文化的美学思维。

时代环境、文化传统、个人经验、审美习惯、思维定向等先在结构都关乎文学家的选择。这种种因素间的相互牵扯使得中与西、旧与新、传统与现代之间不再是单纯的破与立、模仿与被模仿的关系，而是在各个关系间形成了张力结构。不可否认，正是向西方"老师"的模仿学习，才使"五四"以来的中国文学在知识结构和表意方式上具有了与世界对话的"现代"基础。但更重要的是，在诸因素的张力结构中，对域外文学的接受也不再是单纯向着某一方的被动，而是于其龃龉中诞生出具有现代中国经验的新文学，中国现代文学才显现了真正波澜起伏又充满生机的内容。无论是刻意追求亨利·詹姆斯的小说形式但却最终未能成功的心理现实主义小说创作实践，还是着意批判亨利·詹姆斯的小说形式但却暗含赞许态度的理论建构，其中的根柢是在复杂因素制约下知识分子关于社会责任与艺术追求的潜在对话，这一潜在的对话又显示了文化转型时期文学的丰富性与多重性。

对亨利·詹姆斯的接受是一个典型的个案，体现了中国心理现实主义小说对西方"老师"选择性接受过程中呈现出的普遍本土经验性。

---

① [德]海德格尔：《存在与时间》，陈嘉映、王庆节译，生活·读书·新知三联书店1999年版，第176页。

由于上述各种复杂因素的牵绊，在热切地向西方老师进行模仿借鉴的现象下，中国心理现实主义小说家着重的是小说创作技巧的吸收，其内核仍然留有显著的中国审美观念的印痕。李健吾的《心病》在多处显示出了伍尔夫的影响，但《心病》的整体结构风格却与伍尔夫的小说不同，伍尔夫小说追求诗意化，无限淡化情节，而朱自清称李健吾的《心病》"大体上的逻辑连贯"，特别是中卷和下卷带有浓厚的现实主义色彩，李健吾只是在小说的局部模仿借鉴了伍尔夫的意识流手法。

还需说明的是，中国心理现实主义小说家学习西方"老师"，以主观经验为小说创作的核心，反映内心的世界，坚持个人心灵的独特价值，但中国"学生"总体上却不像西方"老师"那样将主、客观世界安置于一个对立的结构中，抛弃外在环境只为表现内在心灵。在中国"学生"的头脑中，对"经验"的理解主要来自西方"老师"，但向其借鉴更多的只是一种话语策略，而非将其奉为具体实践的圭臬。在具体的创作中，先在的知识结构和文化心理无不起着巨大的作用，影响中国心理现实主义小说家关于"经验"的理解。与西方外向型文化心理不同，中国传统的文化心理是一种注重本心修养的内向型心理，在这一文化心理中，中国人不像西方人那样，认为客观与主观处于对立不可调和的两端，而是在对本心的修养中消泯了主客观之间的界限，将两者统一起来，以体验、直觉的方式对客观进行关照。也许主动以伍尔夫作为自己老师的林徽因的一段话更能说明这一问题："所以一个作者，在运用文字的技术学问外，必须是能立在任何生活上面，能在主观与客观之间，感觉和了解之间，理智上进退有余，情感上横溢奔放，记忆与幻想交错相辅，到了真即是假，假即是真的程度，他的笔下才现着活力真诚。他的作品才会充实伟大，不受题材或文字的影响，而能持久普遍的动人。"①

沈从文同样强调社会现实与人物心理的相互影响关系："既然是

---

① 林徽因：《文艺丛刊小说选题记》，载《大公报·文艺》1936年3月1日。

人事，就容许包含了两个部分：一是社会现象，是说人与人相互之间的种种关系；一是梦的现象，便是说人的心或意识的单独种种活动。单是第一部分容易成为日常报纸记事，单是第二部分又容易成为诗歌。必须把人事和梦两种成分相混合，用语言文字来好好装饰剪裁，处理得极其恰当，才可望成为一个小说。”①从认识论层面说，任何主观性的表现，其实都是一直在对客观外在感知认识的基础上形成的，内心主观真实的基石是经验，而经验是一个主体面向对象并获取对象的过程，在这一过程中，主、客体也就密不可分起来，对象与主体在体验的过程中相互融入并构成一体。而从现实语境层面而言，“五四”开启的启蒙既包括个人启蒙，也包括国族启蒙，虽然随着时代形势的变化，两者之间呈现出此消彼长的态势，但这两种启蒙思想一直贯穿整个中国现代文学，相互交缠。所以，中国心理现实主义小说在探索人物主观经验的奥秘之时，与西方趋向于哲理性的心灵追问不同，他们对心灵的开拓更多是与社会国家相连接的，心灵世界与现实状况不是对立的两端，而是相互融合的一个统一体。因而，小说家将自我的主观经验倾注于创作过程中，再进一步将所塑造的艺术形象的内在真实凸显出来，并不采用西方现代派小说完全意识流、内心独白、心理分析的技法，而是将内心世界的涌动与客观性的形象凝聚起来，坚持“只以自己的精神来‘说明客观世界’还是不够的，主观的自觉的思想与别的一些从无意识的宝藏里的巨大的生命的冲击力应该在作品的客观性的形象里凝集起来，发展成完整的一个小宇宙的感识，主观与客体应该天衣无缝地浑然凝合”②。

与西方那种专注于描摹精神世界的“内在型”小说不同，中国心理现实主义小说将人的心灵置于首位的同时，也强调主观世界与外在世界的融合。鲁迅之所以极为推崇陀思妥耶夫斯基和安德烈夫，就在

---

① 沈从文：《短篇小说》，载《国文月刊》1942 年第 18 期。

② 唐湜：《路翎与他的〈求爱〉》，载《文艺复兴》1947 年第 4 卷第 2 期。

于鲁迅欣赏陀思妥耶夫斯基与安德烈夫在小说中消融了外在世界与内在世界的界限、将两者融合为一的特点，鲁迅创作的小说同样一方面具有极为强烈的主观色彩，深入人的内心世界追求“灵魂的深”；另一方面，又在人物主观中蕴藉了鲜明的现实感。《狂人日记》在“狂人”独特且强烈的主观体验中，对具体的中国社会进行分析评判，“狂人”的主观情感与客观的现实社会融为一体，形成一个层次丰富的心理象征世界。施蛰存的小说在挖掘人物的深层潜意识之时，并没有像西方现代主义作家一样彻底排斥理性，刻意呈现意识的盲目散乱，而是在挖掘心底深处的潜意识时，一方面，注意将虚无缥缈的潜意识与自觉的意识结合起来，强烈的主观与外在的环境相互触发；另一方面，将抽象的延宕的心理流变外化为具体可见的行动，心理活动与行为动作融为一体，意识的流动显现出有迹可循的轨迹。《梅雨之夕》主要以人物的意识流动来构建全篇，初见“她”时“我”的头脑中闪现了无数画面，一会儿是“我可以如中古时期骁勇的武士似地把伞当做盾牌，挡着扑面袭来的雨丝的剑”，一会儿是想着人力车夫在雨天也在避雨，一会儿又幻想着“她”好像在等“我”拿伞贡献给“她”。当“我”送“她”回去的路上，“我”看见街边店铺里的人又开始不断猜想他们“可疑”的脸色，“无论认识我们之中的任何一个人，看见了这样的我们的同行，会怎样想?”接着，“我”感觉“她”很像“我”认识的一个女子，随后，“我”脑中不断浮现“我”的初恋女友，即使“她”的姓氏与初恋女友的不同，“我”仍旧固执地认为“她”就是那个人，并在脑中一下子猜测为何“她”要骗我，一下子又想象自己在旁人的眼光中就是“她”的丈夫或情人，并自我陶醉于这种“自譬的假饰”中，同时，“我”妻子的样子也出现在“我”的头脑里。人物看似纷乱的无意识片段如同一个个肥皂泡般接连涌现，但这些意识泡沫其实有着明确的线索中心，沿着同一个中心向四周展开，那就是：“她”是“一个美的对象”，“我”对“美”展开了追寻。正因为有了这一中心，各个意识片段之间都被连接起来，成为有迹可循的意识河流。此外，《梅雨之夕》的意识变动时时处于开放的状态中，人物的意识促使其观察外在的环境，而外在的环境又同时推动人物意识的进一步发展："我"之所以在头脑中浮现人力车夫，是由于"我"看见"她"身上已被雨滴打湿，希望有人力车送"她"回家。后来"我"送"她"回家，"我"心里诧异于事情发展的状况，对自己送一位陌生女子回家一事感到惊奇，这样的心理又促使"我"去观察现实中旁人的脸色，旁人的脸色让"我"感到可疑，于是"我"的头脑中又展开了新的幻想。而且，"我"纠结、隐晦的复杂心理不断体现在"我"取表看时间、转回头看路人、撑伞这样一些具体的动作中，使得人物的心理变化更为清晰，人物的意识流动成为清晰的故事发展脉络。施蛰存在心理现实主义小说中采用的这种表现方式同样体现在徐訏、张爱玲、无名氏、穆时英、刘呐鸥等作家的小说中，甚至可以说是中国心理现实主义小说的一种普遍现象。这样一种开放性、外化性的意识流动区别于西方封闭性、内在性的意识流小说，显示出在汲取中国传统叙事方式和西方现代小说技巧营养的基础上，心理现实主义小说创生了新的表现方式。

第二章　“经验”主导下的小说观

“经验”是主观个体对客观事物的印象、认识、感受、体验，“经验”来自客体，但又不同于客体，是主体心理化的产物，属于主观精神层面。主观“经验”是现代文明的认知结果，心理现实主义小说将这种认知结果升华为审美体验，并赋予其美学价值。心理现实主义小说的表现对象是个人化的心理，也就是在个人化经验基础上所形成的内心的情绪、意识、感情等，每个人因其主体经验不同，内心世界呈现出万千的面貌。心理现实主义小说重视个人经验的价值，将极具个性化色彩的“经验”置于自己小说观念的中心地位，围绕着“经验”形成了新颖、独特的小说观。

第一节　关于“经验”的认识

以往认为，人是生活的，是伦理的，是秩序的，甚至也是物质外在的，但唯独不是个人自己的，所以小说中的人物是千篇一律的才子佳人、帝王将相，这些人物有身份，有外在标记，但唯独缺少了能辨识是此人而非彼人的个性化经验特征。由于对“经验”的漠视，“心理的粗疏”是“中国小说自来一个付之阙如的现象”，传统小说擅长奇巧的情节、优美的文笔，但其中的人物却多是傀儡，没有个性，更没有深致的内心表达，“人物大部分在承受(作者和社会的要求)，而不在自发地推动他们的行为。谄媚或者教训，是我们小说家两个最大的目标，是我们文化和道德两种相反而又相成的趋止。我们织绘的风景大半和人物无涉，我们刻画的人物不一定和性格有关：一切缺乏艺术自觉，或者说得透骨些，一切停留在人生的戏剧性的表皮。我们有悲欢离合，我们没有戏剧”①。仅仅刻画人物的外部，往往只涉及人物最为浅显的表层，难以真正触及人的本质存在，而“个人之所以能引起兴趣，在乎他的生命内部的活动”②，这些“生命内部的活动”绝不是外部的简单摹写或情节的跌宕起伏可以展现的。依靠个性化的“经验”，人才从单向度的符号形象而成为繁复而绮丽、矛盾又和谐的生命体，“经验”与对人的深度认知相联系，因而“经验”具有现代意义。同时，也正是依靠个性化的“经验”，中国心理现实主义小说深入人独特复杂的内心世界，展现人心灵地图的凹凸，形成自己的小说观念。由于中国传统小说几乎不关注个人的“经验”，也没有相关的理论，因此中国心理现实主义小说对“经验”的认识，很大程度上是借鉴西方文学。

在西方文学史上，“经验”并非从来就受到重视，而是现代文明的认知结果。虽然德谟克里特早已提出，个人的感性经验具有极大的价值，“凡是对每一个人显现，并且对他显现得存在的，就是真的”③。然而，长久以来占据主流认识的是柏拉图的“洞喻”，“洞喻”表达了西方文学传统对“经验”的一种典型立场：个人化的经验只是一种高级真实的影子而已，并非真实本身，感性经验处于真实等级秩序的下层。反映在小说创作上，就是小说要么成为奇闻稗史的代名词，要么只能是对外在客观世界的被动模仿。个人的感性经验长久被压抑，人类经验性的内容被蒙蔽，对感性经验的驱逐必将使原本丰富

① 李健吾：《萧军论》，见钱理群编：《二十世纪中国小说理论资料》(四)，北京大学出版社 1997 年版，第 38 页。

② 老舍：《文学概论讲义 · 小说》，见吴福辉编：《二十世纪中国小说理论资料》(三)，北京大学出版社 1997 年版，第 481 页。

③ 转引自高建平、丁国旗编：《西方文论经典：古代与中世纪》，安徽文艺出版社 2014 年版，第 183 页。

的人性被压制。随着现代哲学的发展，叔本华、尼采、柏格森等现代西方哲学家们开始怀疑曾经的关于真理的大叙事，而将个人经验凸显在前台。在这样的哲学大转向下，心理现实主义小说以个人化经验为核心，开始了对心灵世界的深入探寻。

心理现实主义小说理论的开创者亨利·詹姆斯将小说上升到艺术的高度去理解，他认为，小说具有价值的唯一理由在于小说“试图表现生活”，但是，对生活的再现并没有统一的标准，因为“衡量真实性的尺度是很难制定的。堂吉诃德或者密考伯先生的真实性和真实之间是有着很微妙的差异的；它是被作者的想象力大力润色过的一种真实……人性是无边无际的，而真实也有着无数的形式”①。由此可见，亨利·詹姆斯的小说试图表现的生活真实早已不是人们以往惯常认为的客观存在，而是氤氲了作家强烈主观色彩的“真实”，他将小说的这种“真实”定义为“一部小说是一种个人的、直接的对生活的印象：这印象首先构成了其大小根据印象的强烈程度而定的价值”②。他认为，小说不是对世界的模仿，传统小说重视的情节与教义道德破坏了小说的真实感，小说家应该真诚地面对自己所感知、体验到的生活印象，小说的真实性正在于作家对生活的无数“印象”(illusion of life)，是作家的主观“经验”(experience)

而关于“经验”，亨利·詹姆斯认为“它是一种漫无边际的感受”，并将之比喻为“是悬浮在意识之室里的用最纤细的丝线织成的一种巨大无朋的蜘蛛网，捕捉着每一颗随风飘落到它的怀中来的微粒”。③作家在生活的大网里，心灵激荡起无数的感受，捕捉无数的印象，形

① [美]亨利·詹姆斯：《小说的艺术——亨利·詹姆斯文论选》，朱雯等译，上海译文出版社2001年版，第13页。

② [美]亨利·詹姆斯：《小说的艺术——亨利·詹姆斯文论选》，朱雯等译，上海译文出版社2001年版，第10~11页。

③ [美]亨利·詹姆斯：《小说的艺术——亨利·詹姆斯文论选》，朱雯等译，上海译文出版社2001年版，第14页。

成个性化的经验，再在小说中将主观经验展示出来，小说人物凭借着自己的主观经验，展示并阐释自己眼中所见的个人化真实生活，而这一生活不再是对外在的被动机械的模仿，而是经过人物的主观心灵重新铸造出来的新世界。英国著名文论家布拉德伯认为，亨利·詹姆斯的小说不是“报道式”的，而是“展示式”的，其小说中的人物“不是记录生活，而是创造生活”，小说中表现的现实“不是实录，而是一种建构”。① 布拉德伯的评价确实是切近亨利·詹姆斯小说理论的中心的，正是将主观心理体验奉为小说的核心，才使得“报道式”的自然主义、现实主义小说转向了“展示式”的心理现实主义小说的轨道，在自觉挖掘主体对世界的经验感受的过程中，不断深化对人与生活的认识。

亨利·詹姆斯开创了以主观经验为中心的心理现实主义小说，其一脉相承的心理现实主义小说家不断丰富关于“经验”的理解。普鲁斯特在《追忆似水年华》的最后一部《过去韶光的重现》中，表达了自己关于文学真实性的立场。在普鲁斯特的观点中，文学中的现实不是再现像天气、战争、花园、灯火辉煌的饭店这样一些外在的事物，这些客观外在事物对任何人来说都是些无差别的东西，普鲁斯特甚至说，如果真正的现实就是外在事物的模样，那不需要有文学，只要用电影就足够表现这些所谓的现实了。文学的任务应该是表现主观的经验，客观的事物不停地在人们心头留下印象，不同的人产生各种各样的经验感受，这些留在心头的印象和经验又不断地牵引出过去的记忆，当诸种回忆、感觉、印象像网一般勾连起来，就描绘为各人各面的复杂、特殊的内在主观世界，而真实性只会存在于这种主观经验之内。伍尔夫的主观经验进一步推进了普鲁斯特的看法。在伍尔夫看来，心灵受到客观现实的刺激所产生的反应和震动远比客观现实本身更加具有价值意义，因为客观物质是无差别的，而人的主观经验却是

---

① 转引自盛宁：《现代主义·现代派·现代话语——对“现代主义”的再审视》，北京大学出版社 2011 年版，第 148 页。

确认个人存在的实证，人的内在心理感知远比现实本身蕴含更高的真实性。伍尔夫认为，传统作家关心的是人的躯体，而非个人化的经验，所以是"物质主义者"，这些"物质主义者"浪费了自己的技巧和精力去描摹琐屑的、暂时的对象。相对于"物质主义者"，伍尔夫赞扬乔伊斯为"精神主义者"，赞扬《尤利西斯》"确实接近于内心活动的本质"，而生活真正的本来面目，"我们在这儿的确找到了它"。① 所以，伍尔夫在主观经验的立场上认为，小说家的工作就是"把这种变化多端、不可名状、难以界说的内在精神——不论它可能显得多么反常和复杂——用文字表达出来，并且尽可能少羼入一些外部的杂质"②。英国意识流小说家陶罗赛·瑞恰生则主张"个人思想和信仰的真实"才是小说家唯一应该描写的对象，而小说的任务只是让"沉思默想的现实""独立发言"。③ 陶罗赛·瑞恰生将小说的重心由对外部形象的塑造完全转向对内心潜意识流动的捕捉。

中、西方心理现实主义小说都是以人的内在世界为表现对象，关注心灵对外部世界的感受经验，强调存在于经验感受中的心理真实性，因此，西方心理现实主义小说对"经验"的理解为中国心理现实主义小说观念的形成提供了支持。前文曾提到亨利·詹姆斯关于"经验"的理解，在瞿世英、谢六逸、老舍、郁达夫等人的论述中也出现了类似的表达。在西方文学的帮助下，结合本国文学的特性，中国小说家形成了自己关于"经验"的理解。郑振铎坚持主观经验本身的审美意义，他认为"人类情绪的流泄于文字中的，不是以传道为目的，

---

① ［英］弗吉尼亚·伍尔夫：《论小说与小说家》，瞿世镜译，上海译文出版社1986年版，第10页。

② ［英］弗吉尼亚·伍尔夫：《论小说与小说家》，瞿世镜译，上海译文出版社1986年版，第8页。

③ 转引自石昭贤等编：《欧美现代派文学三十讲》，贵州人民出版社1982年版，第109页。

更不是以娱乐为目的，而是以真挚的情感来引起读者的同情的”①。正是基于此观点，郑振铎称赞俄罗斯文学，认为俄罗斯文学抒写的是感情的直觉、赤裸的精神，是以“真”字为骨的思想情感的表现。孙俍工更是直接指出：“‘个人的经验，是一切真的文学的基础’；作者材料底丰富或贫乏，表现力底坚强或是柔弱，都要视经验底多少为准，这是业已经过大多数的著作家承认的。”②“经验”是文学的根本，作者将自己的主观经验融入作品的程度多大，小说呈现出来的感染力也就多深，这一说法几乎与亨利·詹姆斯完全一致。对亨利·詹姆斯、伍尔夫等西方心理现实主义小说家极为熟悉的叶公超断言，作家所见到的生活，以及他最终的创作，断然“不能逃脱他的‘自己’”，任何作家的著作都会以某种方式向他人展示自己的人格、思想、主见，“所谓作家自己的觉悟当然是属于主观心灵上的经验，否则怎么能将这种个人的觉悟授意于人呢?”正是因为这样一种明确突出作家个性化体验和感受的观念，叶公超主张在“文学是生活的批评”这句话后面应该加上“as the writer sees it”。③ 小说的最大任务之一在于描写人生，表现情感，而这人生、这情感又是作家由自我而生发的，面对一样的世界，同样的事物，不同作家会产生不同的体验和感受，毕竟世界上绝没有两个相同的主体，因而，当高喊“艺术的真实，是从我们的主观，我们的特定感情滤过出来的”④，这句话应该是让人信服的。陈衡哲在《小雨点·自序》中说：“我的小说不过是一种内心冲动的产品……他们存在的唯一理由，是真诚，是人类感情的共同与至

① 郑振铎：《中国新文学大系·文学论争集·新文学观的建设》，上海良友图书印刷公司 1935 年版，第 161 页。

② 俍工：《小说作法讲义》，见严家炎编：《二十世纪中国小说理论资料》(二)，北京大学出版社 1997 年版，第 331 页。

③ 叶公超：《写实小说的命运》，载《新月》1928 年第 1 卷 1 期。

④ 张资平：《小说研究法》，见吴福辉编：《二十世纪中国小说理论资料》(三)，北京大学出版社 1997 年版，第 280 页。

诚。”①陈衡哲于此表达的同样是对主观体验的重视，促使她进行小说创作的“内心冲动”就是对“至诚”情感的主体体验。在小说《一日》中，陈衡哲同样表达了这样的小说观点，她一方面自谦自己的小说无结构、无目的，只能将之算是一种白描，而非小说；另一方面，她又强调“它的描写是很忠诚的，又因为它是我初次的人情描写，所以觉得应该把它保存起来”②。“忠诚”是对主观经验的承认和重视，正因为“忠诚”于个体的主观经验，小说具有了独特的价值意义。与陈衡哲相似，庐隐也强调了主观体验在自己小说创作中的关键作用，认为小说所要表达的是“我的灵魂所体验的情绪，不加丝毫掩饰与造作，很忠实的描写出来”③。只有忠实地将自我所体验到的情绪表达出来，小说才显示出真诚性。成仿吾认为，对外在进行机械地再现(Represention)是庸俗主义的，毫无创造可言，只有对心灵进行表现(Expression)才是真实主义，具有创造的价值，而经验是实现真实主义的关键，因为“真实主义的文艺是以经验为基础的创造”④。小说表现的内容是创作者真实的经验性感受，是创作者自我主观的东西。

心理现实主义小说重视个体经验的差异，而正是由于各个作家相异的主观经验，作家笔下的世界才是各有其面目的，是彼此相异的，小说才显示出繁复多彩。小说家在主观经验的关照下，将自己的情感、思想、情绪等心理因素灌注于创作中，即便是描写现实，也不会是机械地反映，而是经过自己主观世界浸润后的创造性成果，在这一过程中，作家“完全主动，所以不称之为‘改造’而称之为‘创作’。从原本的‘自然结构’到作家头脑中的介乎真实与艺术之间的酝酿阶段(小说结构仅具雏形)，再到完成后的小说结构，这三个阶段是一个

① 陈衡哲：《小雨点·自序》，上海书店1985年影印版，第17~18页。
② 陈衡哲：《小雨点·一日》，上海书店1985年影印版，第17页。
③ 庐隐：《庐隐散文》，中国广播电视出版社1993年版，第234页。
④ 成仿吾：《写实主义与庸俗主义》，载《创造周报》1923年第5号。

一步高一步的发展过程”①。如果与个体经验不相关，那么外部世界原本只是纯粹的物质存在而已，于人毫无意义。离开了主观经验作支柱的灵肉丰满的人，仅是为了记叙事件而写事件，小说也就成为一个虚妄的空壳。“固然有些作家想超然一切，绝对客观，但实际却是谁也不能提着自己的头发离开地面，作家主观受客观现实所决定，而客观现实的选取和反映，又依照作家的主观条件而有种种的偏差不同。”②即使号称“客观真实”，那也只是小说家心目中特定的“真实”，“他眼中所看见的不一定是真相。纵使竭力为客观的描写，但终久是戴着有色眼镜的(作家的环境，人格等等)。他所描写的真未必便是真。作家眼中的世界，不过是他眼中的世界而已。他所谓实在的世界或者只是左拉的世界，毛柏桑的世界，佛罗贝尔的世界。”③小说作为作家个人的结晶，而不是他人的成果，每一部都有与另一部小说所完全不同的特质，这本身就说明了首先是作家的个性和感受在其间起着最为根本的作用，对于真正重视个体主观经验的小说家而言，事件或现实不过是创作的一个跳板而已，正如老舍对作者们强调的一样：“小说，我们要记住了，是情感的记录，不是事实的重述。”④经过自己的主体介入，世界成为自己的审美对象，而自己在对对象的关照中也彰显出自我的存在。心理现实主义小说肯定主观经验的价值，以之浇注于创作中，从而创作出具有生命力的小说，使其成为“最接近意象世界的文艺”⑤。

心理现实主义小说作为审美的艺术，作家的主观经验是使创作成为个性结晶的关键。消磨了作家的个性主观，势必会使作品成为毫无

---

① 姚雪垠：《小说结构原理》，载《文艺先锋》1944 年第 4 卷第 1 期。

② 姚雪垠：《小说是怎样写成的》，见钱理群编：《二十世纪中国小说理论资料》(四)，北京大学出版社 1997 年版，第 220 页。

③ 瞿世英：《小说的研究》(下篇)，载《小说月报》1922 年第 13 卷第 9 号。

④ 老舍：《事实的运用》，见吴福辉编：《二十世纪中国小说理论资料》(三)，北京大学出版社 1997 年版，第 447 页。

⑤ 张资平：《小说研究法》，载《国民文学》1934 年第 1 卷第 2 号。

生气的报告，郁达夫就批评自然主义的方法，认为其所谓科学的描写方法之所以宣告失败，就在于他们主张完全消灭作者的个性，主张把观察的事实毫无遗漏地报告出来，“这种以科学者的态度而制造出来的作品，对于现实的把持，也许是周到得很，但是人生的真理，决不是从这些肤浅的表面观察所能得到，正如一个人的灵魂，你不能从他的外貌服饰来猜度的一样。并且世上的形形色色，繁之又繁，你若专以外面的描写周到作为小说的最后目的，则任凭你作家的笔尖，戴有若干副显微放大的宝镜，也必有遗漏之处。即退一步讲，使你的目的达到，一丝不漏，毫不参加作者主观的把现实描写出来的时候，或者你自己以为这是理想的作品，但倘有人向你一问，‘我们何必要这一种艺术呢？我们就即了现实来赏识赏识，岂不胜于你的艺术多了么？’”①郁达夫关注小说本身的特质，他思考的是人作为小说的主体所应具有的地位，以及小说是以表达个性化的主体经验为中心任务的。所以，郁达夫将主体的主观经验凸显到第一位，他宣称，文学作品都是作家的自叙传，肯定作者主观因素在创作中的重要性，强调作家“一己的体验”对于创作成功作品的关键意义，创作的目的只是想“赤裸裸地把我的心境写出来”，他只求在其中表达自己真诚的创作态度，以及真实的苦闷情绪。郁达夫的《沉沦》《春风沉醉的晚上》《南迁》等心理现实主义小说，以独特的个人经验与敏感的艺术领悟力，用细腻且感伤的笔触，将小说视角对准自我心理世界，将现代知识分子在追求个人启蒙的理想与大时代压抑而混乱的现状之间的矛盾、冲突与撕扯的心灵状态呈现出来。

鲁迅在抛弃传统、“别求新声于异邦”的语境中，提出了“尊个性而张精神”的题旨。在国家的飘摇中，只有先立人，才是根本解决之道，鲁迅青年时期所撰写的《文化偏至论》《人之历史》《摩罗诗力诗》

① 郁达夫：《小说论》，见严家炎编：《二十世纪中国小说理论资料》（二），北京大学出版社 1997 年版，第 432 页。

《破恶声论》等篇目，其核心点即是此。鲁迅强调文学要体现个人的精神意志，体现个人刚健、雄大的生命经验。鲁迅充分认识到主观经验对于文学所具有的特殊性，与以推理实验为特征的科学不同，鲁迅认为文学虽然在逻辑推断、条理分析上不如科学，但文学以主体对世界进行主观体验的方式使人生的“诚理”呈现在文辞中，将人生的真理（“诚理”）以主观感受、印象、体验的方式“直示”于人的心灵之中。鲁迅在《论睁了眼看》里，号召作家“取下假面，真诚地，深入地，大胆地看取人生并且写出他的血和肉来”①。要写出人物的“血和肉”就不单单是写人物的外在特征，更为关键的是要深入人物的心灵，显示其作为个体存在的本质部分。鲁迅从陀思妥耶夫斯基、安德烈夫等心理小说大师的创作中汲取营养，更加以作家自己的经验提出写“灵魂的深”的小说观念，使其创作呈现出“向心性”思维，将观照世界的视域更多地转向人物廓大、幽深的心灵世界，人物的心灵探索成为艺术创作的焦点，小说家在人物灵魂的深处挖掘，使人精神的创伤暴露出来，同时又在这创伤中“得到苦的涤除，而上了苏生的路”②。在《〈穷人〉小引》里，鲁迅表达出一种主观上清醒、严苛的态度，他强调作家一方面要敢于正视并剖析人性的灵魂；另一方面，同样要敢于反思并揭露作家自己主观心灵世界的弱点。即使“文学革命”向“革命文学”转变。鲁迅仍旧以对个人主观经验的强调为行动的烛照之源。1927年12月，鲁迅在暨南大学作《文艺与政治的歧途》的讲演时说：“现在的文艺，就在写我们自己的社会，连我们自己也写进去；在小说里可以发见社会，也可以发见我们自己；以前的文艺，如隔岸观火，没有什么切身关系；现在的文艺，连自己也烧在这里面……”③在这段话中，鲁迅依然鲜明地表达了重视主观经验、关注

① 鲁迅：《论睁了眼看》，载《语丝》1925年第38期。

② 鲁迅：《〈穷人〉小引》，载《语丝》1926年第83期。

③ 鲁迅：《文艺与政治的歧途》，见《鲁迅全集》（第7卷），人民文学出版社2005年版，第120页。

作家创作态度的文学理念，要求作家要在自我内心深处怀抱着一种强烈的意欲冲动投入现实生活，去揭示人的灵魂深处。只有燃烧自己，将自己真挚的思想感情融进作品，才能克服瞒和骗，以至达到批判黑暗、改造社会的目的。也即是说，重视“病态社会的不幸的人们”的心灵状态，并要求作家必须将自己的态度、情绪、印象、感受等主观经验真挚地融入作品。不管是陈士成的偏执疯狂，或是阿Q虚幻的自我满足，或是“狂人”因时时担忧被迫害而恐惧不安，还是魏连殳绝望又孤独的感受，这些心理世界的表现都是首先基于作家自身的主观经验，作家在创作过程中灌注自己的经验情感，以自己切实的情感和心理触发为基点，以自我的经验感受为烛照之源进行创作。在自己主观经验的烛照之下，鲁迅精准地描写了一系列人物复杂多样的心灵状况。陈士成是典型的封建社会的读书人，与所有读书人一样一心幻想科举有名，然而落榜的刺激使其产生了幻觉和幻听，进而发狂地“掘藏”，在陈士成幻觉中的那句“这回又完了”使他完全失去了对自我的控制，走向了癫狂。阿Q身处社会阶层最低端，遭受的是毫无个人尊严的对待，在强压下心理被扭曲，以畸形的人格意志、幻想中的自我满足来平衡现实的遭遇。狂人原本是清醒地认识到生存状况的正常人，然而在封建传统的压迫中，狂人呈现出严重精神病患者般的紊乱、幻想、错觉等心理现象，当他看到别人的眼神，甚至是狗的眼神时，产生了被迫害的心理。这些人物的心理世界是病态、扭曲的，鲁迅以深刻、细腻的笔触将之揭示出来，不仅显示人物内在世界的显意识，更追求通过深入的挖掘显示出国人潜意识中的精神弱点，并透视中国文化的积淀。

小说家将自己真挚的情感、独特的感受、自我心灵的经验等主观因素生动、充分地表现在作品中。所以，即使是以严谨的科学观察而著称的茅盾，也创作了具有现代主义色彩的《蚀》三部曲，于其中充溢着个体对外界的独特心灵感受。尤其在《追求》中，茅盾通过小说中人物“所追求的目的，或大或小，都一样的不能如愿”①的遭遇来表现自己大革命失败后“极端的悲观”的感受体验。丘东平不仅是一位作家，同时也是一名战士，他以主体深刻、丰富的切身经验和感受，真诚地表达了作为一个活生生的人在残酷战争中面临生死关头时内心的搏斗，在小说创作中赋予革命者真实细腻且饱含丰富人性内涵的心理书写。《通讯员》中的小战士因为自己的幼稚而被敌人杀害，这一悲剧给主人公心里造成了难以愈合的伤疤，成为梦魇，最终导致主人公陷入精神的狂乱。《第七连》中细致地描写了主人公丘俊在本能情欲与强韧意志的搏斗中成长为战地英雄的心理过程，丘东平不避讳英雄内心的弱点，而是真实地将之展现出来，在冲动与压抑、痛苦与忍受的心灵斗争过程中，显示出一个有血有肉的个人的真实存在状况。同样，在《一个连长的战斗遭遇》《我们在那里打了败仗》等小说中，丘东平笔下的英雄人物从来就不是主流左翼文学所要求的无坚不摧的完美英雄，而是带着普通人的恐惧、狭窄、自私、独占，甚至愚蠢的心理或个性，但正是这些与所有普通人一样的人，他们心灵世界正反两方面的搏斗，才使得他们成长为真正意义上的英雄，也正是他们心理世界的灰色地带，使得他们成为活生生的个体存在。邱东平创作的心理现实主义小说，带有他个人浓厚的主观经验色彩，也正是这独特的主观经验，促使其小说摆脱了“革命文学”的桎梏，而从个人角度表现了战争的真实状况，以及战争中个人的真实精神状态。郭沫若以自己在日本的时候的经验，创作出小说《万引》，展示了失业后穷困的悲哀文人松野的两种不同却同时撕扯着他的痛苦情绪，一是被文学著作所吸引而产生的向往，一是囊中羞涩的窘迫，这两种情感在不断的冲突中曲折地发展，在此间透视了个人在现实的压迫下心灵的振荡。作者自己的感受与体验是小说创作的根本，在郭沫若的《未央》

① 茅盾：《从牯岭到东京》，见《茅盾全集》，人民文学出版社 1991 年版，第 180 页。

《行路难》，叶灵凤的《未完成的忏悔》，周全平的《梦里的微笑》，陶晶孙的《两个姑娘》《暑假》《毕竟是个小荒唐》等小说中，作家主体的经验感受是构建小说结构的核心，小说涂满了作家自己强烈的主观色彩。

第二节 “经验”视域下的小说观

以个性化的主观经验为核心，心理现实主义小说深入人独特复杂的内心世界，展现了人心灵地图的凹凸，在表现对象、结构、环境这三大小说范畴中，心理现实主义小说形成了与现实主义、浪漫主义小说不同的小说观，这一具有革新意义的小说观为现代文学开拓了不一样的文学空间。心理现实主义小说关注的对象由外在客观转向内在主观，“内心生活”成为其表现对象，而“内心生活”由于其抽象性与主观性，就需要突破有机结构观，形成以主观情绪的流动为中心的散文化结构观，此外，从主观体验感知出发，带有强烈主观色彩的“氛围”取代客观物质“环境”而成为心理现实主义小说的另一个重要新观念。

一、“内心生活”成为表现对象

心理现实主义小说重视个人化经验以及由此形成的个人化心理，其根本目的是在主观经验中确认个人的价值，基于此，小说中的人物就必然不是客观生活与社会关系的部件，而是既包括物质生活存在，又包括超越物质的精神生活存在。小说家也不再是那种与己无关的故事情节的组织者和讲述者，他们更热切地关注的是通过对主观经验的辨别得到“我是什么”这一问题的回答，仅仅通过行动是无法揭开自我的本质面貌的，于是“寻找着自我的小说只得离开行动可视的世界，去关注不可视的内心生活”①。与以往将“叙事”置于首位的小说观念不同，心理现实主义小说转向“内心生活”，将“写心”视为自己的表现对象，努力向着人物的纵深处前进，着眼于人物动作背后的精神本源，去“揭示隐秘着的内心生活”②。

早在1903年，在《新小说》上刊发的《小说丛话》一文，将小说发展程度的高低归于对“内面”描写的多寡，“小说之程度愈高，则写内面之事情愈多，写外面之生活愈少”③。所谓“内面”，就是指人的内心生活，是人关于生命的主观体验与内在心理活动。小说如果只是描写外在的生活，专注于人的行为动作、身份地位这些物质状态，那么小说就显得浅显平淡，无深刻之处，令人“一望而知”，因此，“描写吾人内部之生活”是小说家之天职。④ 为何描写内心生活愈多，小说的程度愈高？这与现代人学观念有关，创作了心理现实主义小说的林徽因提出的“生活丰富者”这一概念就表明了其对“现代人”的理解。在林徽因看来，生活的丰富不在于诸如做学徒、拉洋车、走过各个地方这样一些实际生存方式的种类的多少，而在于个人对种种不同情境的多方面的理解和体验，在于自己锐利敏捷的感觉力，在于个人特殊的看法和思想，生活丰富者“不在客观的见过若干事物，而在能主观的激发很复杂，很不同的感情，和能够同情于人性的许多方面的人”⑤。在林徽因的人学观念里，外在的行为、经历不是促成“生活丰富”的关键，个人的主观经验、内心情感才是形成“生活丰富者”的决定因素，在此，个体的内心生活备受重视，成为实现“现代人”的核心。小说是关于人的艺术，对“现代人”的深入认识促使小说转向人

---

① ［捷］米兰·昆德拉：《小说的艺术》，孟湄译，北京三联出版社1995年版，第21页。

② 常风：《人物的创造》，载《文学杂志》1947年第2卷第4期。

③ 瑟斋：《小说丛话》，载《新小说》1903年第7号。

④ 清华小说研究社：《短篇小说作法》，见严家炎编：《二十世纪中国小说理论资料》（二），北京大学出版社1997年版，第161页。

⑤ 林徽因：《文艺丛刊小说选题记》，载《大公报·文艺》1936年3月1日。

的内心，认识到“人物之重要，乃在吾人内部精神上为人所看不见的地方”①，对人的内心生活的挖掘愈深，也就实现了“程度愈高”。林徽因对“生活丰富者”的理解，其实代表了心理现实主义小说在人学观念上的普遍理解。正是基于这一理解，心理现实主义小说区别于其他类型的小说，将“内心生活”视为自己的表现对象。

心理现实主义小说所要表现的“内心生活”，主要体现为主体在外界的刺激下所生发的各种情绪。对于心理现实主义小说而言，一方面，属于主观经验的情绪是促使小说家进行创作的根本动力。庐隐在《小说的小经验》里解释何为小说，她将小说定义为“用剪裁的手段，和深刻的情绪，描写人类社会种种的状况的工具”②，“剪裁的手段”是小说的技巧，“深刻的情绪”是创作者的创作冲动。另一方面，情绪是小说最为核心的表现对象，小说通过对个体情绪的展现寻找“我是什么”的答案。被鲁迅称为“挖掘自己的灵魂”的弥洒社，其成员陈征德宣称，排除了主观经验，文学也无法存在，“文艺底本质，文艺底主流，是情绪”③。另一位成员钱江春发出了同样的观点，“就作者或作品本身论，文学是情绪之流”④。施蛰存认为，现代文学表现的是“一种情绪”，是现代人在现代的生活中感受到的与以往生活完全不同的现代的情绪。“情绪”成为心理现实主义小说表现“内心生活”的中心，围绕着复杂变化的各种情绪，心理现实主义小说揭示了独特的、具有个性化色彩的“内心生活”，这种种内心面貌又凸显了个人的存在价值和意义。主体情绪虽面貌各异，但由于情绪的产生是普遍受到外界刺激的结果，因此环境的总体趋势会对情绪的面相产生影响，也即是说，从“五四”时期到中华人民共和国成立前，由于各个

① 清华小说研究社：《短篇小说作法》，见严家炎编：《二十世纪中国小说理论资料》(二)，北京大学出版社 1997 年版，第 162 页。

② 庐隐：《庐隐散文》，中国广播电视出版社 1993 年版，第 215 页。

③ 陈征德：《编辑余谈》，载《弥洒》1923 年第 5 期。

④ 钱江春：《一封叙述〈弥洒〉起源的信》，载《弥洒》1923 年第 4 期。

时代不同趋势的影响，心理现实主义小说在不同时代总体上表现了不同的情绪类型。

心理现实主义小说家因为知识结构与认知方式的改变，将自我经验凸显到前台，而中国文化中的抒情传统又早已融入现代作家的骨血，因而作家在探寻心灵世界时，擅于将主体内心的精神状态以情绪抒发的方式显示出来。情绪是小说的重要内容，郁达夫认为，小说的对象不仅是外在现实的反映，更是主观情绪的表现，是“认识的要素F”与“情绪的要素f”的相加，用来“赤裸裸地把我的心境写出来”，以求“世人能够了解我内心的苦闷”。① 20世纪20年代，因个人的存在意义与价值得到正视，个体的人从以往严酷伦理秩序的桎梏中得以突围，从而有机会获得精神上的自由。然而，个人对精神自由的强烈渴望，并不能涤除仍然压抑的黑暗的现实生活状况，现实与愿望之间的冲突和扭曲使得敏感且脆弱的知识分子们感到比以往更甚的苦闷，他们在看似充满希望实则混乱无章、乌烟瘴气的时代中彷徨着，难以看清前路的方向，以至于成为特定历史时期精神的孤独者。作为有着根深蒂固的“先天下之忧而忧，后天下之乐而乐”士学信仰的现代中国知识分子，他们一如先辈般有着在家国天下的建构中实现自我价值的梦想与追求，但现实的残酷破败使之追求梦想无门，同时，对个人精神自由的呼唤又被浓雾般晦涩的现状扼住了喉舌，难以实现预期的画面，精神上惶惶不安的焦虑与现实的悲剧感和破碎感紧紧交缠在一起，构成了他们的主观经验，形成了以苦闷为主色调的情绪。庐隐曾专门提到，“五四”时期开放的文化氛围使自己的思想进步最快，形成了自我关于世界的认识，但思想的丰富与现实的飘摇所形成的尖锐对比，也使她在这一时期最为苦闷，庐隐诚挚地说道：“我常常觉得心理梗着一些什么东西，必得设法把它吐出来才痛快……于是我动念

---

① 郁达夫：《写完了〈茑萝集〉的最后一篇》，见王自立、陈子善编：《郁达夫研究资料》(上)，知识产权出版社2010年版，第153页。

要写一本小说……”①庐隐的这番话是对当时知识分子心境的一种普遍写照，心理现实主义小说家热切地希望表现自我内心的不平静，他们渴望能宣泄这种精神情绪，而在小说中宣泄这种苦闷情绪，就使得小说中的“我”不再单纯只是小说人物，或者只是叙述者和作者，而是三位一体的组合体，“自我表现”成为其抒叙情绪的宣言和原则，为了使苦闷的自我得到更好的表现，自叙传成为其叙事的原则。

“我”是艺术的核心，在自我表现的过程中，文学创作与自我建构相辅相成，主体灵魂与肉体的冲突、个体主观自我的感受是心理现实主义小说的主要内容，同时也是自我存在的实证。小说家的视角不再向外，而是转向自我精神的存在。20 世纪 20 年代的郁达夫、郭沫若、庐隐、丁玲等人就坚持认为，表现个体自我的情绪是文学的首要任务，在作家内心有着不可遏制的内在心理冲突与苦闷情绪，这些内心的主观内容促使作家必须将之诉诸笔端。文学的本质是主观的、表现的，小说的人物不是与创作者无关的对象，创作主体要将自我灵魂、个性、情绪等诸多主观内容灌注于小说之中，赋予其独特的形式与审美性，使自我表现成为对个体情绪的美学审视，注重展示人的内在世界，表现在时代转型期个人幽微的心理感受和情绪波动，在对情绪的描绘中凸显个人的存在坐标。庐隐的《海滨故人》就是其苦闷情绪的结晶，庐隐作为新时代的知识女性，呼吁妇女解放，渴望爱情的自由、个性的张扬，但她同时又是传统文化氛围浸润下的女性，传统道德文化在她身上有着深刻的烙印，于是，现代与传统的冲突致使她常常陷入两难的抉择境地：既追求自由，又心怀愧疚。在矛盾夹缝中不断挣扎、撕扯的她，对人生、对前途都充满了悲怨与苦闷。而庐隐将苦闷的情绪凝结在《海滨故人》中，露莎与她的同窗好友们反抗礼教，追求妇女解放和爱情自由，她们心怀美好梦想走入社会，可是年轻的心灵又难以割下旧习俗，青春的热情不容于黑暗的现实，露莎追

① 庐隐：《庐隐自序》，安徽文艺出版社 2014 年版，第 49 页。

寻“人生到底为什么”的答案弄得精神衰颓，追求爱情也仍旧只是悲剧。个人与社会、理想与现实、现代与传统，这诸多矛盾将露莎等人推入“生的苦闷”“爱的苦闷”。茅盾就曾评价过，露莎等人身上显示的是“一些‘追求人生意义’的热情的然而空想的青年在那里苦闷徘徊”①。郁达夫以个人对苦闷情绪的真切体验，创作了许多心理现实主义小说，他自称《沉沦》“叙着现代人的苦闷”，与《银灰色的死》《零余者》一样，抒叙了“逐客离人”的无穷感伤，是关于身无长物的“士子”在剧烈变化的时代社会中无所措手的苦闷感。因为这时时萦绕心头的苦闷，倪贻德的《下弦月》中穷苦潦倒的画家依靠着幻想“幽眇神秘的遭际”与“风雅的韵事”，在蚊虫叮咬的夜里做着“黄粱一梦”，支撑着遭际苦闷的人生。郁达夫《南迁》中 O 小姐忧伤的歌声，带给伊人虚无缥缈的爱情幻想。滕固的《乡愁》、周全平的《林中》，都是以“黄粱一梦”的形式来暂时满足人物的心愿，寻找瞬时的“避难之所”，冲淡人生的苦闷，然而苦闷的情绪又因愿望满足的虚幻性而更加浓厚。虽然这一类心理现实主义小说表现出自叙传的特点，但因其主导思想是“通过自己看出一个时代”②，因此，即便是自我表现得极为突出的郁达夫，也在人物情绪的流动中透视出时代环境的变动，以及人与外在世界的互动，并非如日本私小说般等同于作者自我的宣泄，而是在有意或无意的自我反思下，将作者、隐含作者、叙事者、小说人物的声音在书写内外的多重空间中进行融汇与交流，将作为作者和人物的“自我”艺术性地陌生化为他者，多种声音在小说中时而相互交融，时而相互质疑，在这样相互折射、相互反照的书写过程中，自我的多重身份在不断的冲突、碰撞与反思中得以辨析并确立。

相比之下，20 世纪 20 年代对主体苦闷情绪表现得最深刻的，当推并不采用自叙传小说文体的鲁迅。郁达夫、庐隐等作家创作的小说

---

① 未明：《庐隐论》，载《文学》1934 年第 3 卷第 1 期。

② 郭沫若：《〈少年时代〉序》，人民文学出版社 1979 年版，第 1 页。

侧重点在抒叙大时代中“我”的感伤、忧愁等情绪流动，虽然这种个人的情绪是时代青年的普遍反映，但更具有私人性，“抒发”是其重要目的。而鲁迅从自身所体验到的苦闷情绪出发，将自己的真切体验与强烈情感介入人物的塑造，既在人物中表现自己苦闷情绪的深刻性，又在对人物心理的刻画中展现整个民族的心灵创伤。面对中国的破败，鲁迅提出以“立人”为拯救中国的“第一要著”，而能够承担“立人”重任的只有少数“英哲”，鲁迅因自己思想的超前性与深刻性，成为“英哲”中的一员。也正是因为自己思想的先锋性，他真切体会到“张大个人的人格”的个性主义思想是不见容于现实社会的。鲁迅身上的淑世精神和强烈的责任感让他孤勇前进，但混乱的现实、麻木却力量强大的“庸众”又让他产生无力之感，随之形成“绝望之为虚妄，正与希望相同”的深刻苦闷。《狂人日记》里的“狂人”作为精神斗士，看清了中国传统文化的罪恶本质，发出“救救孩子”的呼喊，这是向未来索要希望，但清醒的“狂人”却并未因自己深刻的认识唤醒“庸众”，反而还被“庸众”视为疯子，尤其在小说的序中，“狂人”被“庸众”“治愈”，“狂人”抛弃自己原本清醒、深刻的认识，甘于沦为“庸众”一员，这表现了鲁迅对于启蒙大众的绝望。鲁迅源于自己关于“希望”与“绝望”理解，在“狂人”、魏连殳、子君、吕纬甫身上寄予了自己的苦闷体验，以自己真诚、热烈的态度赋予人物以生命力，同时通过揭示中国人真实存在的心灵创伤，在对主观心理状态的反思中“引起疗救的注意”。鲁迅这一风格的心理现实主义小说开启了 20 世纪 40 年代以路翎、邱东平等人为代表的强调“主观战斗精神”的小说类型。

20 世纪 30 年代的心理现实主义小说所表现的“内心生活”，主要表现为施蛰存所说的“现代人在现代生活中所感受到的现代的情绪”①。这种“现代的情绪”以现代生活为中心，现代生活包含了独特多样的形态，有嘈杂的港湾、轰鸣的工场、喧嚣的舞厅、热闹的百货

---

① 施蛰存：《又关于本刊中的诗》，载《现代》1933 年第 4 卷第 1 期。

店，甚至连景物也与以前的山水田园完全不同，变成了摩天高楼、霓虹灯影、香车美女，这样的现代生活赋予了小说家区别于以往的生活经验，“现代的情绪”也就是这样的生活景观带给都市人的心理感受。生活的内容发生巨大改变，文学创作所要表现的对象自然也发生了变化，钢筋水泥的巨型建筑、让人眼花缭乱的灯红酒绿、前所未有的物质享受，它们不仅带给人们感官上的冲击与震撼，更让敏感的作家从中嗅到人的心灵世界在都市空间下的异化气息。正如丹尼尔·贝尔所说：“一个城市不仅仅是一块地方，而且是一种心理状态，一种独特生活方式的象征。”①都市一方面极大地扩展了比传统乡土社会广阔得多的交际范围；另一方面，却又造成人与自然、人与社会、人与家族的分离，心灵和灵魂无家可归，都市人在人格上出现了“精神分裂症”。中国现代都市高速畸形的发展蕴藏着深刻的社会矛盾和精神危机，在封建主义与资本主义两种势力的对抗中，敏感的知识分子感到恐惧和压抑，从而形成不宁静情绪。《梅雨之夕》中男主人公的雨中漫游，《魔道》中“我”草木皆兵、荒诞恐怖的怪异心理，施蛰存将之称为“都市人的不宁静情绪”②，这是在夹缝中求生存的都市人的真实心态的写照。

20世纪40年代，由于战争的严酷、惨烈，心理现实主义小说表现的“内心生活”不再像20世纪20年代那样呈现出呼喊式的特征，作家们沉潜于心灵的深处，描画着战争所带来的心灵世界的震颤，感受着恐惧、孤独、荒诞等因战争而带来的复杂情绪，在个人的经验中理性地思考着存在的价值和意义。承续着鲁迅的精神，路翎、邱东平等作家在人物身上投入自己的情绪体验，力求从灵魂的深去挖掘国人的

---

① [美]丹尼尔·贝尔：《资本主义文化矛盾》，赵一凡等译，生活·读书·新知三联书店1989年版，第255页。

② 施蜇存：《北山散文集》，华东师范大学出版社2011年版，第2279页。

精神世界，在“病态社会的不幸的人们”中“揭出病苦，引起疗救的注意”①，以期唤醒仍然麻木沉睡的灵魂。路翎强调要“突入到现实的内部去掌握火辣的向上的斗争”②，“现实的内部”是关于主观内在精神领域的体验和感受，是心灵的血肉搏斗，路翎等人在小说中着力表达的是一种关于战争所带来的“苦难的感觉”的情绪，具体表现为深入骨髓的矛盾、痛苦甚至虚无之感，也正因为此，以路翎等为代表的七月派心理现实主义小说带有浓厚的现代主义色彩。路翎等作家不满足于仅表达创作主体的情绪来获得心灵之声的主观主义，而是力图使主观与客观进行饱含生命力的血肉搏斗，他们沉潜于现实生活的内里，感受着大时代的搏动，体验生命的真谛，因而这一类心理现实主义小说总体上呈现出重视体验与激情的风格，以生活的真实为立足点，着力表现正在与现实环境撕扯、反抗、斗争的人的复杂多样的动态主观世界。以路翎为例，路翎注重表现普通人心理世界的复杂性与矛盾性，展示人的“苦难的感觉”，这些人既是作为承受了时代环境重压而背负沉重精神负担的社会的人而存在，也是作为有着最原始本能冲动的自然人而存在，分属内部与外部的冲突促使这些人物进行着更为激烈的内心搏斗，人物的内在世界在蛮横的生命力与压抑黑暗的环境之间进行着势不两立的斗争。郭素娥就是一个拥有强烈原始生命力的女性，她在精神与肉体的双重饥饿中不甘屈服，即使毁灭也要反抗。路翎通过人物精神世界的多维度展现，揭示了个体“苦难的感觉”的情绪，在人物隐秘、晦涩、畸形的心灵世界中，塑造出一个个令人同情、悲悯的底层苦难形象。《财主底儿女们》中的蒋纯祖对文艺问题发表的一段话，可以当作路翎式心理现实主义小说创作观念最好的注解：“真的、伟大的艺术必须明确、亲切、热情、深刻，必须是从内

---

① 鲁迅：《我怎么做起小说来》，见《鲁迅全集》(第4卷)，人民文学出版社2005年版，第526页。

② 路翎：《评茅盾底〈腐蚀〉兼论其创作道路》，载《蚂蚁小集》1948年第5期。

部出发的。兴奋、疯狂，以至于华丽、神秘，必须从内部底痛苦的渴望爆发。”个人的主观经验和情绪体验是心理现实主义小说的根本动力。

战争为路翎等作家带来“苦难的感觉”的情绪体验，也为徐訏、无名氏等作家带来另一种情绪体验，形成对“内心生活”的另一种表达。徐訏在《吉布赛的诱惑·献辞》中的一段话表达了这一类情绪体验：“我未忘记我身受的苦，也未忘记我心底的哀怨，以及胸中的愤怒……我暂想低诉我在黑暗的山上，怎样抚摸我周围的云雾……望着流水的东逝，惦念到今与昔，生与死。那么让我先告诉你故事，再告诉你梦，此后，拣一个清幽的月夜，我要告诉你诗。”①社会环境与文化环境带给徐訏、无名氏等人身处“黑暗的山上”“周围的云雾”的直观体验，在这样的环境中，他们产生了“心底的哀怨”“胸中的愤怒”的心理情绪。在理想与现实的对撞中，“哀怨”“愤怒”的情绪促使他们重视“主流的感觉”，极力强调自我的主观性与内在性。于是，小说展现的“很可能只是一种体验或一种感觉”②，经过战争的沉淀，作家在“体验”与“感觉”中充满了证实自我的情绪，执着地追问存在的价值意义，谱写关于生命的“诗”。《无名书稿》的主人公印蒂，他追求着生命的意义，对理想的追求是他不停前行的动力。印蒂在实现理想的过程中不断与现实发生激烈碰撞，也不停地进行着抉择。在对生命进行探寻的最初阶段，他认为信仰就是人生的意义，因此怀着一腔热情投入社会革命，但盲目的理想热忱敌不过革命队伍分化和被“左倾”分子猜忌的残酷现实，关于信仰的理想溃败破灭。于是，印蒂转而向感情与欲望寻找理想的寄托，只是当爱情的理想也破灭后，他走上了醉生梦死的纯粹肉欲的道路，成为一名怀疑主义者，过着出入妓

① 徐訏：《吉布赛的诱惑·献辞》，见《徐訏文集》（第4卷），上海三联书店2012年版，第85~86页。

② 徐訏：《〈风萧萧〉初版后记》，见《徐訏文集》（第10卷），上海三联书店2012年版，第130页。

院与酒吧的颓废、沉沦的生活。印蒂的理想向现实服膺，企图借此拯救自我的灵魂。在无法摆脱的生命的漂泊空虚面前，印蒂并没有就此沉沦下去，而是继续寻找理想，在先后以天主教和佛教作为自己的精神皈依后，他将理想由个人扩大到整个人类乃至宇宙，甚至从超越地球的宇宙视野来审视人与人、人与物、人与世界的关系。印蒂成长的根基不是对具体事件、社会时代的理性思考，而是理想与现实的此消彼长在个体心灵世界的动态呈现。在此，时代不再高居权威地位来指示个人的心灵变动，而是个人主体的感受和体验被凸显到前台，是以个人体验为基础的心灵历史来彰显时代的变迁，在波诡云谲的心灵宇宙中，鲜活独特的个人生命得以显示。与印蒂相似，《风萧萧》中的“我”也是在迷茫中不断地与现实抗衡，寻找着生命的意义，承受着心理世界的波折震动。

对于中国现代知识分子而言，他们“在动乱的中国长大，所遭遇的时代风浪，恐怕是以前任何中国人都没有经历过的”，在无数的动乱中，他们的“生活没有一个定型”，而狂风暴雨般的各种思潮又使他们的“思想没有一个依赖”。① 在这样的形势中，大时代下的知识分子如何在现实的生活状态与理想的精神境界发生冲突时，作出自我的选择？主体精神世界的流动与曲折，正是对生命真理的生动显现。卞之琳在《山山水水》中让他的主人公林未匀和梅纶年面对残酷的战争，但对战争的叙述完全不同于主流宏大叙事，而是凸显主人公对战争细微之处的观察与体认，显示出个体的生存状况以及对理想境界的思考。冯至小说《伍子胥》中的伍子胥在个人理想与现实的一系列搏斗中，心灵上经历的一次次矛盾、痛苦让他在困境中得以不断蜕变，成为“新人”。心理现实主义小说在理想与现实、此岸与彼岸的联系和争斗中，挖掘个人在与现实的不断碰撞中所形成的关于主体的丰富的心灵体验，在诸多的矛盾牵扯中展现对人心独特而幽深的发现，以对

① 陈乃欣：《徐訏二三事》，尔雅出版社 1980 年版，第 250 页。

无限的心灵进行探索来作为个人主体存在的实证。

二、对有机结构观的反叛

“结构”这一概念，是在现代小说中才出现的，“现在我们说到新的小说，它的形式与前面说到的章回小说不同，就是和古代以前的小说也不同。它注重结构和人物，唐宋以前的小说仅仅是散漫的记载。这种新形式是从西洋输入的”①。从西方小说论中传入的“结构”观念，促使中国现代小说家对“故事”与“小说”之间的区别有了清晰的认识，老舍在其著作《文学概论讲义》中对西方小说学中的 Tale、Story 和 Novel 进行细致辨析，将 Tale 和 Story 译为“故事”，Novel 则译为“近代的小说”，“小说”与“故事”的区别是明显的，“小说的内容必是个故事，而故事不必是小说”②，两者间的根本不同就在于是否有“结构”。正是对“结构”的认知，小说具有了自身的文体特征，彰显了小说现代化的进程。在此趋势下，心理现实主义小说凭借着对“结构”的独特认识，形成了自身在形式上的创新，进一步丰富、深化了“结构”的范畴。然而，心理现实主义小说的“结构”观与占主流地位的“结构”观有着显著区别，以至于可以说是对主流“结构”观的反叛。

主流的“结构”观形成于 20 世纪 20 年代，主要是受培里的《小说的研究》与汉密尔顿的《小说法程》影响的结果。“结构”一词在西文中是“plot”，在将 plot 译入中国时，译法并不一致，汤澄波将之译为“布局”，华林一把它译为“结构”，这两种称谓所指的内容都相同。培里在《小说的研究》里专设“布局”一章，对小说的结构进行探讨，培里对布局有着较为清晰的定义，“我们所谓布局是指诸人物之遭

---

① 上官筝、楚天阔等：《小说的内容形式问题》，见钱理群编：《二十世纪中国小说理论资料》(四)，北京大学出版社 1997 年版，第 160 页。

② 老舍：《文学概论讲义》，见吴福辉编：《二十世纪中国小说理论资料》(三)，北京大学出版社 1997 年版，第 485 页。

遇——故事中种种人物所代表的势力，所籍以从外表动作而互相调和或互相冲突的种种路线”①。在培里看来，小说结构与人物所遭遇的事件直接相关，是通过对人物经历的事件(具体表现为外表动作)的设置来揭示人物的关系。培里认为，“布局”是有目的性的，小说家要选取某种动机，以这一动机为中心来构建小说的布局，“以使每件事情都是此种动机的说明，所引的一切对于它(动机)都会发生一种适合或相反的密切关系”②。“每件事情”在布局中都有密切的联系，也就是说事件是通过因果关系进行选取、组织的，布局的焦点在于事件之间的关系。培里还认为，在布局中需要有“极颠”，“以表出在各人物的关系中之最大的紧张(greatest tension)，极最鲜明之停顿(keenest suspense)”③。“极颠”就是结构的高潮部分，通过高潮的设计突出人物之间关系的紧张之处。相比《小说的研究》，西方小说论著对中国现代小说结构观影响更大、更广泛的是汉密尔顿的《小说法程》。《小说法程》将“结构”理解为“编织”，“编织之法，在使二不同之连贯事实，始虽殊途，渐向同一之主结进行，终至彼此互关之事实。此事实为各连贯事实之主结，以系二有因果关系之线索而为一结也”④。也就是说，“结构”即是将不同的事件“编织”在一起，且“编织”各事件的原则是“因果关系”，最终呈现出的是以因果线索来组织诸多事实的结构。汉密尔顿的这一定义与培里的并无不同，两人都是从因果关系、事件关系、人物关系来理解“结构”的。与培里相似，汉密尔顿同样认为，在结构中必须要有一个“极峰”(climax)，这一“极峰”(又称“焦点”“顶点”)就是总系各线索的“主结”，不仅连贯起各个事件，而且是“全叙事文之目标”，在结构中是“最复杂之点”。

① [美]培里：《小说的研究》，汤澄波译，商务印书馆1926年版，第96页。
② [美]培里：《小说的研究》，汤澄波译，商务印书馆1926年版，第95页。
③ [美]培里：《小说的研究》，汤澄波译，商务印书馆1926年版，第104页。
④ [美]克莱顿·汉密尔顿：《小说法程》，华林一译，商务印书馆1924年版，第59页。

汉密尔顿还对“极峰”在结构中的位置进行了规定，“鲜在故事之末，常在自始至终四分之三处也”①。可以看出，汉密尔顿认为，小说情节的纵向发展应该是由开端、发展、高潮、结尾构成一个完整的体系。《小说法程》关于“结构”的概念来自亚里士多德的有机结构观，“亚里士多德之谓故事必当有始、中、终者，意即结构之趋复、主结、分解三步也……盖必如是，而后结构始能如有机体然”②。

具有教科书性质的《小说法程》在20世纪二三十年代的中国小说理论界产生了重大的影响力，当时几乎所有中国小说理论都有这本书的影子，这样广的受众面，使得汉密尔顿的有机结构观对中国现代小说结构观的建立产生了深远的影响，成为主流观念，现实主义小说几乎都是有机结构观的践行者。清华小说研究社的《短篇小说作法》完全接纳其观点，认为小说务必要制造“焦点”，“小说之有焦点，犹为文之有点题”③。茅盾在其著作《小说研究ABC·结构》中推崇小说应该具有各人物、各事件之间都联系密切的“机体结构”。俞平伯在诸多西方小说论著中认同汉密尔顿的观点：“在西方有种种训释，我觉得美人Clayton Hamilton所谓‘在想象诸事实之系列里显示人生之真’尚为适切……事实成为系列……乃依因果的关系排列成的。”④吴宓也几乎照搬了汉密尔顿的说法，认为小说是以事件为骨干，且结构的发展“必有起原、开展、极峰、转变、结局之五段”⑤。诸如此类对有机结构观的认同，不胜枚举。

“五四”时期的小说家、理论家借着外来的有机结构观，认为古

---

① ［美］克莱顿·汉密尔顿：《小说法程》，华林一译，商务印书馆1924年版，第61页。

② ［美］克莱顿·汉密尔顿：《小说法程》，华林一译，商务印书馆1924年版，第61页。

③ 清华小说研究社：《短篇小说作法》，见严家炎编：《二十世纪中国小说理论资料》（二），北京大学出版社1997年版，第155页。

④ 俞平伯：《谈中国小说》，载《小说月报》1928年第19卷第2号。

⑤ 吴宓：《评杨振声〈玉君〉》，载《学衡》1925年第39期。

典小说散漫、松散，“可以说是没有结构”①。以对其结构的批判，达到反传统的目的，并进而建立现代的小说结构观。但是，有机结构观强调的是情节的高潮发展顺序，关注的是各人物、各事件之间的联系，侧重人的外部关系与外部事件的讲述，其本质是将小说看作对人事关系的表达，这样一来，就“忽略了对单个人内心深层世界的探求，重情节(事件)，而轻心理”②。“结构”的本质是形式，而形式又与内容密切相关，新的内容需要新的形式来表现，有机结构观适合于故事情节性强、侧重外部世界关系的小说，但是当小说表现的内容从外部转向了内心的经验感受，有机结构观显然不再适用。正像西协顺三郎指出的那样，“一战”以后的小说，大多是无结构的，其结构并不构成系统的东西，“不过是平面的事件之流，并不站在原因结果的关系上的一种反论理的构造”③。

20世纪以后，与将注意力用在人物动作、情节构造上的小说不同，西方心理现实主义小说表现的对象“乃是那极渺茫，极抽象，极灵敏的感觉”④。对于心理现实主义小说家而言，生活的真实只能是个体心灵在无数平凡日子里感受到的印象，它是“琐碎的，幻想的，易灭的，以剑的尖锐刻画着的”⑤。因此，其小说关注的是“仅在时间的意识里面含着一种心理的屈折”⑥。表现对象的改变推动着小说结构的改变，叶灵凤曾经称赞乔伊斯的《尤利西斯》对传统结构的反叛，“将小说里主人公的一切动作都归到‘心’上，是对十九世纪以来，专讲故事和结构的所谓well-made novel的直接的反抗”⑦。叶灵凤的论

---

① 俞平伯：《谈中国小说》，载《小说月报》1928年第19卷第2号。

② 刘涛：《中国现代小说范畴论》，河南大学出版社2005年版，第154页。

③ [日]西协顺三郎：《二十世纪小说家之态度》，高明译，载《文饭小品》1935年第6期。

④ 叶公超：《〈墙上一点痕迹〉译者识语》，载《新月》1932年第4卷第1号。

⑤ 唐湜：《路翎与他的〈求爱〉》，载《文艺复兴》1947年第4卷第2期。

⑥ 何穆森：《短篇小说的特质》，载《新中华》1933年第1卷第23期。

⑦ 叶灵凤：《作为短篇小说家的海明威》，载《现代》1934年第5卷第6期。

说不单显示了他对西方文学趋势的敏锐把握，更重要的是表现了其对心理现实主义小说本质认识的深化，心理现实主义小说的目的不是为了编造故事，当小说的表现对象由人的外部转向了人本身，原来的有机结构形式难以表现新的对象，小说便在结构形式方面进行创新，让“人”真正成为小说的中心，于是小说从对外在世界的“实录”转变为一种具有个性化色彩的“建构”，小说本身的文学性得以显现。

在西方文学的影响下，中国心理现实主义小说追求的不是情节，而是“情状”，重视的不是情节离奇，而是“重在‘情状真切’”①。这样一种追求使其对小说结构有了新的认识，新的结构认识与新的小说创作形式相互结合、促进，形成了对主流的有机结构观的反叛。有机结构观与心理现实主义小说结构观之间进行对抗最典型的例子，是成仿吾与摄生关于郭沫若《残春》结构的争论。1922 年，郭沫若在《创造》第 1 卷第 2 期上发表小说《残春》，随后署名“摄生”的作者在《时事新报·学灯》上刊发了《读了创造第二期后的感想》一文，其中专门谈到自己对《残春》的态度：“除了句子构造艺术手段尚好，我个人是不赞成这篇作品的。”摄生对《残春》的批判，集中在其小说的内容与结构方面，在摄生看来，《残春》全篇都“平淡无味”，只不过是发表了作者的“纪实与感想罢了”，在结构上既没有高潮，其结尾也缺乏含义，没有显示出各部分之间的联系。② 可以看出，摄生是以故事情节的强弱来作为小说好坏的评价标准，由于《残春》所表现的是作者的“感想”，这就决定了其没有故事性，在情节结构上自然也就缺少有机结构观所主张的开端、发展、高潮、结尾的因果逻辑联系，“焦点”当然也是不存在的。说到底，摄生的评论说明了有机结构观的普遍影响力，有相当广泛的小说家或读者都是以有机结构观来创作或是阅读小说的。摄生批判《残春》写的是作者的“感想”，所以缺乏高潮。

---

① 晓风：《“情节离奇”》，载《民国日报·觉悟》1923 年 6 月 19 日。

② 转引自成仿吾：《〈残春〉的批评》，载《创造》1923 年第 1 卷第 4 期。

但从另一个层面看，也正是因为《残春》表现的对象是个人的主观感受和体验，所以创造了不需要有情节“焦点”的新的小说结构。针对《残春》的这一关键性特征，成仿吾很快撰写了《〈残春〉的批判》一文，为新结构进行辩护。成仿吾宣称拿高潮这样一种固定的形式去批评文艺作品是极为有害的，他认为，如果小说专门为了制造情节的“最高点”而不顾及表现人物的情绪，那么宁可不要“最高点”，因此，成仿吾称赞《残春》虽故事情节平淡无奇，但“由全部的情绪说来，却比那有最高点的，还要饶有余味，还更有使我们低徊享玩的余香”①。郭沫若自己也写文章为《残春》新的结构进行说明，郭沫若首先强调小说的着力点不在事实的进行，而在于心理的描写，描写对象是潜在意识的流动，如果拿描写事实的结构去框定，就忽略了《残春》本身情绪高潮的特点。同样，施蛰存也否定了以有机结构观来框定小说的做法，他认为，像鲁迅的《明天》这样的小说，本身并不着力在故事的组织上，而是侧重于对人物心理进行描写，所以在评价这一类小说时，应该遵循理论跟着创作走的原则。施蛰存对小说的结构进行了另外一番理解。

心理现实主义小说反叛主流的有机结构观，形成淡化故事情节；以人物的主观经验、思绪流动为线索的具有散文化特征的新结构观。这样一种新结构观形成了一种散文体小说。心理现实主义小说大师亨利·詹姆斯就曾将其认为是未来小说的发展趋势：“在当今世界上，于我们这个时代，在诸多引人注目的文学事件之中，冗长的散文体故事正在变成长势迅速而猖獗、其发展远出始料所及的最特出的一个例子。”②心理现实主义小说家以自身的创作践行了新的结构观，在形式上进行创新，形成新的散文体小说。陈衡哲在《一日》中说自己的小说“没有结构”，其实就是表明她的小说创作打破了有机结构的模式，

---

① 成仿吾：《〈残春〉的批评》，载《创造》1923年第1卷第4期。

② ［美］亨利·詹姆斯：《小说的艺术——亨利·詹姆斯文论选》，朱雯等译，上海译文出版社2001年版，第32页。

是以“至诚”的情感为中心，是一种情绪的抒发，表现出散文化的特征。郁达夫强调自我表现的小说，不以人物外在关系为表现对象，而是深入人物内在心灵世界，小说呈现的是人物思绪的流动画面，故事性弱化，极少有动作与情节的高潮，表现出散文化的结构特征。沈从文曾说，如果按照“事物的中心”“人物的中心”“提高”或“拉紧”这样一些主流小说观念来衡量，他认为自己“还没写过一篇一般人所谓小说的小说”。沈从文看似自谦的话语，其实是对主流结构观的反叛，他对小说有着自己鲜明的理解：“我只平平的写去，到要完了为止。事情完全是平常的事情，故既不夸张也不剪裁的把它写下来了。”①不追求故事的离奇，只写平常的生活，沈从文不关心一般所谓小说的章法结构，他宁愿接受章法外的失败，也不愿得到章法内的成功，灵活自由、简单闲散的小说结构即他所追求的“章法外”。《船上岸上》没有有机结构观所要求的中心人物、紧凑情节，小说仅仅是对两岸的风情、老百姓的日常生活进行描写，其间充溢着作家的浓厚情绪，整篇小说一如散文般流动展开。此外，无论是《边城》《长河》《萧萧》，还是《三三》《阿黑小史》《会明》等小说，都在“章法外”围绕着细小的、生活化的题材，以情绪作为小说发展的动力，使小说呈现出浸透着浓郁情调的散文化特征。汪曾祺作为沈从文的弟子，一方面师承沈从文的小说观；另一方面，又接受亨利·詹姆斯等西方心理现实主义小说家的观点。汪曾祺认同亨利·詹姆斯、伍尔夫的看法，认为人的一生原本就是散漫的、不连贯的，为了表现人生的真际，“‘事’的本身在短篇小说中的地位行将越来越不重要”，如果小说“太像个小说，那只有注定它的死灭”。② 这里的“事”就是有机结构观所倡导的故事情节，“太像个小说”是说小说完全按照有机结构观关于因果关系、“焦点”、情节发展的规则来编造故事，那么小说将会陷入故步自封。因

① 沈从文：《〈石子船〉后记》，见吴福辉编：《二十世纪中国小说理论资料》(三)，北京大学出版社 1997 年版，第 115 页。

② 汪曾祺：《短篇小说的本质》，载《益世报·文学周刊》1947 年第 43 期。

此，汪曾祺追求的是小说的形式，“不是文字或故事的形式，是人生，人生本身的形式，或者说是与人的心理恰巧相合的形式”①。对人的内在世界的表现促使小说形式发生了巨大变化，进而使小说呈现出如诗、如散文一般的结构特征。其小说《复仇》的结构完全区别于有机结构观，没有戏剧化的矛盾冲突，没有连贯的故事情节，整篇小说全靠“我”的意识流动推进，在意识的流动中细腻又含蓄地倾诉着“我”真切、复杂的生存体验。对于小说中的有机结构，周作人早在1920年就进行过批评，他认为小说对内容上悲欢离合、结构上葛藤、极点与收场的强调，“已经是过去了的东西了”。② 1944年，他又进一步阐释了自己的这个观点，他说自己不爱读有结构、有波澜的小说，这样的小说在他看来似乎是完全依照“美国版的小说作法而做出来的东西”，这种“做出来的东西”其实就是有机结构观框定下的产物。相反，挣脱有机结构观，创作出随笔风的小说，“我倒颇觉得有意思”。③ 周作人的观点对其学生废名产生了极大影响。废名在给老师周作人的信中表达了与其相同的看法，废名认为，小说的“结构便近于一个骗局，在这些上面费了心思，文章乃更难得亲切了”④。废名所说的近似于骗局的“结构”，指的就是编造故事情节的有机结构，这样的结构是对生活的虚假表现。出于对有机结构观的反感，废名的小说《桥》《莫须有先生传》《莫须有先生坐飞机以后》等小说都极力弱化故事性，彰显出一种轻故事、人物关系、人物命运，而重情调、情绪、情趣的散文化小说结构观。以《桥》为例，小说虽然也有中心人物程小林、史琴子、细竹等，且也以他们的所见所闻钩织各个场景，

① 唐湜：《虔诚的纳蕤思——谈汪曾祺的小说》，见钱理群编：《二十世纪中国小说理论资料》(四)，北京大学出版社1997年版，第489页。

② 周作人：《〈晚间的来客〉译后附记》，载《新青年》1920年第7卷第5号。

③ 周作人：《明治文学之追忆》，见钱理群编：《二十世纪中国小说理论资料》(四)，北京大学出版社1997年版，第362~363页。

④ 周作人：《明治文学之追忆》，见钱理群编：《二十世纪中国小说理论资料》(四)，北京大学出版社1997年版，第363页。

但整部小说没有连贯、完整的情节结构，人物的关系也不是小说的重点，小说侧重自然风物、人物情绪的描写，人物被放置到氛围、情调、风景之中，与天地自然融为和谐的一体，结构的变化使小说显示出跨文体的美学价值。

心理现实主义小说因表现对象的转移，对主流的有机结构观进行叛逆，形成了新的小说结构观。萧乾曾称赞亨利·詹姆斯等心理现实主义小说家，“詹姆士这一辈小说家的主要贡献是把他们的注意力由情节引到情绪，由戏剧引到诗感上面去”①。从“戏剧”到“诗感”，就是小说结构观发生的巨大转变，由于这一转变，小说在形式上向着更为深入、更具先锋性的方向发展。作为影响源，亨利·詹姆斯、爱伦·坡等小说家的观点与创作实践对中国心理现实主义小说产生了影响，使其更新了小说观念，并进而大胆地进行了新的结构形式实验，丰富了中国现代小说的范畴。

三、主观的氛围取代客观的环境

中国传统小说主要是以情节故事为中心，“环境”极少引起作家的注意，即使是像《水浒传》《红楼梦》这样的小说，虽有一定数量出色的景物描写，但“环境”仅仅是作为文学烘托的描写手法而存在，“环境”本身在小说中的价值并未真正得到重视。“五四”前后，中国引进西方小说及小说理论，受西方小说及小说理论的影响，“环境”不再被视为情节的附属物，而是作为现代小说具有独立美学意义的范畴而存在，成为中国现代小说创作的重要内容。针对这一状况，俞平伯在讨论中国小说的特点时就指出，中国现代小说普遍注重环境，这是“近代西洋之产物”，在中国古代“殆无此项成绩”。②

对中国现代小说理论体系建立影响甚大的汉密尔顿的《小说法

① 萧乾：《詹姆士的四杰作：兼论心理小说之长短》，载《文学杂志》1947 年第 2 卷第 1 期。

② 俞平伯：《谈中国小说》，载《小说月报》1928 年第 19 卷第 2 号。

程》，专设“环境”一章，对“环境”进行了较为系统、详细的讨论。汉密尔顿以左拉的小说及小说理论为例，认为“环境”不仅是自然景物，更与人物有着极为密切的关系，甚至能主导人物的行为动作，“环境既能操纵动作，影响人物，则于稗史中，自能较动作人物更为重要”①。汉密尔顿的这一观点与法国自然主义小说对“环境”的认识极为相似。法国自然主义小说强调环境对人形成的决定性作用，认为人总是生存在特定的环境条件之下，并受到这一特定环境的制约。“五四”以后，中国大量引入法国小说，从而将一种注重人物行为动作与环境之间关系的小说观念深深根植于中国现代小说的土壤之中。清华小说研究社的《短篇小说作法》认为，环境就是包含了物质与非物质的各种情景，“小说中的人物，全在这情景内行动”②。瞿世英将环境定义为人物动作和活动的所在。③ 洪深更为直接地表明，人是社会环境的产物，个人在社会环境中获得生活经验，促使其思想、信仰、情绪、举动等成为可被推晓的类型，在环境的影响下，“他便成了一个有特殊性格的人物了”。④ 在中国现代小说创作和小说理论领域都有着极大影响力的茅盾，是最早介绍左拉与自然主义的人，他在自己的小说创作与理论中体现出与自然主义相似的“环境”观，认为环境对人有着巨大的作用，但茅盾对自然主义的环境决定论作了进一步发展，在强调环境的影响之外，还强调人在环境中的能动作用。可以看出，这样的“环境”观强调的是在特定的环境中人物所产生的特定的行为方式，也就是说，人物动作行为的根源存在于外部环境之中，“环境”与外部实景等同，是具体的、客观的。现实主义小说总体上

---

① [美]克莱顿·汉密尔顿：《小说法程》，华林一译，商务印书馆1924年版，第98页。

② 清华小说研究社：《短篇小说作法》，见严家炎编：《二十世纪中国小说理论资料》(二)，北京大学出版社1997年版，第140页。

③ 瞿世英：《小说的研究》(中篇)，载《小说月报》1922年第13卷第8号。

④ 洪深：《小说中的人物描写》，载《新中华》1935年第3卷第7期。

是持这样的“环境”观进行创作的，现实主义小说从外部环境寻找人物的行为根源，创造典型环境中的典型人物。

与现实主义小说着重对客观世界的反映不同，心理现实主义小说着重对主观经验的表现，其展示的是个人主观抽象的内心生活，因此，从个人体验的角度所看到的“环境”，不再是自然主义小说或者现实主义小说所认为的客观存在，而是浸润了个人强烈主观情感、思绪、意识的心灵投射物。当然，这些心灵投射物在一定范围内也是小说中的景物，但由于其蕴藉的强烈主观色彩，再用现实主义的“环境”来对之进行概括显然不合适。陈炜谟在对爱伦·坡的小说进行分析时，概括出现代小说的两种类型：一种是“能摄取外形”，以“表示生活之诸相”为目的；另一种则“摄取内心”，表现“抽象的，超平凡的空气”。① “外形”显然就是自然主义或现实主义的“环境”，而从“内心”出发，追求抽象主观的“空气”，则是现代主义小说中的“氛围”。爱伦·坡作为心理现实主义小说的奠基者，他关心的不是人的外在关系，而是个人内心的体验，“他的经验是一种奇怪的经验，一种恐怖的，一种神秘的……在我们的眼前呈展出他古怪突兀的世界”②。由于倾注了个体强烈的心理体验，爱伦·坡的心理现实主义小说呈现给我们的是神秘、荒诞的世界，是充满了人物主观情绪的氛围世界。

“环境”是现实主义小说的理论范畴，是从外部来研究人，而“氛围”是现代主义的理论范畴，是从心灵内部来研究人。对于心理现实主义小说来说，“景物与人物的相关，是一种心理的”③，个体的心理

① 陈炜谟：《论坡（Edgar Allan Poe）的小说》，载《沉钟》1927年爱伦·坡特刊。

② 陈炜谟：《论坡（Edgar Allan Poe）的小说》，载《沉钟》1927年爱伦·坡特刊。

③ 老舍：《景物的描写》，见吴福辉编：《二十世纪中国小说理论资料》（三），北京大学出版社1997年版，第430页。

体验是不同的，所呈现出的氛围当然也就带有主体独有的色彩，显示出一种特别的美学追求。老舍就以哈代、康拉德的作品为例，说明小说家应该将景物“当作个有心灵的东西看待，处处是活的，处处是特定的，没有一点空泛的”①。这种具备心灵特征的景物就是小说中的氛围。“山水不仅是背景，是氛围，而且成了故事中不可分割的一部分，关联着角色的性格，关联着角色的命运。”②萧乾的这一看法是深刻的，现代主义小说转向人的内心世界，表现个人对外界的主观体验，而投射了主体感知的山水景物一如人的心灵外化物一般，成为小说表现的主要内容，自然成为小说不可分割乃至占主导地位的部分。山水景物因渗透了人的主观感受，成为形成“氛围”的重要部分，而“氛围”最核心的部分是主观情感，石苇在《小说讲话》中谈论到“氛围”，就认为“氛围是指造成某一环境的一种感情”③，也就是说“氛围”是笼罩于环境之上的某种具有模糊性、抽象性的“感情”，这种“感情”使得小说形成某种特殊的“情调”，也就是“氛围”。李广田在《论情调》中将“情调”与“氛围”基本等同，有时候甚至不需要以景物作为中介，作者只是将自己强烈的主观情绪投射于文字之中，在写作时“感觉得极透彻，浸润得极浓酣”，与自己所写的东西融为一体，“文章中自然充满了情调，也就自然有了特殊的风格，自然，也就是有了特殊的氛围与滋味”④。

在爱伦·坡的小说中，景物并不是其氛围的重要成分，爱伦·坡小说的氛围主要是一种心理感受的氛围，陈炜谟认为爱伦·坡的小说是一种“Conscious(自觉的)艺术”，因为爱伦·坡是以自我的经验作

---

① 老舍：《景物的描写》，见吴福辉编：《二十世纪中国小说理论资料》(三)，北京大学出版社1997年版，第430页。

② 萧乾：《小说》，载《大公报·文艺副刊》1934年7月25日。

③ 石苇：《小说讲话》，上海光明书局1941年版，第130页。

④ 李广田：《论情调》，见钱理群编：《二十世纪中国小说理论资料》(四)，北京大学出版社1997年版，第482页。

为小说创作的核心，而他的经验“是一种奇怪的经验，一种恐怖的，一种神秘的”，“种种的恐怖搅扰着他”，① 爱伦·坡将自己“神秘”“恐怖”的经验浸染在创作中，去发掘人内心的悲剧，从而使得他的小说也充满了神秘、恐怖、荒诞的氛围。萧乾通过亨利·詹姆斯的《鸽翼》、福斯特的《霍华德别业》、伍尔夫的《波浪》，认为现代小说的一个突出特征就是“捕捉那冥冥的氛围”②，这“冥冥的氛围”就是现代主义作家从内心深处出发，将自我的意识或潜意识投射于小说之中，使景物、小说节奏、风格等无时无刻不闪现着浓烈的主观情绪，成为表现主体内在世界不可替换的部分。常风在对康拉德的研究中认识到，康拉德小说的艺术主张在于创造“幻变的意境，神秘的氛围，离奇的情调”。常风敏锐地指出，康拉德将氛围看作使作品具有感染力的精神元素，通过描摹极具浓厚主观色彩的氛围，唤起读者的情感感应。另外，在康拉德的《黑水手》中，氛围的地位甚至超过了人物，人物只是氛围的一部分，人物被淡化，故事自然也被淡化，因此，常风认为《黑水手》是一部没有结构的小说，其成功“完全在康拉德酝酿、渲染和延长‘氛围’的天才”。康拉德将人物心理的状态、情景、以及“弥漫在空间的色调”互相融合衬托，从而形成独特的具有浓厚主观色彩的情调小说。③

中国心理现实主义小说突破“环境”观念，而以“氛围”观念来进行创作，首先得益于西方现代主义小说家的影响，爱伦·坡、亨利·詹姆斯、伍尔夫、康拉德、安德烈夫等现代主义小说家以各自独具风格的小说氛围为其提供了学习仿效的模板。除此之外，“氛围”成为

① 陈炜谟：《论坡（Edgar Allan Poe）的小说》，载《沉钟》1927 年爱伦·坡特刊。

② 萧乾：《詹姆士的四杰作：兼论心理小说之短长》，载《文学杂志》1947 年第 2 卷第 1 期。

③ 常风：《两本翻译的康拉德小说：黑水手、不安的故事》，载《国闻周报》1936 年第 13 卷第 17 期。

心理现实主义小说的重要小说观念，还与小说家的创作实践密切相关，小说家的创作实践进一步深化其对“氛围”的理解，并由此形成新的审美特征。鲁迅对于景物的描写，不是从人与环境的外部关系入手，而是充溢着人物的主观感受色彩，从而使小说萦绕着某种氛围。在《故乡》中，“我”因为原本就没有什么好心绪，因此在回乡的路上，看到的是阴晦的天气、呜呜作响的冷风、萧索的无一丝活气的荒村，这些景物不禁让“我”都吃惊疑惑起来——“这不是我二十年来时时记得的故乡？”正是因为“我”此时将自己悲凉的心绪投射于周围，因此“我”当下所感受到的故乡与回忆中的故乡差别如此巨大，故乡也被笼罩在“我”悲凉的情绪之中，整篇小说也呈现出“悲凉”的氛围。受到爱伦·坡影响的鲁迅，同样将自己对生活的主观感受投射在小说创作中，作为思想界斗士的鲁迅，更为敏锐地体验到孤独、虚妄、荒诞的情绪，他将自己深刻的经验感受注入小说创作，使其小说充满了神秘、恐怖、怪诞的氛围。在《狂人日记》里，“狂人”惊恐、压抑的心理决定了他看到的世界也是充满恐怖、压抑的，不管是“今天晚上，很好的月光”，还是“黑漆漆的，不知是日是夜”，或者是“天气是好，月亮也很亮了”，无不充满了“狂人”的主观感受，整个小说世界都笼罩在恐怖、阴森、怪诞的氛围里，人物的心理与氛围的营造相互促进。同样，《白光》中的陈士成多次落榜，使他的心理开始不正常，陷入疯狂的状态，放榜后的寒夜半空，挂着清冷的月亮，月亮对陈士成注下寒冷的光波，“诡秘的照透了陈士成的全身，就在他身上印出铁的月亮的影”，在这让人胆寒的夜里，陈士成在心里听到那诡异的声音，引诱着他追随神秘的白光去寻所谓的宝藏，却只是在寂静凄冷的夜里挖到一块异乎寻常的可怕的下巴骨，完全恍惚的陈士成犹如游丝一般不管不顾地向着“黑魆魆”的远方奔去，最终走向毁灭，压抑、神秘、阴森、恐怖的氛围成为《白光》的突出特征。可以说，心理现实主义小说都重视氛围的营造，人物的心理状况控制着小说氛围的走向，而氛围的营造又加深对人物内在世界的揭示，两者相辅相成，融为一个整体。

施蛰存曾要求现代文学要致力于表现“一种情绪，一种气氛”，“气氛”也就是“氛围”。他的《魔道》不断渲染一种恐怖、神秘的氛围，“我”在火车上遇到的龙钟的老妇人，莫名地让“我”感到恐惧，“我”在头脑中不停对她展开魔鬼形象的想象，好不容易下了火车，进了朋友的家中，准备欣赏郊野的雨景，又突然看到那个火车上穿着黑衣裙的老妇人，“我又突然战栗了……我忍耐不住这样的恐怖了”，可诡异的是，“我”眼中这位可怕老妇的黑影，却只有“我”一人看得到，朋友们都无所察觉，被朋友嘲笑后的“我”仍旧陷入对“妖妇”的幻想，以至于只要看见黑色就充满恐惧，认为那是无数个“妖妇”妄图用那干萎的手扼死“我”。小说的最终，“我底三岁的女孩子死了”呼应了“妖妇”的不详，但“我”的恐惧仍然在蔓延，在冷清清的半夜，“我”听见一个细微的声音在楼下很迟慢地响着，“我俯伏在栏杆上，在那对街的碧色的煤气灯下，使我毛发直竖的，我看见一个穿了黑衣裳的老妇人孤独地踅进小巷里去”。《魔道》几乎没有故事，也没有背景，不管是“我”还是“老妇人”，其形象都很模糊，《魔道》所着力表现的只是一种恐怖、不安、神秘、荒诞的氛围。《旅舍》的主人公丁先生患有神经衰弱症，他陷入对周围环境与自我的恐惧，“怕自己会发狂或死”，去到乡下小镇本是为了“休养”，但丁先生对乡下的旅舍同样恐惧，以至于对房间里的陈设疑神疑鬼，担心有人利用暗道机关来加害自己，“他仿佛预感到在这个夜里，他即使不死于盗，也准会死于鬼怪之手”。从人物心底传达出的恐惧情绪如浓雾一般弥漫，故事情节被淡化，小说力图表达的同样也是一种惊疑、神秘、恐惧的氛围。同样，《梅雨之夕》也没有清晰的故事情节，没有鲜明的人物形象，整篇小说追求的是在“我”的情绪流动中渲染一种缥缈又朦胧、神秘又忧愁的氛围。成仿吾的《深林的月夜》也是一篇以人物的情绪流动为线索来着重渲染氛围的小说，陈平原指出，《深林的月夜》将氛围的渲染置于小说的中心位置，人物与情节反倒成为点缀。

沈从文是一位有着鲜明乡村文化取向的小说家，他对乡村生命形式的美丽有着强烈的情感，在这样的主观经验之下，小说的故事情节无限淡化，甚至人物也成为氛围的点缀，氛围的营造往往成为叙事的主要目的。不论是《边城》《长河》，还是《阿黑小史》《菜园》《静》，这些小说充溢着作者对乡村眷念又感伤的情绪，作者的情感投射于故乡的小桥、绿水、古塔、翠竹、田园、鸟鸣、河街，渲染出恬淡静谧却又带有感伤忧郁的氛围。与沈从文的小说相似，在废名的小说中，氛围的营造往往成为小说的主要目的，《桃园》是废名小说中故事性较强的一篇，但也只是在开头叙写了阿毛生病，随后就以意识流的手法表达阿毛的内心世界，在阿毛的情绪流动中，笼罩着平静、淡朴又略带忧伤的氛围。相较而言，《菱荡》《河上柳》《桥》就几乎没有故事情节了，在这些小说中，氛围成为小说最为突出的特征，景物浸透了作者的感受与思想，古朴村庄、泥墙青瓦、茂林鸟鸣、溪水人家，各色景物浓淡合宜地铺展成画，在作者强烈主观体验的统摄下氤氲为清新静美、冲和淡远的氛围，与废名内心的理想相互照应。

在经验的主导之下，心理现实主义小说形成了与现实主义、浪漫主义小说不同的小说观，其关注的中心由外在客观转向内在主观，“内心生活”是其表现对象，新的表现对象形成了新的结构形式，“内心生活”由于其抽象性与主观性，要求有“焦点”且有因果关系故事情节的有机结构观显然不适用，心理现实主义小说突破有机结构观，强调以主观情绪的流动带动结构发展，从而形成了散文化的结构观，并进行了相应的形式创新。从主观体验感知出发，“氛围”取代“环境”成为心理现实主义小说的另一个重要新观念，“氛围”不是客观环境的再现，而是带有强烈的主观色彩，是主体心灵的投射物，其中充溢着主体的情绪、感情、思想等，是现代主义的概念范畴。心理现实主义小说普遍重视“氛围”的作用，甚至在一些小说中，渲染某种情绪支配下的“氛围”是其创作的主要目的。以主观色彩为特征的“氛围”

为小说带来新的审美特征。总之，心理现实主义小说在观念上的创新，促使其形成了自己独特的主题、形式与美学特征，并丰富了中国现代小说的文体，促进了现代小说的深入发展。

第三章　心理世界探索中的主题开拓

由于表现对象的转移与突破，心理现实主义小说所关注的主题就与现实主义小说和浪漫主义小说有着巨大差异。现实主义小说关注的焦点是客观物质世界以及人的外部关系，而心理现实主义小说关注的焦点是人在世界中产生的主观经验感受，以及由此而形成的具有个性化色彩的“内心生活”；浪漫主义小说关注的是人的理想与情感，着重人乐观积极的一面，而心理现实主义小说关注的是人倏忽变化的情绪，着重人苦闷颓废的一面。由主观经验出发，时代的苦闷与颓废、生存的孤独与寂寞以及生命的荒诞与异化就成为心理现实主义小说在主题领域进行的新开拓。

第一节　时代的苦闷与颓废

20世纪初，中国封建礼教体系的根基被破坏，新的人学观念建立，青年们追求个人自由，向往美好情爱，对理想满怀希望。但是，封建王朝的轰然倒塌并未带来光明的未来，社会仍旧黑暗，前路依旧迷茫，个人命运在黑暗动荡的社会中显得无足轻重，人生的理想与灵肉一致的爱情都无法实现，青年人心中充斥着强烈的时不我与的愤慨与焦虑，对生命感到彷徨而又迷茫。他们对希望的追求不断幻灭，对个性自由的呼喊不断被压抑，在四处漂泊流浪中不断伤怀，诸种痛苦汇聚为极度的苦闷体验，“苦闷”成为一个时代的特征，在这时代的苦闷中，青年们心有不甘但却无能为力，只能趋于颓废虚无。心理现实主义小说主要从希望与幻灭、压抑与禁忌两个方面，对苦闷、颓废的主题进行揭示。

一、希望与幻灭

“五四”中对“人的发现”让“个人”走向历史的舞台，“个性解放”成为青年们最大的追求，为此，他们冲出家庭的藩篱，去追寻自己向往的新生活。但是，因袭了几千年的传统观念仍然强大，青年们难以一己之力反击，美好的理想终究以失败告终，他们不甘心俯首于封建教条，可是个人的挣扎却又无甚作用，他们不满于现状，却又无力把握未来，这种种矛盾犹如一张大网，将他们笼罩其中，无力挣脱。“理想和现实永远不能调和，人类的痛苦因之也永无休止。我们都在这不完善的社会中生活，处处现实和理想是在冲突。”①在追寻希望却又不断幻灭的过程中，他们的心灵郁积着苦闷、颓废的情绪。

丁玲早期的小说就是充满了苦闷、颓废色彩的心理现实主义小说，回顾自己早期的小说创作，丁玲说自己之所以写小说，是“因为寂寞”，自己对社会不满，却又找不到生活的出路，因此便用笔“代替自己来给这社会一个分析”。② 在其作品《莎菲女士的日记》中，莎菲就是丁玲寂寞、苦闷情绪的代表。小说开头呈现在读者眼前的是一个百无聊赖的莎菲，她蛰居于异乡公寓养病，生活在她看来极度无聊，以至于看报、煨牛奶这样的琐事成为她重要的消遣，当这样的琐事都做不了，她只能苦闷地在炉旁独自生气。莎菲的寂寞与苦闷缘何而来？正如丁玲所说，对社会的不满是造成莎菲苦闷的最显著原因，然而更深的原因，还在于莎菲对美好希望的追求不断在黑暗现实以及自己软弱的个性面前败北，希望被幻灭感取代，因之而产生苦闷、颓废。作为接受新思想的知识女性，传统礼教附加在女性身上的绳索是

① 石评梅：《石评梅作品集》，书目文献出版社 1984 年版，第 204 页。
② 丁玲：《我的创作经验》，上海天马书店 1935 年版，第 23 页。

莎菲所唾弃的，她的人生理想是享受生活，要求女性的尊严与地位。由于莎菲是在美好幻想的推动下走入社会的，她将理想的实现想得轻而易举，并没有料想到现实社会封建观念的根深蒂固。在黑暗的现实面前，莎菲仍不忘自己的理想，她强烈的个性与环境之间形成了尖锐的冲突，但在强大的封建观念面前，莎菲浮泛的个性解放口号根本无力与之对抗，其失败的悲剧命运早已注定，于是莎菲的内心不断郁积起苦闷、激愤的情绪。当莎菲的社会理想被黑暗现实无情破灭后，她又期望能在爱情里实现自己的理想，可是结果依旧让人苦闷。苇弟真挚可靠却思想平庸苍白，凌吉士美貌风仪却灵魂卑劣低下，这两人都与莎菲进步的爱情观相抵触。莎菲沉迷却憎恶凌吉士带来的色，最终毅然放弃爱情，离开凌吉士，这也意味着她对世界的绝望。莎菲对爱情的追寻非但没能将她解脱，反而使她陷入彻底幻灭的境地，小资产阶级的软弱个性致使她退回到自己百无聊赖的琐碎生活中，在理想的幻灭与生命的苦闷中愈加消极、颓废。丁玲小说的另一个主人公梦珂，同样是深深地陷入理想幻灭的苦闷、颓废之中。梦珂如同莎菲一样，追求个性的解放和自己的新生活。在学校里，她为了被侮辱的女模特挺身而出，却被勒令退学，而侮辱女模特的男老师依旧继续教书，社会的黑暗使她对正义、尊严、平等的希望破灭了。在姑妈家，她满足于物质享受与虚荣心，沉溺在表哥晓淞与谵明的追求中，当她无意得知两人对她只有身体上的肉欲时，她对爱情和自我的希望又被无情毁灭。梦珂不断地追求、反抗，却又不断地陷入幻灭。《阿毛姑娘》中的阿毛，在倾尽全部生命寻求理想后，只是得到“宇宙间真真到底有个什么？什么也没有！”的颓废、虚无的结论。

与早期的丁玲相似，庐隐也将理想幻灭的苦闷、颓废作为自己小说的主题，《海滨故人》中的露莎与同学在“五四”精神的感召下，有着强烈的追求爱情与自由的愿望，她们希望能做一个“社会的人”，可是自身与传统观念又无法完全斩断，于是，当她们怀着单纯美好的幻想走入社会、接触爱情，“不幸接二连三都卷入愁海了”（庐隐《海滨故人》)，她们一方面梦想着“追求人生意义”；另一方面却又极为惨痛地体会到空想的乏味，在“生的苦闷”与“爱的苦闷”的纠缠撕扯下，她们内心进而产生怀疑人生、享乐人生的颓废情绪。在《或人的悲哀》中，主人公亚侠彷徨于不知“往哪条路上去”，在经历了无可排解的苦闷后，便颓废地宣称：“我还是游戏人间罢！”不论是丁玲小说中的莎菲等，还是庐隐小说中的露莎等，她们都是有着新生活追求的知识女性，她们对未来充满憧憬与希望，但是却被黑暗社会无情地拒绝和抛弃，她们的心灵陷入苦闷恨世，对人生的绝望让她们以颓废的面相存在于世。

理想的幻灭与社会的黑暗混乱有着莫大的联系，心理现实主义小说家将自己体验到的苦闷、颓废真切地表现于小说中。1922 年，郁达夫从日本回国，真切地感受到国内的黑暗现实，便在 1924 年“写了几篇实在是衰颓得透顶的自伤自悼之文”①，《秋柳》等小说便是他颓废、苦闷情绪的凝结。到了 1925 年，郁达夫说自己焦躁、苦闷、衰颓到了极点，在放纵地喝酒游荡后，想要改变生活的行程，可是所遭遇的现实却使他更加跌入幻灭的低谷，他悲痛于自己的“心死”，“自家以为有点精神，竟默默无言地，看着他自己的精神的死亡，思想的消亡！”②郁达夫苦闷、颓废的思想除了来自自身性格之外，更源于混乱黑暗的社会不允许先锋异端的思想存在，郁达夫的思想得不到人们的理解，在社会的苦闷与压抑中，个人的理想不断幻灭，以至于精神颓废。郁达夫将切身的经验融入小说，他的小说中的主人公几乎都有着读书济世的愿望，渴望拯救危亡的祖国，可是社会的现实又频频让他们自己给自己贴上“零余者”“多余人”的身份标签，质疑自我存在的意义，当连一个妓女都无法救助后，就更加认为“我对于世界是完

① 郁达夫：《〈鸡肋集〉题辞》，见王自立、陈子善编：《郁达夫研究资料》，知识产权出版社 2010 年版，第 162 页。

② 郁达夫：《〈达夫全集〉自序》，见王自立、陈子善编：《郁达夫研究资料》，知识产权出版社 2010 年版，第 155 页。

全没有用的”(郁达夫《零余者》)。如此一来，曾经的理想成为虚妄，空余无尽的苦闷感和幻灭感。《沉沦》中的“他”、《烟影》中的“文朴”、《茫茫夜》中的“于质夫”、《空虚》中的“质夫”等人物，原本都是有着现代知识的小资产阶级青年，但身处半殖民地半封建中国社会的大变革时期，他们虽怀着个人主义的理想，有着正常年轻人的热情，渴望着美好纯洁的爱情与真挚坦诚的友谊，有着个性解放的时代要求，他们是个性觉醒的人，但却与社会格格不入，黑暗的环境让他们找不到出路；他们孤傲不羁，但又备受歧视而孤独、苦闷，灵魂找不到安顿之处。于他们而言，自卑与自尊，郁结与旷达，卑微与豪爽，诸多截然相反的人格因素同时盘根错节地存在于一个人身上，个人内心充满了苦闷、颓废的情绪。此外，《微雪的早晨》《杨梅烧酒》《春风沉醉的晚上》等小说同样表现了这一时代苦闷、颓废青年们的心路历程：追求—幻灭—沉沦自戕。

与郁达夫带有自怨自艾色彩的“零余者”的苦闷相比，鲁迅在其小说中则侧重揭示先觉者因孤立无援而成为“多余人”的苦闷。鲁迅作为20世纪上半叶的先觉者，他勇猛地担当起启蒙的使命，为民族振兴而积极抗争，然而，黑暗落后的社会现实注定了他先锋的思想难以被群众接受，处于与庸众对立冲突的境地，难有作为的抑郁、孤立无援的无助使其内心充满了苦闷。在《这样的战士》中，鲁迅塑造了手拿投抢、立于无物之阵的“战士”形象，“战士”具有超人的勇猛气概，却仍旧败给无物之物，在“无物之阵”里，“战士”在绝望中报以希望前行，内心时时弥漫着迷茫、颓丧、苦闷。“战士”是鲁迅自我精神斗士的写照，“无物之阵”则是根深蒂固的中国封建传统文化。鲁迅以自己深刻的经验感受，将这样的“战士”写入了小说。《孤独者》中的魏连殳是一位先进的知识分子，他凭着个人微弱的力量反抗传统观念，希望建立理想的社会，他在黑暗的社会里孤立无援，独自在自私、冷漠、麻木的环境中孤军奋战，但微弱的个人抵挡不了强势的封建势力，严酷的社会环境磨灭了他的斗志和理想，他成为理想幻灭、内心苦闷、行为颓废的悲剧式“多余人”。《在酒楼上》的吕纬甫有过匡救众生、改革社会的远大理想，那时的他敏捷精悍、激烈热情，然而社会的压抑、辗转流离的窘迫让他青年时代的理想终致幻灭，当年的先觉者在孤立无援下成为一个消沉颓唐之人，过着敷衍的苟活者的生活。此外，鲁迅小说中的狂人、疯子、夏瑜等人，几乎都是从具有挑战精神和反抗行为的先觉者堕落为苦闷而颓废的厌世者或愤世者，鲁迅的小说通过先觉者的幻灭深刻地表现了“苦闷”的主题。

茅盾的《蚀》三部曲更是典型的时代苦闷的产物，其小说也是对苦闷、颓废主题的表现。1927 年大革命失败，茅盾在武汉经历了革命的挫败，他从中认识到革命与反革命的矛盾，也看到革命阵营内部的矛盾，更认识到自己思想上的矛盾，以此为基础，他创作了《蚀》三部曲。《幻灭》的主人公章静由对革命的向往转为对革命的怀疑、失望，在章静看来，人生处处是矛盾和烦闷，烦闷表现为消极颓丧，而在革命的紧张中人们疯狂地追寻感官的刺激，小说以希望破灭后的苦闷、颓废为主题，揭示了时代环境下知识分子的心路历程。相比之下，《追求》更为悲观。小说中各个人物原本都心怀憧憬，对未来充满信心，也都为之而努力过，但时代的沉重与压抑迫使他们的希望都幻灭了：张曼青对革命出路孜孜以求，然而从政治界到教育界，他的救国理想都化为泡影；章秋柳渴望挣脱无所事事的躯壳，寻找新的出路，但她缺乏前进的胆量与勇气，因此永远只能陷于颓废、苦闷之中；王仲昭为了自己的爱情和事业努力奋斗，在即将达成目标时，传来陆俊卿病危的噩耗，奉行脚踏实地、半步主义的他仍然难逃希望幻灭的厄运。茅盾毫不怜惜地将这集体的追求推向集体的幻灭，在“幻灭的悲哀，向善的焦灼，和颓废的冲动”中揭示这“世纪末的苦闷”（茅盾《追求》）。

到了 20 世纪三四十年代，仍旧延续着因希望的幻灭而产生的苦闷情绪。穆时英、刘呐鸥等都市作家揭示了个人在都市空间里被异化了的苦闷、颓废。穆时英的《夜总会里的五个人》《黑牡丹》等小说，表现了被都市生活压扁了的人失去了理想与希望，只能继续成为“没有灵魂的人”，“深深地浸在奢侈里”(穆时英《黑牡丹》)，苦闷而又颓废地过着令人疲倦的生活。在物质崇拜的都市空间里，个人对真挚的爱情满怀希望憧憬，可是物化了的环境使得这样的愿望也成为虚幻。《被当做消遣品的男子》中的“我”深爱着蓉子，可是蓉子是彻底享受着都市物质生活的时尚女郎，“我”的爱在她那里被随意地当作消遣品，“爱情”成为“刺激性”的代名词，失去了原有的美好。*PIERROT* 中的潘鹤龄不被别人真正理解，他庆幸自己的生活中有爱人琉璃子，他认为琉璃子是与自己类似的人，欢喜于“互相类似的人中间有恋”。然而，事实上琉璃子在生活中有情夫，这一真相被潘鹤龄撞破后，他曾经一切美好的愿望都灰飞烟灭，“什么都是欺骗！友谊，恋情，艺术，文明，……一切粗浮的和精细的，拙劣的和深奥的欺骗。每个人欺骗着自己，欺骗着别人”(穆时英 *PIERROT*)，失去了希望的支撑，苦闷与颓废成为他人生的主色调。刘呐鸥《热情之骨》中的比也尔厌倦了都市物质化的生活，怀着理想来寻找精神慰藉，买花姑娘玲玉让他感到理想的美好，他以为自己会拥有一份真挚的田园牧歌式的爱情，可是在爱情即将实现之际，玲玉的一句“给我五百元好么”破灭了比也尔的精神梦想，希望的幻灭让他“像吞下了铁钉一样地忧郁起来”。比也尔的幻灭其实是一种时代落伍者的失落，玲玉在给比也尔的信中表明自己将钱看作充满诗意的东西，她将情爱看作交易关系是适应当时的时代需求的，相反，比也尔所追求的精神慰藉与这个物质崇拜的都市生活是对立的，因此他的苦闷与幻灭是注定了的。

这种时代落伍者的苦闷、颓废也是杜衡的一些小说的主题。杜衡的《海笑着》《重来》中的现代知识女性在时代的变革大潮中苦苦寻觅自己的理想，然而她们努力挣扎得到的只是丧失自我的悲哀与苦闷。《重来》的主人公淑娟跟随丈夫来到上海，上海的时髦让她突然发现自己的落伍，于是她学习看时髦的电影、穿时髦的旗袍、烫时髦的头发。她努力跟上都会生活的脚步，但很快她心仪的男子以“现代化”的做派侵犯了她，于是，“她是从今天起才认清楚了这是个人们不再能给予她所需要的东西，而同时也不再需要她所能给予的东西的时代，是个男的都变成没有感情的骗子而女的都变成没有理性的疯子的时代”(杜衡《重来》)。在时代的变革里，自我应该怎样选择？落伍时代，保持“清白”，就清苦孤独；跟上时代，追随“时髦”，又污秽不堪。个人的位置何在，出路在何处？但不管选择哪一条路，都会面临无尽的苦闷。《海笑着》中的有夫之妇芸仙为了追求爱情，抛弃了自己的家庭，与有妇之夫炎之私奔，然而当生活变得琐碎而现实时，浪漫的情爱变得裂痕重重，尤其是当芸仙得知自己得不到炎之家庭的承认，不能与炎之结婚，她陷入极为委屈、矛盾的境地：她自认自己这样一个受过高等教育的女性是蔑视婚姻的束缚的，但同时又忧心如果没有法律的束缚，“那便是保障的缺乏了”，她苦闷于“这一切是建筑在怎样的一个矛盾上”。炎之最终回到自己妻儿身边，芸仙从一个围城跳进另一个围城，原先美好的期望幻灭，她仍然陷入矛盾无望的境地。淑娟、芸仙的苦闷还在于矛盾自我的困惑感，她们既对现实生活感到厌恶，又对自身的存在感到无奈，自我的扭曲撕扯让她们深陷苦闷而无法自拔。林徽因的《人生》也表现了理想破灭后对自身存在的无奈。主人公泽毅对音乐抱有追求，但当他的音乐理想破灭后，他不再对任何事抱有丁点欲求：吃妻子为他精心准备的饭食，他认为那是一种“被牵制执行什么的痛苦”；给学生上课，他觉得那是“窒息的疲惫”；与别人吃饭，他也觉得是无法排遣的“空闲的时间”。他幻灭后的苦闷、颓废是一种百无聊赖的虚无。

在西方文明的滋补下，中国现代知识分子渴望个性解放，向往美好、健康的人性。但战乱的频繁、日常人性与伦理规范关系的破坏、都市人的物质化和单向化、自由的求而不得，种种现实残缺不断地挤压着理想生存的空间。一方面，人真挚地营造着超越现实生活的理想；另一方面，人又不能逃避残酷的现实。在强大的现实面前，人显得如此渺小，希望的幻灭让人深陷苦闷、颓废的泥潭难以自拔。路翎的《财主底儿女们》中的蒋少祖艰难的心灵历程正是其中的典型代表。年轻时候的蒋少祖是家中第一个奋起叛逆传统的人，他迷恋欧洲文化，崇拜席勒、卢梭、尼采，猛烈地攻击中国传统文化，他热情澎湃，颂扬独立自主的精神，希望中国成为民主、强大的国家。蒋少祖学习西方的知识，满怀对未来中国的信念。但是，中国复杂的现实状况并不能靠书本上的西方知识就可以解决，各种问题层出不穷，理想的实现遥遥无期，在理想与现实的冲突下，蒋少祖的内心开始矛盾、时常挣扎，他在现实的逼迫下，否定了曾经的理想，彻底否定了"五四"精神，对于自己"五四"时候的叛逆，他"毫无留恋"，"只是悔恨"。他退回书斋，过上了半隐居的生活，与现实脱节。如果说由于现实的压迫，导致蒋少祖青年时的理想失败，那中年时蒋少祖沉溺在自己勾勒出来的"理想世界"中，因为缺少现实的参与，其理想就显得更加遥不可及，他退回自己想象中的天地，其实就是因对现实的无奈而产生的苦闷、颓废。蒋少祖在理想与现实之间的摇摆，其波折的心路历程正显示了现代知识分子在旧传统如摧枯拉朽般倒塌而新文化又尚未建立之时，面临的丧失灵魂家园的精神危机。相比于蒋少祖，蒋纯祖的理想与现实的冲突更加激烈，其心里的苦闷和矛盾更为猛烈。蒋纯祖提出了自己的"高级理想"——"人性自由"，他的信仰是所有生命都应该值得尊重，即使是被朱谷良枪毙的那个强奸民女的士兵。在演剧队中，他对王颖的批评明确地显示了他思想自由、心灵自由的立场。在对理想的追求上，蒋纯祖比蒋少祖似乎更加执着，但蒋纯祖面临的现实压迫更多、更大，一是，中国儒家传统所织就的"天地君亲师"人伦网络紧紧地锢住了他的灵魂，让他一直怀有不可磨灭的罪恶感；二是，具体的现实生活难以容忍蒋纯祖这样的"自我"，他为了革命而信仰的自由主义非但没有实现，反而还被当作反革命。蒋氏兄弟的理想都不是为一己私利，而是心存救亡大义，但崇高理想和现实冲击矛盾剧烈，他们在心灵的进退维谷间不断进行摇摆，理想在现实跟前节节溃败，由此，“苦闷”成为人生的主题词。

然而，需要说明的是，心理现实主义小说所表现的苦闷、颓废，从本质上看与西方世纪末的苦闷、颓废并不完全一样，西方的苦闷、颓废是对“现代”的沉痛感受与反思，表现为一种形而上的绝望，是一种彻底的虚妄感。而中国心理现实主义小说所表现的苦闷、颓废，更多的是对国家、民族、社会以及个人境遇的敏锐感受和思索，其内里主要是一种激愤的精神，表现为在幻灭后仍旧迎头而上的反抗。正因为如此，鲁迅才被刘半农概括为“托尼学说，魏晋文章”，郁达夫才被李梨初认为是“摩拟的颓唐派，本质的清教徒”①。即使是面对现实的步步紧逼，人生充满了苦闷与忧郁，知识分子们也仍然一次次地迎头向前，执着地向着微弱的希望光亮走去。在表现理想与现实的相互纠缠、相互争夺中，在揭示灵魂和心灵一次次的痛苦挣扎中，心理现实主义小说以个体的苦闷、颓废体验不断地探寻着主体的生存意义。

二、压抑与禁忌

经历几千年封建统治的中国，终于在外力的胁迫下进入了现代化的进程，中国现代化的突出标志之一，就是对人的重视与解放。在古老的旧中国，个人是整个封建秩序上的一个没有特性的部件，个人只能生活在无数的禁忌之中，以此来服膺于伦理体制。只有封建体系被推翻，曾经的观念被摧毁，新的思想来推动，个人才有可能作为独特的“这一个”被认识，才有可能呼唤个性的解放。新文化运动的如火如荼，使现代观念在知识青年中得到了大范围传播，因而青年们憎恨并反抗封建传统，高喊着个性的解放，力图成为“我是我的”的新人。知识青年们接受新思想、新教育，以自身的行为表达了要做灵肉合一的自我的要求。然而，封建观念毕竟是延续了如此久远的东西，即使

① 郭沫若：《论郁达夫》，载《人物杂志》1946 年第 3 期。

封建体系表面上已经被瓦解，但它却深深烙在每个国人心里，制度、器物甚至日常的言谈、行为都有它的影子，传统的价值观念是一种无上的权利表征，它能以无数次、重复性的集体规训方式向每一个人施加影响，青年们要做完整自我的强烈愿望必然会遭到隐蔽且猛烈的镇压。知识青年根基尚浅，以自己的现代思想对抗外界封建传统的压制已是万分艰难，心灵常常备受磨难。更何况，现代知识青年本身就是积淀了传统文化心理群体中的一员，自己的灵魂在传统观念与现代思维的撕扯之下千疮百孔，具有新思想的青年们仍旧禁锢在传统禁忌中，他们的内心苦闷不堪、颓废异常。心理现实主义小说发掘了压抑与禁忌下的苦闷、颓废的主题，展现了身处时代转型期的个人在丢弃却难以割断的传统与渴求却难以实现的现代之间的艰难、痛苦的心灵图景，在个人心路历程的画卷中揭示了时代青年热切却彷徨、冲动却压抑、愤然却无措、向往却胆怯的复杂人格现象。

知识青年们有着强烈的自我意识，却仍然无法摆脱传统价值观念的桎梏，无法做到义无反顾地叛逆，在渴求与顾忌之间，内心的苦闷与颓废不断被放大。《海滨故人》中的露莎等人是接受了新式教育的时代新女性，她渴求摆脱传统女性的角色，希望寻求人生的意义，实现新的理想，做自己命运的主宰，“她们都是很有抱负的人，和那醉生梦死的不同”(庐隐《海滨故人》)。她们是有着明确个人意识、独立观念的一代人。但饶是有着如此明确的觉醒意识，当她们一旦与传统价值观念发生冲突之时，面对家庭的阻力，她们开始退让、躲避，甚至噤若寒蝉，原先想要追求自由人生的果敢早已烟消云散。她们一方面心存对自由的幻想，一方面又被禁锢在传统观念中，找不到人生的退路，人生在自怨自艾的苦闷、颓废中消磨殆尽。露莎等人并非个例，她们是整个时代青年精神世界的代表，正如茅盾对露莎等人心路历程的评价，认为他们这些“五四”时期的“时代儿”们富有“追求认识意义”的极大热情，但却只会空想徘徊，这些“时代儿”们在书中高喊着“自我发展”，但却又负荷着根深蒂固的传统思想的束缚，“他们的脆弱的心灵却又动辄多所顾忌”。① 主体自我的内在心灵诉求常常与外在社会环境相冲突，要么是社会环境时常压抑个人的个性发展，要么是个人的愿望和诉求难以在生活环境中得以实现。赵清阁的《落叶无限愁》同样表现了个人深陷禁锢的矛盾、苦闷，邵环为了自己挚爱的璨，义无反顾地抛弃妻儿、辞掉教职，对于邵环而言，为了“至尊的灵魂底爱”放弃任何东西他都甘愿。然而璨却因顾忌着“旧的陈迹”而悄悄离开了邵环。在邵环执着的寻找下，终于在上海寻找到了璨，璨仍旧深爱着邵环，但可悲的是，璨却再一次选择了逃离，邵环也因璨的再次离开而变得苦闷、颓废，“落叶寂寞地埋葬了他的灵魂”。造成两人颓废、苦闷的根源在于“矛盾”，“这矛盾包含了情感与理智，自私与道德的种种错综的抵触”（赵清阁《落叶无限愁》），“情感”和“自私”是个人对自我的追求、对美好爱情的实现，而“理智”和“道德”则是对世俗观念的臣服。璨不敢触碰社会观念的禁忌，“因为我们是活在现实里的，现实会不断地折磨我们！”因此她压抑自己本真的追求，陷于无法克服的苦闷之中。在“矛盾”面前，人的力量如此渺小，以至于只能采取最消极、颓废的方式，人才能解脱：“除非我们一块儿去跳江，才能逃避现实，才能克服矛盾。”（赵清阁《落叶无限愁》）个人要么义无反顾地抛下束缚去追求自我，要么心无旁骛地服膺于伦理教条，单纯地选择其中任何一方都不会让人感到苦闷颓废。但时代转型时期的青年们一方面接受着新思想，另一方面却不能摆脱旧观念，两方相互撕扯较量，禁忌不断迫使个人压抑自我，才致使他们陷入苦闷、颓废的深渊。林徽因的《窘》中的主人公维杉对朋友的女儿芝心生情愫，但因年龄的差距，他既禁不住被芝吸引，又时时顾忌世俗规则，他感到无比苦闷，因年龄的差距被世人看作不伦之恋，世俗的观念犹如一条鸿沟，“桥是搭得过去的，不过深沟仍然是深沟，你搭多少条桥，沟是仍然不会消灭的”（林徽因《窘》）。无论怎

① 未明：《庐隐论》，载《文学》1934 年第 3 卷第 1 期。

样努力，他仍然消弭不了人生的矛盾，他的人生也就充满了苦闷的色调。

这样一些苦闷，是个人对真挚情感的追求与传统观念发生了矛盾的结果，相比之下，个人性本能的欲求就更是传统伦理极为禁忌的话题，个人正常欲求的满足往往遭到更为激烈的压抑。“五四”对“个人的发见”要求人性的解放，而个人解放的最基本表现就是个人能自主掌握自我的身体，身体不再仅仅于“受之父母”的层面上存在，更在于自我对身体的感知层面上的存在，身体从封建礼教的压抑下被释放出来，个人的情爱性欲从理论上得到正视和肯定，被赋予存在的合法性。但事实上，个人的欲望却常常遭到无情的压抑。郁达夫在《戏剧论》中认为：“个人对社会的斗争，是有尽期的……唯有个人内心的斗争——情欲与理性，本能和道德的斗争——则人类存在一天，斗争也继续一天，就是个人的肉体消亡的时候，也不能入于休战的状态。”①个人的自我确认，很大程度上源于对自我身体、感知的把握和正视，所以中国现代知识分子呼唤自我内心深处本能冲动的释放。然而，正如郁达夫所说，本能冲动并非人的全部，还有理性、伦理道德这些内容也是个人生存所必须遵守的，因此时刻都存在情欲与理性的斗争。正常的情欲长久地被严酷压抑着，将导致两种可能的结果，要么毫无顾忌地宣泄本能，要么在压抑下扭曲人性，不管是其中的哪一种，都是不健康的人性，所形成的只是精神苦闷与生理苦闷相互纠缠的痛苦个体。

因个人欲望与传统禁忌的对立而形成的苦闷、颓废，弗洛伊德的精神分析学说为之提供了理论依据。弗洛伊德将人格分为 3 个层次，其中的“本我”在弗洛伊德看来就是人的性本能。性冲动是人与生俱来的本能要求，既是人类活动的最大动力，又具有极大的破坏力。因

---

① 郁达夫：《戏剧论》，见《艺文私见》，复旦大学出版社 2004 年版，第 93 页。

此，“本我”总是遭到某种程度的压制。在一定范围内，个人能调节情欲冲动与外界压制之间的关系，从而维持内心的平衡，但当这种压制超出了人能承受的范围，个人本能冲动失去一定的释放空间，就会产生更加强烈的本能冲动。弗洛伊德认为，人的一生都处于被压抑的状态，文明是造成人压抑的根源，具体到中国文化体系中，礼教秩序截断了人的本能冲动的释放途径，从而压抑了人的本能结构。在强制的压抑下，个人内心世界难以协调一致，不能达到平衡状态，就会使人形成变异甚至病态的性心理。“不管是错失行为，偶发行为或者最轻微的和最严重的精神病，它们的共同点就在于我们都可以将之追溯到那些最可厌的和被压抑的心理因素。”①对于长久受到礼教观念控制的中国人而言，个人的欲望在释放与压制的两端不停撕扯扭打，却难以找到有效的解决方法，最终只能在禁忌的压抑下形成难以抒泄的苦闷、颓废。

《茫茫夜》《秋柳》《沉沦》等作品的主人公是有着正常情感需求的个体，他们追求“纯一的爱情”(郁达夫《茫茫夜》)，但个性原因与现实原因让他们不能如愿，他们陷入生理的苦闷，只好以“在被窝里的犯罪”来缓解苦闷。然而，生理苦闷的缓解却愈加加深了心里的苦闷，他们的本能情欲与传统道德观念不断搏斗，常常是道德观念压制了本能情欲，个人便陷入对自我的无尽指责。这些青年既有善良的愿望，又有贪欲的苦闷，既以感官肉体的刺激来安抚自我的焦躁，又出于道德而自我谴责。《秋柳》中的质夫在面对海棠时内心矛盾、复杂，过后又是自骂又是忏悔，认为自己是违反道德的叛逆者，是戴着假面具的知识分子，甚至是衣冠禽兽。《沉沦》中的“他”一方面认为个人的性本能是合乎自然的事，如自然界的生灵万物会在春天化育般自然。“他”以对自然情欲的渴求发出了个人的声音。然而，这种声音

① 高宜扬：《弗洛伊德传》，香港南粤出版社 1980 年版，第 293 页。

在不断地肯定中也被自我不断地否定，“他”将满足正常性欲的手淫视为犯罪，深感痛悔；第一次宿娼后，他痛恨自己，不断自责，责问自己“怎么会上那样的地方去?”并将自己定位为“一个最下等的人”。《春风沉醉的晚上》《过去》《迟桂花》等作品都表现了传统道德对自我本能欲望的批判。一方面是传统伦理道德形成的集体无意识对个体不可忽视的影响，另一方面是域外新思想下形成的重视自由与解放的现代新伦理，两者之间的抵触不停撕扯着个人内心，使其内心充满了苦闷、颓废，所以人物大多选择死亡来寻求解脱。说到底，这表现了深受中国传统伦理观念影响的知识青年在面对内心的情欲之火时的无力感。以死亡来解脱内心的苦闷本身在更为深层的叙事层面就显示了道德理性的强大力量，显示了传统禁忌对个人欲求的压抑与驯化。

与男性相比，女性从生来就要承受更严苛的礼教规训，从外部衣着装饰、行为做派，到内在道德要求、思维方式，都被紧紧禁锢在封建伦理秩序中。因此，女性对于正常情欲的要求更加难以启齿。男性情欲被压抑的原因主要在于礼教的规训，而女性则除了遭受比男性更苛刻的礼教压制之外，还必须承受经济物质条件的禁锢，也就是说，女性的情欲在社会的压制下所产生的苦闷更甚于男性。

《周夫人》中的周夫人年轻守寡，得不到任何情感上的关怀，每天以与邻居们掷状元骰度日，生活上虽然富足，但在情感上却极度饥渴。她内心深处对礼教的臣服使她只能压抑心中的欲望与痛苦。直到周夫人遇到长相上与周先生有几分相似的 12 岁的“我”，她的爱恋便显出了疯狂变异之态。当“我”进到周夫人的房间，她用“含着不尽的深心的眼波”看着我，面对这样非正常的炙热的眼光，“我”试图回避，可是周夫人却将“我”搂在怀里吻，还央求“我”每天都来看她，都来陪伴她。周夫人的这些举动明显折射出她因守寡而长久被压抑的苦闷的心理世界，显露出经由封建伦理浸润和社会习俗束缚的女性的人性扭曲，更引人深省的是，作为新旧交替时代的女性，既未能摆脱旧时代的烙印和束缚，也未能开创新时代的生活方式，只能在新的时代里承受着旧的禁忌，仍然继续着令人无比压抑的旧的悲剧人生。

《春阳》里的蝉阿姨同样是年轻守寡的女性，蝉阿姨在情欲上的缺失比周夫人更严重，蝉阿姨甚至没有过上一天婚姻生活。蝉阿姨的未婚夫在成亲的前75天死了，但因为他是拥有万亩良田的大地主的独生子，她决定还是抱着牌位成亲。蝉阿姨的决定使她获得了产业的继承权，但也注定了她凄苦、悲凉的人生。没有情欲的寂寞生活使她将专注力刻意转移到了对物质的精打细算上，这份精细甚至到了异常吝啬的地步，她只在必需时才买一条手帕，即使花了10分钟才点两个菜，但因为只花费了一块钱，她也沾沾自喜。在潜意识里，她认为只有这样斤斤计较才能让枯寂的生活有价值，才对得起自己牺牲掉的整个人生，其实质是使自我的苦闷从“斤斤计较”上得到某种抒泄。然而，不管再怎么漠视、压抑内心对情欲的向往，情欲依然蠢蠢欲动，所以，在春日的暖阳中，“一阵很骚动的对于自己的反抗心骤然在她胸中灼热起来”，她羡慕起对面饭桌的一家三口，期待文雅男子能在自己身边坐下，幻想年轻的男银行职员对自己心生爱恋，在这种种内心涌动间，长久被压抑的情欲释放了出来，露出蝉阿姨潜意识里生命的欲求本色。而银行职员对她的一声呼喊，将她又拽入现实，刚刚浮想联翩的美梦仓皇结束，她仍然要继续黯淡无光的生活。其实，蝉阿姨意识到了自己内心的渴求，也存有追求的愿望，但可悲的是，从幻想回到现实中的她在痛苦中依然自愿选择对物质财产的占有，“她困难地，但是专心地核算着：菜，茶，白饭，堂彩，付两块钱，找出六角，还有几个铜元呢？”(施蛰存《春阳》)

《金锁记》里的曹七巧与蝉阿姨有一定的相似性，她们都是在情欲上极度缺乏，同时紧紧抓住物质财产不放的女性。曹七巧的丈夫是个骨痨病人，曹七巧从未享受过正常的性生活，作为活生生的人，曹七巧有着强烈的情欲苦闷。她渴望爱情，因此将爱倾注在姜家三少爷身上，但三少爷只是和她逢场作戏。没有爱情的曹七巧将欲求转移到财产上，为了能继承家产，她拼命压制自己的欲望，“多少回了，为了要按捺自己，她迸得全身的筋骨和牙根都酸楚了”（张爱玲《金锁记》），她死命压抑自己涌动的情欲。年轻时的曹七巧由于物质上的不自由成为婚姻的牺牲品，她长期遭受性压抑，在物质与情欲的双重压迫下，她产生了极端的苦闷，为了能够抒泄苦闷，她只能以极端的病态心理报复在自己的子女身上。

不管是周夫人，还是蝉阿姨、曹七巧，这些女性作为生命本体，原本鲜活的生命在以性别等级为根基的文化秩序中惨遭碾压，造成深入骨血的苦闷，个人在沉重的精神和物质枷锁下逐渐走向心理变态和疯狂，以一种畸形的方式宣泄自己的苦闷、绝望。灵与肉之间的搏斗被敌不过的社会关系、物质财富所控制，这时，已不单单是个人情与爱的精神上的冲突，而是社会现实环境和权利关系使人在知晓自我的正常情欲的情况下又自动地、病态地压制生命本能，小说展现出无奈可悲又让人痛恨的人生。由此出发，心理现实主义小说的苦闷主题其实已超出情绪层面，而深入社会文化层面。

情欲与理性、本能和道德之间的矛盾不断撕扯人的内心，朱光潜对此作过形象的描述：“我们的心境简直是个战场：一方面习俗、教育、宗教、法律所范围的意识处防守地位，时时坚壁固垒，以备不虞；一方面被压制到意识里去的童心兽欲，又时时枕戈待旦，相机而动。”①正是在这种错综复杂、危机四伏的心理冲突场中，人心灵深渊中黑暗的、非理性的、无意识的力量被立体化地凸现出来，人生也因此充满了苦闷与颓废，而恰恰也正是苦闷与颓废，显示了人某种本真的存在。

---

① 朱光潜：《福鲁德的隐意识与心理分析》，载《东方杂志》1921 年第 18 卷第 14 号。

第二节 生存的孤独与寂寞

“孤独”是个人的一种深刻的心理体验和情绪状态，它与排斥、疏离、隔绝等紧密相关，存在主义的先驱者里尔克将“孤独”和“寂寞”认定为人的根本存在状态，“它根本不是我们所能选择或舍弃的事物。我们都是寂寞的”①。身处时代巨大变革的当头，知识分子们经历了精神上痛苦的裂变，原有的价值体系、信仰力量被质疑、被推翻，而新的文化体系又仅仅只是一个朦胧的影像，在“重估一切价值”之后又缺失能够撑起自身信仰世界的精神支柱，因此，普遍在精神上产生了孤独感与空虚感。此外，战乱时代的紧张、压抑以及物质时代的畸形欲念造成了人与人之间的生疏与隔阂，不仅使得人与人之间的语言交流和情感沟通愈加困难，而且更为严重的是剥夺了人的精神归属感，渺小的个人陷于孤立无援的境地。在心理现实主义小说中，“孤独”“寂寞”首先是一种生存境遇，是个体对外部世界的背离与隔绝的切身感受。其次，“孤独”还是一种写作的态度，心理现实主义小说凸显的是个人独特的经验感知，属于个人性话语，在集体话语为主流的中国现代文坛中处于边缘位置，心理现实主义小说家们将自己深切的孤独体验投射到小说创作上，在孤独中体味丰富的灵魂世界，既深入探寻人之生存的意义，又表达自我意识的独立姿态。心理现实主义小说将“孤独”与“寂寞”作为自己重要的主题范畴，着重从精神漂泊的游子无法重返心灵家园、人与人之间无法消弭的隔阂这两个方面揭示现代人孤独的生存境遇。

一、漂泊与怀乡

“漂泊”是中国现代知识分子孤独生存境遇的典型表现，这是因

---

① 转引自冯至：《冯至全集》(第十一卷)，河北教育出版社 1999 年版，第 318 页。

为在20世纪初的中国，一方面，社会巨变摧毁了家族制度与士子进仕的途径，在古代还能通过科举一展宏图的读书人，在现代却找不到自己明确的出路，伴随着家境没落所形成的生存压力，他们只能通过走异地、逃异地的方式来缓解物质的窘迫，在外的漂泊未必能使物质窘迫得到缓解，但却必定带来飘零的孤独感和寂寞感。另一方面，旧的体系开始崩溃，而新的未来又如此茫然，摆脱了旧体制的青年，不管是在生活上还是在精神上，都处于"无根"的状态，为了摆脱精神上的困境，知识青年同样选择"出走"的方式，然而"出走"仍然无法为他们提供精神世界的新支柱，他们依旧深陷"无根"的沼泽，心灵无所依傍，人被孤独与寂寞吞噬。陈翔鹤在其小说《一个偶遇的故事》中清晰地点明了青年们的这种境况，青年们身处"时代艰难"之中，对于旧时的生活道德、家庭等都已经失去了信仰，但"又一时缺乏新的东西起来代替"，只能在人海浮沉，"一任波涛澎湃，自己横冲直撞，完全毫无出路。而结果呢，则为于人于己，都两败俱伤；到底来，真也是渺乎不自知其所可的了"（陈翔鹤《一个偶遇的故事》）。青年们兴奋激昂地从宗法社会冲脱出来，旋即却又落入新的专制文化，从乡野村落到繁华都市，从落后的中国故乡到寄寓了美好理想的国外，青年们漂泊的足迹印满了每个角落，可是却无一处能让心灵得到皈依，处处都是陌生异己的环境和文化，"横冲直撞"的行动带来"毫无出路"的焦虑，精神上的无家可归产生了浓厚的寂寞感。

心理现实主义小说家大多有过漂泊的经历，郁达夫就称自己是"一个顽迷不醒的游荡儿"①"一个永远的旅人（An eternal pilgrim）"②。郁达夫将自己漂泊的孤独寂寞体验直接融入小说的创作，《沉沦》《茑萝行》《烟影》《春风沉醉的晚上》《薄奠》等小说的主人公都是郁达夫

① 郁达夫：《鸡肋集·题辞》，见王自立、陈子善编：《郁达夫研究资料》，知识产权出版社2010年版，第163页。

② 郁达夫：《忏余独白》，见王自立、陈子善编：《郁达夫研究资料》，知识产权出版社2010年版，第182页。

自身孤独漂泊心灵的化身，不论是“我”还是“文朴”，生存都面临窘困之境，有抱负却无实施之处，物质生活落魄，夫妻别离、朋友离散、经济拮据、漂泊异乡成为生存的常态，流落异乡的漂泊者有家难回，诉说着游子感伤孤寂的情思。

少年时代的郭沫若不满于生活的现状，希冀着以“出走”的方式突破现实，“只想离开故乡，近则想跑成都，远则想跑北京、上海，更远则想跑日本或美国”①。后来，郭沫若前往日本留学，又辗转奔波于日本与上海，这一时期他的生活、工作、写作都没有保障，陷入困顿的漂泊，“出走”并不如原先想象般美好，他的心中充满了孤独寂寥之感。他在自己的小说《十字架》中借主人公之口表达了自己的孤寂感受：“我依然是寂寞，无论走到什么地方去，一种深不可测的孤独的悲哀好像回旋一样涌起上来。”《歧路》和《炼狱》中的爱牟为了谋求生活，不停地进行着地理的迁移，在四川、上海、无锡、福冈等中日之地来回奔波，而他走过这么多的地方，却无一处是自己的安身之所。他“牺牲了妻儿”，没有亲情的慰藉，物质生活依旧窘困，也找不到自身在社会中的位置，被社会否定漠视、被他人忽视拒绝的心理重压让他将自己定性为“被幸福遗弃了的囚人”(郭沫若《炼狱》)，人际的孤独与内心的孤独相互纠缠，敏感脆弱的内心遭受吞噬。《行路难》里的爱牟也是不断漂泊的孤独者，满溢着凄凉感伤之情细数着一家人流浪的次数——“六岁的大儿，十九次，四岁的二儿，十次，岁半的三儿，七次”，他被排挤到社会的边缘，人际上的孤独、精神上的迷失成为个人真实的生存状态。

成仿吾的《一个流浪人的新年》更是漂泊者孤独寂寞心境的写照，《一个流浪人的新年》中的“他”是一个孤苦地生活在异国的流浪人，在异国他乡漂泊的“他”生活毫无色彩可言，无论寒暑都只有两件事

---

① 龚济民、方仁念：《郭沫若年谱》(上)，天津人民出版社 1982 年版，第 25 页。

可做，要么孤零零去街上办事，要么凄清清回到家独居。除夕的时候，街上热闹非凡，旁人都在一家团聚，而他只能茕茕孑立。孤独的毫无生气的生活致使“他”对时间的感知发生了变形，时间于“他”而言是封闭静止的，去年的除夕好像才过去几天而已。除夕之夜与几个同病相怜的朋友一起回忆往事度过，但快乐的回忆与凄苦的现实形成截然对比，更是徒添了无尽的惆怅孤苦。原本象征新开始的新年钟声，在这一群异国游子听来毫无希望可言，反而是让人感到苦闷甚至惊惧的“去了！去了！”或“来了来了”。新年过后，生活依旧如往常一样单调枯燥，“他”仍然重复着清早乘电车去上班，晚上又坐电车回到住处的机械生活，“一天去了，两天去了，一个月去了，两个月去了，这样的生活要过几多时，那只有上帝知道”(成仿吾《一个流浪人的新年》)。被放逐了精神的“他”一如行尸走肉，丧失了感觉，无人关心“他”的存在。“他”的流浪不仅仅指“他”身处异国，更是指“他”精神上的流浪放逐，异国的漂泊使“他”的心灵孤独虚无，丧失了对生活的希冀，只如同机械般运转。这些异国漂泊的游子，原本是为着前途与理想而走上异乡的旅途，然而社会混乱不堪的环境，知识青年软弱的个性和敏感的神经，再加上大时代总体晦暗的氛围，无数的“他”找不到前路的方向，彷徨茫然间又缺少精神的支持，人际关系上难以融入。外在无法建立人际关系，而内在同样也无法构建起独立的精神体系，时代夹缝中的“他们”遭受着人际孤独与内心孤独的双重折磨。

对于去往遥远异国的游子来说，异国陌生的环境、遥远的旅途距离，再加上自己国家落后羸弱所带来的自卑感，使得这些漂泊在异国的游子必然产生浓得化不开的孤独寂寞。对于并未去往异国，只是在国内迁徙辗转的游子来说，孤独寂寞之感并不少于异国的游子，其中最突出的是都市漂泊所带来的孤独感。黑婴的《上海的Sonata》中的农村青年王克坐着火车来到上海，车窗外静谧和平的田野风光与车厢里龌龊混乱的男女交替在他眼前闪现，流淌着传统乡土骨血的王克对于即将开始的都市漂泊感到惊疑，陌生的都市景观让他感到光怪陆离，似乎都市正张大了嘴笑着要将他吞入肚腹。当王克进入都会生活，他体验到的是工厂的轰鸣、轮船的怒吼、男女放肆的情爱、爵士乐疯狂的旋律、混合了烟味酒味女人味的空气，所有这些带给王克的都是既刺激又陌生的体验，使他沉迷于都市节奏的同时，又感到彻骨的虚无，当下都市的风流与原先心灵的希冀形成了巨大的反差，当他在舞厅随着爵士乐的节奏“没了脑袋似地”舞动时，他深深地感到“心是寂寞的”，都市无聊又纷乱的生活让王克只剩下如同置身荒原一般的孤寂感和茫然无措：“上海呵，大原野一样的荒凉！——我将往哪里去啊？”（黑婴《上海的 Sonata》）都市生活与乡土传统本来就是冲突的两端，像王克一样的农村青年们奔向都市是漂泊到都市的异乡人，与都市之间原本就存在着巨大的隔阂，他们虽然沉溺在都市令人眼花缭乱的繁华中，但浸润了乡土观念的心灵却又无法真正接受都市文明，说到底，这是两种完全不同的文明形态的对立，青年们奔向新的文明，却又难以舍弃旧的传统，向前不能真正走进都市生活，向后却又渐渐失去了乡土依靠，他们被悬置于文明的中空地带，茫然不知前路，只剩下荒凉的孤寂。与《上海的 Sonata》相同，黑婴的《五月的支那》也表现了孤寂漂泊的主题，英国水手佐治称自己为“地球流浪者”，他一直以来的生活状态就是漂泊，“走遍了东西和南北，地球的流浪者一年一年地老了”，浪迹天涯的佐治沉迷于每一个所到之处，在五月，他迷恋上上海的喧嚣，过着“从马路拐进舞场，从舞场拐进影戏院”的生活，“地球流浪者有点子迷恋她”。可是这让人迷恋的都市节奏又让人感到虚无，“日子过得有点模糊”，都市留给佐治的心理感受是满大街都“飘荡着都市的浮萍”，在他看似放荡不羁的行径中其实潜伏着一触即发的漂泊孤寂感，处处流浪处处为家，但事实上却处处无家，面对前路迷失了方向——“地球不是很大吗？然而他觉得没地方去！”心灵永远都寻不到安身之所，只能是漂泊的游魂，因此只剩下“海底般深的空虚，在心坎里”（黑婴的《五月的支那》）。

都市漂泊带来深入骨髓的孤独与寂寞，“我的眼前有的只是一片沙漠，像太古一样地沉默”(刘呐鸥《游戏》)。作家这种绝望的孤寂感，来源于个人与都市无法调和的游离状态，他们在喧嚣拥挤的都市中不断张望，却难以寻到一个与都市契合的点，将自己定位为都市的弃儿，在被都市遗弃的人眼中，繁华的都市成为令人窒息的荒土。心理现实主义小说反复表现了都市漂泊的孤寂主题，陈翔鹤在《不安定的灵魂》中直陈自己带着绝望意味的孤寂感：“我只觉得我这条生命是多余着！而我在这繁华的都会中，完全只是一个人，四周围都是荒土。”刘呐鸥笔下那一个个都市孤寂的个体，穆时英笔下被都市“压扁”了的游魂，他们永远在“辽远的城市”中进行着“辽远的旅程”(穆时英《夜总会里的五个人》)，犹如“夜游神似的，独自个儿在夜的都市里踱着……可是他是孤独的”(穆时英《夜》)。这些漂泊游魂的心灵深处存在着一种疏远感，他们既疏远了本乡本土的文化根源，又隔阂于现代都市文化，成为深陷都市的孤苦无依的漫游者，在时代夹缝中失去了自身的文化身份定位，陷入身份无根的孤寂状态，只能痛苦地诉说着自我的孤寂情绪。

漂泊者的生存状态是“独在异乡为异客”，漂泊的主体犹如浮萍般游荡异乡，主体的内心充满了焦虑、苦闷、孤独的情绪。漂泊是为了改善生存的状态，然而结果却往往是陷入更为孤寂虚无的人生。于此，“怀乡”作为回归家园的象征形式，成为漂泊者摆脱孤寂焦虑、寻回心灵栖息之所的重要乃至唯一途径。路翎笔下的蒋家儿女，为了寻找自己理想的栖息地，他们带着希望与期待冲出家庭漂泊在外，但在外的漂泊却时常让他们有前路迷茫、孤寂无措之感，原本竭力要突破摧毁的家，此时却成为温馨的港湾，在精神的还乡中，蒋家儿女漂泊孤寂的灵魂得到了抚慰，譬如蒋家的“后花园”，它带给蒋家儿女宁静与温暖，“这对于蒋家底感情细致的人们是重要的”，“蒋家的人们每人爱这个后花园的一部分”(路翎《财主底儿女们》)。就算是脱离家庭、脱离过去最为彻底的蒋纯祖，当他在外漂泊的灵魂陷于最痛苦孤寂的时候，脑海中出现的苏州家里的后花园成为一次次抚慰温暖他心灵的良方，让他漂泊不安的灵魂有了暂时的栖息地。“怀乡”使漂泊的主体有了心灵回归的可能，然而这仅仅只是一种可能而已，存在主义认为，从永恒的角度来说，追寻从来都只是相对的，没有绝对的结果，追寻的最终指向是虚幻。主体的漂泊是为了追寻更合适的灵魂栖息地，但漂泊让主体感到深深的孤寂，于是主体转而通过“怀乡”来弥补心灵的苦痛，但回归的“乡”早已不是主体想象中的甜蜜港湾，故乡也变成了“异乡”，漂泊者的怀乡面临的是梦的失落与再度放逐，也就是说，不管是“漂泊”还是“怀乡”，主体都难以找到让自己心灵安息的港湾，永远只能孤苦无依地游荡于“异乡”，在心底沉吟着孤苦寂冷的悲歌。所以，路翎笔下宁静温馨的“后花园”不过是蒋家儿女漂泊旅途中一个短暂的驿站而已，漂泊者得到的不过是空洞虚无的慰藉，“怀乡”带来的是再度放逐，他们永远处于无所依傍的孤寂状态。

精神“怀乡”带来的虚妄、孤寂是心理现实主义小说普遍表现的一个重要主题，刘呐鸥的《风景》中的主人公燃青厌恶都市的环境，“机械的”“直线的”都市使他感到孤独、寂寞、厌烦，为了去新都获得“一个重要会议的智识”，他乘火车踏上旅途，他向往车窗外“自由自在、无拘无束”的乡村，燃青如此热爱、怀恋乡村风景和古风习俗：向着天风大叫的牧童、瓜田里争先飞起的鸦群、古色苍然的半颓城墙、扬着白帆的水上小艇，在这些“中世纪的旧梦”中，他感到异常舒适。然而，燃青的孤寂并未能够消弭，他清楚地知道，自己仍旧要继续都市孤寂的漂泊，那些美好的“含着阿摩尼亚的田园的清风”只不过是一场不可能实现的中世纪的“旧梦”而已。穆时英在《公墓》中用想象中“结着轻愁的丁香”一般的姑娘来象征“古旧的乡村”，以之来对比主人公“我”所厌倦的都市，这朦胧的丁香般的姑娘让在都市孤寂漂泊的“我”感到温馨甜蜜，“我”孤独抑郁的灵魂得到抚慰，犹如“吃朱古力时的感觉”。但是，这慰藉只是霎时的，一瞬间这甜蜜的感觉就“像云似的飞啦，捉摸不到”，精神“怀乡”的梦想在倏忽之间破灭，剩下的只有“枯叶”“冷冷的公墓”“冷感的风”，“我”的前路依旧是孤苦虚无的漂泊之旅。

离乡背井踏上漂泊之旅是孤寂痛苦的，怀乡所得到的慰藉又如此短暂，甚至连霎时的精神抚慰都成为一种奢望，回归往往不仅不能带来些许抚慰，反而将人推进绝望的悬浮境地。像郁达夫、郭沫若一样漂泊异国的作家，他们在小说中反复表现了一种无家可归的生存困境，《阳春别》里的王凯云从日本回到祖国，原本以为归国还乡可以为心灵找到安息之所，但回到上海后生存更加困顿，不仅物质上落魄，在人际交往上也陷入与人隔绝的状态，最终只能将自己的大学文凭典当了20圆，被迫又漂泊回日本。故乡已经不是可以给予心灵片刻温暖的处所，故乡甚至比异乡还让游子感到落寞悲凉，“在中国哪里容得下我们!”(郭沫若《阳春别》)这喟叹充满了哀婉凄恻，它不仅表现了漂泊者还乡后落魄凄凉的物质生活状况，更揭示了知识分子在精神上无可附着的生存窘境，表达了中国的知识分子与中国的隔阂。他们当初以“漂泊”求得奋力冲决，还乡归来已经意味着当初的希望破灭，他们希冀通过“还乡”使得心灵得到皈依，但问题是，接受了现代文明启蒙的漂泊者们已经远离了传统，并且传统也不再是漂泊者心中设想的原初形态。当主体踏上“漂泊”旅途的那一霎，他就已经将传统抛弃，传统也将他放逐。同样，当主体寻着回归的路途“怀乡”，他也背弃了现代文明。不管是冲决还是回归，都意味着背离，他们置身于生存的悖论之中，永远都悬浮在茫然的状态。冲决的美好愿望和漂泊的孤寂凄凉，以及还乡的强烈期盼和归来的绝望苍凉，两者之间巨大的反差导致主体进退失据，在还乡后又被迫再次出离，孤寂漂泊成为生命的注解。鲁迅在小说中不断表达了漂泊者“离去—归来—再度离去”的孤寂宿命，郁达夫在小说中用自杀来解脱漂泊者孤寂无依的生命，沈从文孤独地在“边城”里喟叹尽“时间的无奈”，师陀在“果园城”中揭示漂泊者面临“故乡”与“异乡”双重失落的孤独窘境，施蛰存在都市喧闹外做着美好却易破碎的怀乡美梦，杜衡甚至在《还乡病》中怨愤地表达自己对无家可归的无奈："被破坏了的记忆再也没有法子补偿。碰来碰去的世界都不外乎是这么回事。"(杜衡《怀乡病》)诸多心理现实主义小说家以自身的经验感受揭示人文化失根的孤寂境遇，表现生命存在的尴尬状态。

二、不可消弭的隔阂

从西方存在主义的角度来说，孤独和寂寞是人存在的常态，人在高度发达的物质文明中发生了异化，导致人与人之间产生了隔膜。存在主义认为，人与人之间的沟通是不可能的，因此西方现代文学中的孤独是绝对的孤独，表现为一种形而上的哲学思考，卡夫卡、加缪、萨特等作家都对孤独进行了深刻的哲学思考。中国心理现实主义小说同样揭示了人与人之间因隔阂而形成的孤独，但这种孤独不是形而上的思索，而是从现实存在出发的"一种形而下的现实策略"①，是渴望获得情感和实现交流沟通的另一种表达。

心理现实主义小说的孤独首先来自个人对情感的求而不得。刘呐鸥的《残留》中的主人公霞玲因丈夫的过世而感到极度痛苦，最大的苦痛就是"孤独"，她哀号着"我是孤独的"，强烈地呼唤"我不要孤独，我要有人爱着我呵"。失去了曾经的感情，霞玲陷入孤独的荒原。为了摆脱孤独，她将感情目标转移到昔日的情人身上，甚至"厚脸皮"地去"恳求"情人白文："白文白文快来!"她热切地渴求感情，即使被人认为是"不道德"的"淫妇"也不要紧，因为"我总是活着的呵!"(刘呐鸥《残留》)情感上的荒原给霞玲带来难以忍受的孤独，失去了情感的孤寂人生也就意味着失去了活着的意义。沉樱的《喜筵之后》表现了女性渴望爱情却终难实现的孤寂心理，《喜筵之后》的主人公茜华知晓丈夫在外有情人，丈夫对自己的冷漠让茜华倍感孤寂，她

---

① 吕周聚：《中国现代主义诗学》，人民文学出版社 2001 年版，第 175 页。

感到寂寞的生活像束缚着身体的锁链，又像咬着身体的毒蛇，“生活并非困苦，只是寂寞，寂寞的生活使茜华的心无时间歇地在承受着苦痛”(沉樱《喜筵之后》)。无法得到丈夫的情感是茜华坠入孤寂深渊的原因，只能等着晚归的丈夫将自己从深渊中暂时拉出来，她幻想着通过与昔日情人“暂时的欢乐和追求”来摆脱孤寂，但一回到现实生活，茜华的种种幻想都被打消，她心理的孤寂更甚从前，“陷到更深的痛苦中”。茜华愈加痛苦的孤寂是一种悖论，她的孤寂源于丈夫的冷漠，然而丈夫的无情越是让她陷入孤寂的深渊，“她对自己男人的爱的追求愈加强烈”，这种看似难以理喻的悖论其实质是个体对情感的热切期盼，求而不得的情感让个体感到孤寂，而主体只能以自身更为强烈的爱来掩饰孤寂，即使将自己置于恶性循环的痛苦泥潭。无名氏在《精神病患者的悲歌》中也揭示了爱情给人带来的寂寞，“我”为白蒂治疗的过程中，与白蒂和海兰都产生了真挚的感情，她们两人都在“我”的心底引起了波动，但这真挚的感情却是“一切莫名的痛苦，无底的寂寞的来源”，白蒂与海兰两种不同的爱意味着得到就注定失去，因此“我们离爱情的享受越来越远，反凭添了永远孤独的悲哀”(无名氏《精神病患者的悲歌》)。

心理现实主义小说的孤独还来自思想先驱者超越时代的先锋思想，来自个体不与庸众同流合污的精神追求，思想界斗士因自己超越群体的思想而不容于社会，与周围群众之间存在着鸿沟，不能被周围群众所理解而陷入孤立无援的孤绝境地。郁达夫的许多作品揭示了现代知识分子难容于社会环境的孤绝状态，《沉沦》一开篇就将主人公“他”置于“与世人绝不相容的境地”，“他”是接受了新知识的青年，有自己的追求与希望，但祖国的落后与自身的落魄让“他”异常敏感，“他”与日本人极少来往，就是中国同学“他”也感到难以沟通，“他”痛苦于别人与自己之间无法破除的隔阂，感到世人与自己中间的“那一道屏障，愈筑愈高了”，“他”敏感的神经让“他”觉得“世间的一般庸人”都在妒忌、轻视自己，人际关系上的隔阂、兄长对“他”的不理解，都催逼着“他”将自己囚禁在封闭的内心世界，最终只能以自杀来摆脱不被世人所容的孤绝。《南迁》中的伊人渴望灵肉一致的爱情，但伊人自身的羸弱多病，以及他不被容于异国文化环境，K 和 B 以粗暴的姿态用民族压迫将伊人的爱情理想轻易地破灭，伊人的理想终敌不过环境的压迫，只能成为一个孤寂的游魂，以致让人“不能辨别他究竟是一个蜡人呢或是真正的肉体”(郁达夫《南迁》)。《血泪》中的“我”是留洋多年的新式知识分子，回国后所面对的是一个处处空谈“主义”以利己的社会，连母亲都羡慕那只读过两年中学却能以大谈“主义”来挣钱的邻居，责备“我”的不通世故，而“我”却力图保持自己的独立人格和理想追求，不愿与自利的社会同流合污，但是这样的“我”必然不容于环境，只能陷于无尽的穷困孤寂之中。郁达夫笔下的这些人物都具有自己的理想追求，希望保持自己精神人格的独立，但社会环境不容许他们精神个性的保持，将他们隔绝于人群之外，使他们成为孤寂的“多余人”。对“多余人”孤寂生存状态揭示得更为深刻的是鲁迅，《狂人日记》里的“狂人”由于其超前的思想而被视为疯子，他原本先进的思想不被群众所理解，本该是先觉者，却被当作“狂人”，成为人们眼里的怪物。《孤独者》中魏连殳的死意味着，他这头孤独的猛兽以自我毁灭的方式保持了自我的孤独存在。类似魏连殳这样的孤独者，都是心灵深处的寂寞个体。

郁达夫、鲁迅等作家之所以能在小说中深刻地表现出人孤独的生存状态，在于作家自我内在世界对孤独的体验与感悟。正如日本学者箱崎总一所言，当自己在书写关于“孤独”的著作时，“本身就曾经不止一次地体验过无法忍受的孤独，惶惶不安，以及不知道该如何自处的时刻”①。存在主义重视“寂寞”在存在中的价值意义，克尔凯郭尔将“寂寞”认定为人的根本存在状态，认为只有寂寞孤独的个体才能

① [日]箱崎总一:《孤独心态的超越》，何逸尘译，世界巨流图书公司 1993 年版，第 54 页。

收视返听，回到内心去体验自己的存在。心理现实主义小说家们也正是在深切地体验主体自我关乎存在的孤独感后，才深刻、细腻地揭示了小说人物的内心世界。关于孤独，鲁迅就以自己的切肤之感谈道："在我自己，总仿佛觉得我们人人之间各有一道高墙，将各个分离，使大家的心无从相印。"①正是基于自我的深刻体验，鲁迅创作出了"狂人"、魏连殳、吕纬甫、夏瑜等孤独者形象。与鲁迅相似，徐訏、施蛰存、穆时英等作家也都在自身经验的基础上对"孤独"进行了深刻的思考。

身处十里洋场的穆时英在《公墓·自序》中说过，只要是任何一个有感知的人，都会在心灵深处深埋着寂寞感，而生活的苦品尝得愈甚，孤独寂寞之感也就愈深入骨髓，"每个人都是部分地，或是全部地不能被人家了解的，而且是精神地隔绝了的"②。其小说 *PIERROT* 就具体而形象地表现了这种深入骨髓的孤寂感。作家潘鹤龄遭受着批评家朋友们对他作品千奇百怪的点评，这些批评家们从各种角度来议论他的小说集，竟然阐发出许多与自己作品完全不相关的主题来。而读者们则忽视他作品好的地方，去称赞模仿他作品的最拙劣之处。对于别人的误解，潘鹤龄感到"海样深的寂寞"，他与身边围绕的这些批评家朋友们一同地说话、一同地笑、一同地太息，可是相互却不能真正理解对方的语言，"他们不知道我是谁，精神地我是个陌生人"，在嘈嘈切切的人际关系网中，却是一个个被隔离开来的孤独游魂。他庆幸于还有纯洁的爱人琉璃子能给予自己慰藉，然而在外有情人的琉璃子也欺骗、背叛他。受到打击的潘鹤龄回到家中，不仅没有得到至亲的抚慰，反而听到父母将他看作摇钱树的对话。他坚决地离家参加革命，心中坚信自己无私的付出能得到群众的拥护和理解，但叛徒的告密连累他也深受组织的怀疑，而作为他信仰支柱的群众也冷漠、疏

---

① 鲁迅：《俄文译文〈阿Q正传〉序及著者自叙传略》，见《鲁迅全集》(第7卷)，人民文学出版社2005年版，第83页。

② 穆时英：《公墓·自序》，现代书局1933年版，第4页。

离地对待他，最终使潘鹤龄陷入孤寂与绝望。这个带有穆时英自传色彩的潘鹤龄质问："人是可以被理解的吗?"潘鹤龄厌恶别人对自己思想上的强迫，不甘生活在别人划定的圈子里，期望能够自由地生活。但是，不在划定的圈子里就意味着成为社会的叛徒，那么"不站在里边又站在哪儿呢!"无法离开社会以保持独立自由的自我，而进入社会却又处处都是隔阂，穆时英从自我精神的痛苦上升到对人类整体生存本质的思考："人是始终孤独的，人在哪儿都是寂寞的。"(穆时英*PIERROT*)作为都市作家，施蛰存与穆时英一样，对人与人之间的隔阂有着深刻的体验，他曾称自己"一向生活在孤寂中"①，施蛰存以自我孤独个体为中心的寂寞感表现在小说中，就是《魔道》《旅舍》《梅雨之夕》等小说中个人惶恐不安、惊疑不定的情绪，这是现代都市生活给人带来的主观感受，是现代机械文明造成的人的孤独意识。

徐訏早年的经历使他过早就品尝了孤寂的苦味，他切身感受到的人生的孤苦被他融入自己的小说创作，《风萧萧》中的海伦认为唱歌不再能填满自己心灵的空虚，自己心灵上的空虚是长久的、无尽的。主人公"我"虽常在喧哗热闹的舞厅出入，却又总是愿意自己默默坐在角落，虽身处浮华都市，且身边不乏美丽的女性，却时时渴望独处的机会。"我"总是笼罩在不可摆脱的孤独之中，感到自己的人生充满了说不出的空虚感，甚至当"我"关上房门时都感到一种"沉重的寂寞"从四周向"我"袭来，"我"只能以亮起灯、吸支烟、抽本书这样的方式，徒劳地逃避孤寂带来的"那一种说不出的凄凉"。而"我"坚持的独身主义，也正是在对孤独的深刻体验后所作出的人生抉择。《盲恋》中的梦放在学校从未交朋友，身处无数的他人之中竟无法与任何人交流，他始终都是孤僻的。他一方面不能融入人群，但另一方面，他又主动避免与别人往来，他强调自己"爱黑暗，爱孤独"。《鬼恋》

① 施蛰存:《鸦》，见《灯下集》，开明出版社 1994 年版，第 36 页。

里的“鬼”总有一种摆脱不了的孤独，孤独似乎就是她的宿命。《日耳曼的忧郁》里的培尔先生由于纳粹排犹，被迫与心爱的妻子离婚，妻子自杀后培尔孤独抑郁，同事朋友对他也冷漠疏离，培尔最终以自杀来结束自己孤寂的生活，他在日记中对人与人之间无法沟通交流的孤独存在发出慨叹：“人与人之间想了解，比骆驼穿过针眼还难。我只有沉默。”《江湖行》中的周也壮不断与他人交往，却从未觉得自己不孤独，在与众多女性发生爱恋时，他生命中的空虚感和孤独感不仅没有得到缓解，反而还愈发强烈，以至于他走在热闹的街上，发觉全世界竟然没有一个人是理解他的。人际交往无助于改变人空虚孤独的生存际遇，于是，人物一边陷于孤独的感伤中不可自拔，一边又享受这孤独。喧嚣的都市、热闹的场合，甚至众多的朋友，这些都无法改变个人孤独的存在状况，徐訏笔下的人物不断承受着孤独空虚的啃噬，想要寻求了解，而存在的现实又终归使这种寻找趋于虚妄，因而人最终归于孤独，成为孤独的灵魂。

卞之琳的《山山水水》也是对人孤独状态的思考，人物在融入社会给定的圈子和自我独立的意识中来回徘徊，在不被理解的感伤中品味着孤独。废名的《桥》《莫须有先生》等作品同样是对现代人孤独境遇的揭示，小林虽有细竹和琴子陪伴，但孤独感仍然时时笼罩着他；莫须有先生虽然玩世不恭，但其无聊的举动、无意义的言语下隐藏着的是精神上的深刻孤寂。

“他人即地狱”，存在主义大师萨特的这句名言深刻揭示出现代人冷漠与孤寂的处境。一方面，商业化、物质化致使人与人之间原本和谐亲密的关系被金钱物质取代，从而陷于越来越隔阂冷漠的境地；另一方面，人与人之间总是充满隔阂，命运逃脱不了孤独的归宿，于是孤独在此不仅是具体的时代或社会的后遗症，也是人类普遍的生存处境。作家在对孤独深切体验的基础上，通过心理现实主义小说捕捉并传达了这种人类共通的精神现象，形成独特的感伤之美，而对孤独的咀嚼，使这一感伤升华为对人生命运的存在主义思考，从而使其具有了更具意蕴的美学意义。

第三节　生命的异化与荒诞

“荒诞”作为审美对象是西方现代文明的产物，从文艺复兴以来，西方的文学作品便出现了对“荒诞”的沉思，莎士比亚的《麦克白》《哈姆雷特》、歌德的《浮士德》、弥尔顿的《失乐园》等作品，都表达了人生命运无常、信仰崩塌的观念。经过爱伦·坡小说创作的推动，到20世纪初，在乔伊斯、卡夫卡、海明威、加缪等作家的小说中，“荒诞”成为一种重要主题。“荒诞”由文艺复兴时期蕴含于文本中的观念色彩而逐渐成为20世纪的主导性主题，其地位在文学创作中不断强化，这背后其实是社会环境的改变：宗教的坍塌让人失去精神支柱，科学技术的发达凸显人自身的渺小，社会秩序的按部就班促使人感受到自我的异化，更何况还有不间断的政治经济危机、战争战乱冲突，使生活在困境中的人们失去了对启蒙理性与宗教信仰的信任，生存的困境在文学中被深刻体悟，“荒诞”因之成为文学中的重要主题。

西方的“荒诞”主题产生于高度发达的经济物质条件之中，同时也与“上帝死了”这一宗教焦虑有着密切的关联，因此，有学者认为，从这一角度看，中国现代文学由于并不具备西方经济、宗教的土壤，难以产生真正的“荒诞”主题，并将之仅仅视为对西方文学的模仿。但事实上，中国现代文学中存在着自己深刻的“荒诞”主题，与西方现代文学中的“荒诞”有着相似的“情感结构”，即都在主体内心世界经历了信仰的摧毁与瓦解，面临着前路的迷茫与无措，“人对生活世界的具体性、价值世界的具体性都有一种无从着落的感觉”①。“荒诞”主要是主体内心世界的感受，心理现实主义小说以对个体内在经

---

① 张旭东：《批评的踪迹：文化理论与文化批评 1985—2002》，生活·读书·新知三联书店2003年版，第3页。

验世界的表现，从生命的异化与存在的荒诞两方面对“荒诞”主题进行了深刻的揭示，表达了处于中国大变革时代的个体对生存状况的个性化体验。

一、生命的异化

中国长久以来的发展历史是充满了乡土气息的农耕文明，自给自足的田园生活是浸入中国人血肉的生活方式，费孝通在《乡土中国》中的第一句话就明确概括了中国的社会属性，“从基层上看，中国社会是乡土性的”①。然而，在西方坚船利炮的胁迫下，中国出现了与传统乡村完全不同的现代大都会，大都会生活的快速化、商品化让习惯了重人情、重血缘、慢节奏的中国人感到无所适从，从而产生了荒诞感。上海是都会最典型的代表，这里充满了与中国人以往熟悉的乡村完全不同的内容，丁玲曾称上海是一个被诸多帝国主义国家共同管辖的“热闹的都市”，正是这样复杂多样的环境造成了迥然不同、各种异彩的生活面相，而其中尤其突出的是具有现代化意味的几十丈以上的高楼与烟囱中冒着烟雾的工厂，它们“仿如立体派画稿”般静静地伏于都市空间，衬托都市的天空，而都市的物品更是显现出国际商业化的气息，即便是小到每间房子里艳冶的红灯或桌上装着醉人甜酒的美杯，都是“用被东方的原料加上西方的人工，经了几次海风，和几种颜色的人手，才安置在这房子里来的”②。20 世纪 20 年代末，上海就成为人口量达到 300 万的大都市，其经济实力居于世界第四，有世界闻名的“东方巴黎”之称。包亚明在《上海酒吧》一书中，借美国学者白鲁恂之口，点明了上海在两次世界大战期间的地位，即“上海是整个亚洲最繁华和国际化的大都会”，在金融、贸易甚至艺术领

---

① 费孝通：《乡土中国》，上海人民出版社 2013 年版，第 6 页。
② 丁玲：《日》，见《丁玲文集》(第二卷)，湖南人民出版社 1983 年版，第 223 页。

域，上海将东京、马尼拉、新加坡、加尔各答等地远远甩在后面。① 都市迅猛发展起来的物质化标志，是迥异于中国传统文明的最直观变化：巨型的现代化建筑群，充斥着各国舶来品的百货公司，宽阔的马路以及飞驰的汽车，洋溢着西式激情的跑马场，散发浪漫与激情气息的公园、电影院、舞厅等，对于习惯了乡土生活的人而言，即便是面对都市的马路，都显出不可思议之感，"人的故土居然可以不是黄土地，不是红土地，甚至连大漠荒原都不是，而是水门汀！水门汀的方格子人行道"②。更何况，当人们面对更多闻所未闻的稀奇的、现代的事物时，内心所受震撼之大是肯定的。

物质上的丰富带给人们极大的享受，作家禾金在《造型动力学》中对都市的物质进行了精细的描绘：空气中融合了吉士烟草、爽身粉、水头的混合味，伙食店门口散发着让食欲亢奋的浓厚烤咖啡味，街上的霓虹灯闪烁耀眼，从小巧饰玩、朱古力、长袜子、避孕片、葡萄酒到巴黎人杂志、新装月报、王尔德杰作集、泰山历险记、半夜惨杀案，霓虹灯下的街道应有尽有。③ 禾金在对都市物质细致化描述的过程中，表达了作家对物质享受的喜爱与迷恋。对都市表象的喜爱暗含了对物质文化的崇拜态度。在都市中，物质一改过去的单调，而是以让人眼花缭乱的形态进入人的眼里心中，霓虹灯跳跃着斑斓的光潮，霓虹统治下的街道也成为多彩的红色、绿色、蓝色、紫色……（穆时英《夜总会里的五个人》）在物化的都市中，物质带来舒适与方便的新的生活方式，人们在开放、放纵的环境里似乎更能解放个性。

但是，急遽发展的物质经济与根深蒂固的乡土血缘在敏感的作家的内心世界形成了激烈的冲突，现代都市在短促的时间内疯狂发展，而都市人的乡村血缘却依然如故，他们根本不具备都市人应该有的心

---

① 包亚明：《上海酒吧》，江苏人民出版社 2001 年版，第 63 页。
② 吴福辉：《京海晚眺》，江苏人民出版社 1997 年版，第 22 页。
③ 禾金：《造型动力学》，载《小说》1934 年第 9 期。

理准备，无法在仓促的时间内横跨原本应该以几个世纪为链条的物质文明，当他们突然进入都市，面对机械文明和物质享受时，既沉溺迷醉，又惶惶不安。都市的一大特征就是机械化，机械化带来物质文明，但透过这繁荣的物质表象，却找不到拥有丰富灵魂的人性，都市人成为单向度的人。衣服是“机械似的”，房屋“也变成机械了”，建筑和器具成为冷冰冰的“直线和角度”，机械化对人的异化让人的心里产生恐惧，感觉自己简直就是“住在机械的中央”(刘呐鸥《风景》)。在处处机械化的生活中，原本应该有生气的生活也是机械化的，“生活是机械的，用全速度向前冲刺着”，人本来应该是生活的主体，但高速的机械化让生活与主体发生分离，物质生活变形为琐碎的却巨大的压迫人的可怕力量，“生活琐碎到像蚂蚁”，无数的“蚂蚁”没完没了地从四面八方向人涌来，人无力逃开，只能在心理无助地呐喊“压扁了！真的给压扁了!”(穆时英《黑牡丹》)在非理性的压迫力中，人的心灵充满了被“压扁了”的恐惧。更何况，物质的充沛并非都市的全部内容，丰富的物质只是都市的一小部分，在都市中，还充斥着大量的贫穷、不公、黑暗，这些生活的内容同样引发作家们心理的极大波动。穆时英在 *PIERROT* 中用无数“风魔的眼”来揭示都市的混杂、黑暗：舞场里是色情的眼，百货公司里布满了饕餮的蝇眼，酒吧里到处是醉眼，旅邸中满是轻佻放荡的眼，教堂被欺诈伪善的眼占领，“眼的光轮里开了都市的风土画”，在都市光鲜的一面背后，是站立在暗角里的卖淫女，是披散白发的老乞丐，是猥琐地蜷缩在街角拾烟蒂的人力车夫。这些“眼”里混杂了都市各种可怖的、恶的、丑陋的生活，都市藏污纳垢的事实让人心生恐惧。

不管是从几千年乡土中国沉淀下来的集体无意识角度，还是从个人的道德良心角度来看，人与都市之间都是隔阂分离的，人难以融入自己必须赖以生存的环境。加缪在其著作《西西弗的神话》中系统探讨了“荒诞”，认为“人与他的生活之间的分离，演员与舞台之间的分离，真正构成荒诞感”①。迥异于传统的都市生活经验导致人惶惑不安，生活变得非理性、碎片化，个人与世界处于一种紧张的张力关系中，个人对世界产生了荒谬感。

心理现实主义小说对“荒谬”主题的揭示，首先来自都市对人的异化。目睹都市的黑暗面，让作家的心灵受到震动，但更让他们感到痛苦的，不单单是这些外在于自己的贫穷、不公，而是都市的物化让人性本身发生了异化，在现代都市金钱至上、信仰坍塌等“病菌”的侵蚀下，人的灵魂辗转于痛苦的泥潭难以自拔。他们有对神圣事业的追求，但却无法把握自己的命运；他们沉溺于现代工业社会的享受，但又在内心向往恬静的乡土；他们期许真挚纯洁的爱情，但在欲望面前又不堪一击。正是自己这种切身经历的异化，使得作家们在笔端真切深入地展现了都市人的荒诞感，并进而展现了都市人的心理病态。

心理现实主义小说强调现代都市感觉的扭曲性与荒诞性，表达都市人强烈的心理感受与印象，这些人虽然奋力跻身于现代都市斑驳的色彩和疾驰的节奏中，但他们又分明被抛弃出豪华都会的生活轨道。穆时英在《夜总会里的五个人》中描绘到，在夜总会的霓虹灯与爵士乐下，“每个人的脸全变了模样”，这些人都是“从生活里跌下来的人”，他们没有理性，也没有灵魂，生活成为荒诞的空洞。金子大王胡钧益被“标金的跌风”吹得“心也碎了”；郑萍在恋人林妮娜挽着长腿汪的胳膊走过自己面前时，头发白了；舞女黄黛西听到年轻人说“女人是过不得五年的”时，感到“青春从自家儿身上飞到别人身上去了”，心顿时觉得被蛇吞掉了；文学家季洁在对各种版本的《哈姆雷特》的研究中，迷失在“你是什么？我是什么？”的疑问中；市政府的书记缪宗旦在无任何过错的情况下收到市长的撤职手书，只觉得“地球的末日到了！”他们无力反抗荒诞异化的人生，只能死命地咬碎了嘴唇在舞场里疯狂地跳着、笑着，他们的生活只剩下“做人做疲倦

① ［法］加缪：《西西弗的神话》，杜小真译，西苑出版社2003年版，第7页。

了”的无奈喟叹，而余下的生活仍旧是充满荒诞的“辽远的旅程”。

在这孤寂荒诞的“辽远的旅程”中，个人的价值观发生了异化，及时行乐成为都市的价值观。及时行乐让人失去了历史感和审美性，一切都是模糊不定的，没有了恒久，只有金钱交往下短暂的人际接触，现代都市中情人之间的爱如此短暂和虚假，周遭的一切都只是为了“暂时和方便”(叶灵凤《流行性感冒》)，“我”此刻只爱着你，但“我”或许明天开始就爱着他，从不与一个男士待在一起超过“三个钟头”(刘呐鸥《两个时间的不感症者》)成为都市的时尚。原本应该是真挚投入的情感变成了对速度带来的刺激性的追求，恋爱如果失去了快节奏的速度，也就意味着刺激性的丧失，什么都是快速、仓促的，只要有钱，感情就能暂时存在，情人之间做最亲密之事时，可以坦荡提出“给我伍佰元”(刘呐鸥《热情之骨》)的要求；只要钱包里能够装得满一些，就“可以每天有个情人”(施蛰存《花梦》)，爱情被明码开成账单，一切所谓的感情都是在商品消费的原则下交易。当缺失了恒常的东西，个体的心灵也就处于枯竭的状态，缺乏爱和归属感，人时时处于感性的荒漠之中。一方面是梦想中的美好，一方面却是感性中的荒原，这样的张力结构形成了主体对生活荒诞的内在体验，这样的荒诞感源于主观内心世界对外在客观世界的罪恶、畸形的感知，是内在世界矛盾、惶惑、痛苦的表现。

作家们甚至将这种彻骨的荒诞感以玩世不恭的幽默形式表现出来，刘呐鸥的小说《方程式》就以近似“黑色幽默”的方式来揭示都市人机械生活的荒诞性。《方程式》的主人公密斯脱 Y 不管是生活还是事业都如同“方程式”般机械化：他的事业除了打字机、算盘和电话铃声外，完全没有其他内容；他的生活完全围绕着简单化一的青菜进行，他的太太密斯 Y 天天重复做美味的青菜，而密斯脱 Y 就像爱着密斯 Y 做的青菜一样爱着她。然而，密斯 Y 突然离世，致使密斯脱 Y 的餐桌上少了一盘曾经每天重复的青菜 Salade，因青菜而引起的变故竟使密斯脱 Y 的一切变得混乱不堪，他甚至开始头昏、腹痛、便秘、寒热、睡眠不足，一切变得苦不堪言。于是，他的姑妈帮他张罗续弦，相继约见了密斯 A、密斯 W、密斯 S 等小姐，在密斯脱 Y 眼中，这些女性并没有什么区别，但由于她们在某一点上与曾经的密斯 Y 相似，他终于“觉得像解决了方程式一般地爽快”了。作品里的人物失去了真正主体的身份，而完全以方程式般的步骤被动地生活，且原本的被动竟还成为人物心甘情愿的生活方式，密斯脱 Y 的一切都显得幽默、荒诞，这种幽默是都市的扭曲畸形所带来的阴沉的、痛苦的幽默。在《游戏》《风景》《热情之骨》《两个时间的不感症者》等小说中，刘呐鸥都以幽默的笔调揭示了都市的荒诞，呈现都市被异化了的人性与情感，当文本以强烈感觉化的形式表现都市气氛下的享乐主义和机械化时，读者所体验到的不是诙谐风趣的幽默，而是让人感到悲哀痛苦的滑稽与荒诞，个人在都市中丧失了价值标准，失去了主体地位，人游离在环境之外。

都市机械化和物质化带给人对生命的荒诞感受，造成人精神上的危机与恐慌，心理现实主义小说将都市给个人造成的荒诞感受进行了深入的挖掘。施蛰存的《魔道》表现了都市畸形社会现实桎梏个人心灵的生存境遇，都市现实的邪恶与丑陋在人的内心世界催生出一个令人窒息的恐怖、荒诞的梦魇世界。“我”在火车上偶遇一位老妇人，妇人的老态让“我”从“厌恶”而感到“疑虑”“神秘”，而后这位老妇人在“我”头脑中幻化为诸多带有恐怖感的幻象：要么是骑在扫帚上捕捉小孩的西洋妖怪，要么是古代陵墓里的木乃伊，要么是《聊斋志异》里月下喷水的黄脸老妖。无数的幻影犹如“璀璨的魔网”将“我”笼罩住，令“我”无法摆脱，任“我”如何挣扎也没用，以至于“我”不管在哪里，触目所见皆是老妇人的化身，让“我”一直处于毛骨悚然的紧张分裂的精神状态之中。“我”潜意识里杂乱无章、荒诞可怖的景象不过是人物头脑中的表层意象，链接各种混乱意象的中心才是文本的主旨，而链接各种意象的中心正是施蛰存所说的“现代的情绪”，是现代资本主义与中国几千年传统观念的尖锐交锋所造成的人的异化与人心理的病态，是都市人无法理喻、无处排遣的迷茫与痛苦、沉溺与绝望的人生感受和心理情绪。《旅舍》同样从潜意识层面深入揭示了人的荒诞感受，丁先生原本为了治疗自己的神经衰弱症而来到乡野小镇，然而进入小镇旅店后不仅没使他好转，反而让他感到更加荒诞、恐怖。他觉得旅舍里的每一样家具都具有可怖的“神秘性”，在陌生的旅舍里，丁先生脑中不断闪现可怕的幻象，一会儿怀疑房屋的空寂是由于新近死了媳妇，一会儿觉得自己身体下面压着一个“可怕的冰冷的”女尸，一会儿又从窗外的闪光猜测这是一家黑店，一会儿又猜测墙角裙箱下有个隧道，而这会儿正有人从隧道里爬上来对自己行凶。千奇百怪的可怕、荒诞的想象吓坏了他，他的“嘴哆斜着，流着惊慌与疲乏的涎水”，在荒诞不经的幻想中，他感到“自己分明是窒息了”。人物神秘荒诞意识的背后，是个人被现实社会压垮的荒诞的生活状况，无可奈何的虚无感、阴森冷寒的恐怖感、无助绝望的窒息感织成一张大网，劈头盖脸笼罩而来，压在个人内心深处，在尊严失落、自我沦丧的荒诞境遇中遭受可怕梦魇的折磨。

在给人巨大压力的生活琐碎中，在铺天盖地的物质面前，人内心绝望地认识到，人“总有一天在半路上倒下来的”（穆时英《黑牡丹》）。然而，作为生存主体的个人在绝望中又寄予了希望，内心发出对真诚生命的呼唤。加缪在《西西弗的神话》中提出，所谓荒谬“是这种非理性因素的较量，是这种狂热追求光明的冒险，而对光明的召唤，则在人的灵魂深处震荡回响”①。也就是说，“荒诞”存在于一种张力关系中，而这一张力关系具体体现为主体对世界的怀疑，认识到世界的片段化、破碎化、非理性存在，但在认识到荒诞无法勾销这一事实的同时，主体却又始终渴求希望、理性、澄明的未来。与西方对物质异化人性的理性批评不同，中国现代心理现实主义小说更多表达

① ［法］加缪：《西西弗的神话》，杜小真译，西苑出版社 2003 年版，第 25 页。

的是矛盾而又无助的心灵世界，既有对物质文明的沉溺依赖，又有人在成为物质和欲望符码时的惶惑痛苦，既沉醉于都市的商品化、纵欲化的生活方式，又在嵌入血液与心理气质的乡土传统中寻找心灵的家园。施蛰存就曾明确说过，如果说20世纪30年代的自己在生活上还有梦想的话，那就是"到静穆的乡村中去居住"①，面对大都会的浮华与罪恶，许多作家在纸醉金迷、脏污纳垢的都市背后开辟出一个宁静恬美、静穆和谐的乡土田园来寄托自己的希望与理想。正是在这样的张力结构中，穆时英、刘呐鸥、施蛰存等作家在其创作中揭示了人在都市环境中的荒诞感受，郁达夫、郭沫若等作家表达了故国难归的荒诞生存境遇，鲁迅深刻表现了"狂人""疯子"、魏连殳、夏瑜等思想界斗士在绝望中抗争的荒诞命运。在沉沦绝望与挣扎希望的张力之间，人的"荒诞"生命也显示出可贵的价值。

二、存在的荒诞

20世纪上半叶的中国，战争战乱频繁、价值标准坍塌、生活颠沛流离，围绕着人的一切都变得虚幻又无意义，在这样的社会环境之中，个人精神愈加惶恐不安，知识分子既对黑暗的现实表达出极大不满，却又寻不到挣脱现状的出路，他们陷入精神的危机，对自身的存在感到荒诞。与现实主义对时代生活社会性的再现追求不同，心理现实主义小说从个人角度出发，现实生活内在化为个体千差万别的感性经验，社会现状的不可理喻、个体生命的无助虚妄浓缩为主体种种光怪陆离的荒诞感受，从而揭示出个体生存的真实状态。

社会现实的荒诞是人行为荒诞的根源，心理现实主义小说的"荒诞"主题首先揭示了社会现实不可理喻的荒诞性。徐霞村的小说《英雄》揭示了都市荒诞的世事风情，张军需号称"打抱不平"的"英雄行为"就是用手枪吓住被谢三太太赶走的"贼"，而自己取而代之，所谓

---

① 施蛰存：《终于敢骂"洋鬼子"了》，载《文汇报》1993年1月14日。

“英雄”成为一种反讽。《爱人》中的雷夫君靠着自己所读过的《恋爱指南》一书帮着同事找到了爱人，而自己的爱人却无法依托一本书来寻找，不知道爱人在什么地方。在林徽因的《宴》中，“我”这个穷困潦倒的书生偶然间获得5万元中奖券，设宴款待并感谢“我”的债主，然而讲述借钱的经过实质上是在倾诉自己感受到的生活的荒诞：孙先生极力怂恿我去舞厅，使得“我”欠了他一元钱的债，薛先生在给了“我”许多所谓“忠言逆耳”的忠告后终于借了5元钱给“我”，制衣铺的吴先生热情地鼓动“我”欠他的债，“我”在尤先生那里白跑了5趟又被拖延3个星期后终于借到了30元钱，然而此时借来的钱已经失去了效用，所借来的钱多半也毫无意义，在尴尬与困惑中，生命充满了荒诞感。而更为深刻揭示出社会现实荒诞性的，是废名的《莫须有先生传》，莫须有先生所见到的世界莫不是荒诞不经、不可理喻的，他来到城门之外，看见到处都是汹汹沸沸的人群，牵骆驼的、推粪车的、赶猪群的，还有什么也没干而拿了棍子当警察的，周围的环境显示出混乱失控的景象。算命瞎子莫名其妙地挡路又莫名其妙地让路，火车上去山西打仗的兵明明知道自己这一去必定是朝死路上走，但为了求生却仍然眉飞色舞地前行，“求生”与“送死”成为荒诞的悖论，无人对百姓的命若游丝表示哀怜，只有莫须有先生忘形掉的一颗大眼泪。路上遭遇抢劫，莫须有先生自我宽慰一番后又感到即便命丧强盗之手也“算不了什么”。宽慰了自己之后，莫须有先生在树下休息，却将树下的骆驼认作凶狠的狼。莫须有先生从自我感知的角度出发所看到的外部世界是荒诞谬妄的，他清清楚楚地告诉人们现实生活的荒诞性，人与世界的关系失调，社会的荒谬荒诞让人丧失了支撑其主体存在的精神原点，人被搁置在虚无的精神荒原上。

在外部世界荒谬现实的压迫下，个人的精神状态呈现病态，其行为也随之表现出荒诞性。滕固的小说《眼泪》中的“我”在妻子难产之时不断地“默咒着”妻子与未出世的孩子，希望她们都死掉，以便让自己从此再没有家室的羁绊，能够遨游四海。在臆想着给妻儿作出好的悼亡诗的同时，他又受到良心的谴责并忏悔，但当妻儿无恙后他又“觉得失望了，一切计划都失败了”，除非“把他们弄死”。社会环境的荒诞促使家庭关系异化，人变得非理性，从而产生变态的心理。陈炜谟的《狼筅将军》中揭示了黑暗社会令人发疯的荒诞，举人出身的赵惕蒲的大女儿遭受军队糟蹋，大儿子又被军队逮捕进入监狱致死，其叔父也被土匪所害，一家人的遭遇极为悲惨，在这荒诞的世道里受到多重打击的赵惕蒲开始“变的古怪极了”，他竟然自命为“狼筅将军”，为自己佩上“二等文虎章”，授予自己“陆军中将衔”，此外，他还将次子任命为“陆军少将”，季子任命为“参议”，次女任命为“谘议”，8岁的幼女也被任命为“秘书”，在家门口还插着红纸做的小旗，小旗上写着一个“赵”字，专门煞有其事地安排两个小孩在门前站岗，这两个小孩原本还是与叙述人“我”极熟识的，然而“我”走到门口时，“他们居然不要我进去，问我要名片”。赵惕蒲的一切行为都如此荒谬，引人发笑，然而这是极为沉重的笑，个人在这病入膏肓的社会里无法挣脱，被死死地困在令人毛骨悚然的荒诞的大网中，生命每向前一步都面临着障碍与不幸，在荒诞又冷酷的处境里，赵惕蒲无力真正改变自己的生存状态，但他以荒诞的行为对荒诞的世道进行血泪的控诉，以同样不可理喻的方式来实现自己对世界的把握，即使这方式是如此消极又荒唐。

加缪认为，“荒诞”作为一种个人的内在感受，其形成的一个重要原因就是人与惯常的生活之间发生断裂，人对以往的生活意义产生怀疑，每天按照似乎是早已规定好了的节奏按部就班地生活，但一旦这“诸种背景崩溃了”，关于“为什么”要沿这样的程式生活的问题被提出，那么“一切就从这带点惊奇味道的厌倦开始了”，① 曾经早已习惯的生活程式与节奏变得机械而毫无意义，世界变得不可理解，而人

---

① ［法］加缪：《西西弗的神话》，杜小真译，西苑出版社 2003 年版，第 25 页。

在明知前路虚妄的同时又偏要努力把握世界，两者之间产生的矛盾便形成了荒诞感。《狼筅将军》里的赵惕蒲就是面对荒诞的世界发出了"为什么"的血泪质疑，他荒唐不经的行为方式，正是他不甘于被荒诞世界完全支配而采取的对世界特殊的把握方式，由此而形成的荒诞感便充满了沉重而深刻的意味。

鲁迅则在更为深入的层面上揭示了人的荒诞处境，而表现出与西方现代主义相似的美学意义。在西方现代主义大师卡夫卡与存在主义的认知中，"荒诞"就是人与人之间无法沟通的隔阂，或者是人与周围环境之间的根本性失调，加缪在《西西弗的神话》中提出，人面对的是非理性的东西，但人自身的努力使其体验到了对幸福和理性的欲望，"荒谬就产生于这种人的呼唤和世界不合理的沉默之间的对抗"①。加缪的这一说法与鲁迅的"梦醒了无路可走"极为相似，《狂人日记》里的狂人从文字里读出中国的历史不过"吃人"二字，对人们长久习以为常的东西发出"从来如此，便对么?"的疑问，由此狂人认识到世界的荒诞，想要呼吁世道启蒙大众，但狂人的清醒在大众眼里却是发了疯，大众眼里的狂人也是荒谬的，狂人被社会隔绝，无法启蒙大众，但当狂人"清醒"后被大众接受，他同样无法实现启蒙的目的，因为"清醒"后的他"候补"去了。鲁迅在《狂人日记》的小引与正文之间伏设下一个关于"清醒"与"荒诞"的悖论。《长明灯》里疯子的那一句"我放火"，原本是精神界斗士对压迫人的传统的大声质疑与强烈批判，但先觉者的这句满含悲壮斗志的话语，却最终被象征着未来希望的孩子们笑嘻嘻地编进儿歌，疯子成为孩童也在嘲笑的对象。原本应该是具有巨大震撼意义的"我放火"，在不合理、非理性的社会里竟然沦落成毫无价值的胡诌，世界已经如此荒诞。《孤独者》中的魏连殳，他的人生是充满了悖论的荒诞人生，即想要坚持自己的信

---

① ［法］加缪：《西西弗的神话》，杜小真译，西苑出版社 2003 年版，第 33 页。

仰且独立性地活下去，却无法存活，对自己和世人满怀善意却不被善待，几乎落到求乞的境地。当丧失了自为的孤独和信仰，不配作为真正的人活着的时候，通过作践自己和世人的方式却反被逢迎和吹捧。魏连殳选择苟且现实的背后，是他精神上的痛苦折磨和对自我灵魂的鞭打——“我已经真的失败，——然而我胜利”(鲁迅《孤独者》)。魏连殳用自己消极又荒诞的行为对抗着这是非颠倒、黑白不分的荒诞世界。

揭示现实的荒诞，表现人荒诞的人生处境，是心理现实主义小说的重要主题，作家在自我切身经验的烛照之下，展示命运的不可捉摸、现实的荒诞不经，“荒诞”在作家的笔下，已经不仅仅是某个时代的特有产物，而是成为人类所面临的整体困境。废名的《莫须有先生传》就是一部表现人存在之荒诞性的小说。小说从莫须有先生的名字开始，就透露了一种人生虚妄的荒诞意识。关于莫须有先生的年龄、籍贯、姓名都是模糊不清的，姓氏原本应该是一个人宗族血缘的证明，可是莫须有先生花费了好大气力来考察自己是否姓王，却仍旧不能确定。失去了自己的亲缘关系，个人似乎也就成为世界上被隔离的孤魂。自己的岁数到底是多少，很多时候莫须有先生自己也“捉摸不定”，而他的籍贯在何处，就更是一无所知了。莫须有先生除了有个名号叫“莫须有”，其他所有能定性此人的内容都模糊混乱、飘忽不定，人失去了能够标识自我的内容，而成为一个支离破碎的存在，人的一切都是荒谬的。在第二章里，莫须有先生煞有其事地下乡，但可笑的是，没有人知道莫须有先生为何要下乡，甚至于他自己也说不清楚自己为何下乡。莫须有先生这种不知缘由、不问前路的非理性行为，其实恰恰是世界荒诞性存在的表现。时间在莫须有先生这里也失去了意义，他的日记有的标识了日子却没有年月，而有的连日子都缺失了，甚至日记上许多地方只有一个看不出意思的号码。莫须有先生与房东太太、“三脚猫”太太的谈话无一不是无聊至极的，人生在这些苍白肤浅的对话中显示出其意义的丧失。野孩子在墙上把莫须有先生写成“王八”，可是他毫不在意，只是感觉到“光阴似箭，日月如梭，不知不觉又到了莫须有先生睡午觉的时候”(废名《莫须有先生传》)，生活成为日复一日的无意义的重复。废名笔下莫须有先生的荒诞行径与荒诞体验，与西方现代主义大师卡夫卡笔下人物的荒诞描写何其相似。《审判》里的K在自己30岁生日当天莫名其妙地被逮捕，没有任何人知道原因，最终被两个象征着无常宿命的黑衣人刺死。《城堡》中的K也是莫名其妙被派去测量土地，城堡虽近在咫尺，却无论如何不能接近，而模糊不定的城堡主人的威压却无处不在，在其压迫之下，K精疲力竭，至死也未能进入城堡。K与莫须有先生一样，都生活在异己、冷酷的世界里，面对着荒诞的现实，经历着现实的荒诞，在不可捉摸的世界中，个人犹如不能把握自己命运的浮叶，随时都可能在命运的浪头下倾覆。直到20世纪50年代，西方的荒诞派戏剧所表现的荒诞仍然还是废名笔下莫须有先生的荒诞不经，贝克特《等待戈多》里的弗拉季米尔和爱斯特拉冈日复一日地等待着一位他们也不知道具体身份的人物，这位身份不明者一直未来到，他们俩也就日复一日地重复着同样无聊、荒诞的对话与行为。弗拉季米尔和爱斯特拉冈不断重复的荒诞又无意义的生命与莫须有先生每日将“睡午觉”作为时间流逝的标志十分类似，而《等待戈多》中人物在荒诞的现实下失去了人的完整性，只剩下一个抽象的符号标志，这是莫须有先生连确认自己身份都做不到的荒诞人生经历的另一种表现。莫须有先生在荒诞世界里怀有自己的希望与追求，但小说在结尾处却无可奈何地指出，莫须有先生所追求的理想“恰恰都在社会习惯所指定的正道的反面”。同样，《城堡》《审判》里的K虽置身于不可理喻的荒诞世界，但仍然期望弄清楚自己所遭遇的一切，《等待戈多》里的弗拉季米尔和爱斯特拉冈在无聊、荒诞的生命中也仍然怀着对未来的某种期许等待着戈多。理想的追求与世界的非理性压迫之间的尖锐矛盾正是这些作品荒诞感的深刻来源，在这一张力结构中，“荒诞”显示出其震撼人心的美学价值。

心理现实主义小说将荒诞的人生体验与人生的终极关怀联系起来，叩问生命的价值与意义，从而表现出存在主义的色调。袁犀的短篇小说集《时间》含有浓重的存在主义色彩，袁犀在《时间》集的《卷末记》中表达了自己创作此小说集的主旨以及对文学的认识，他认为，“历史”不过是时间的堆积而已，“我这一本小书，是我的生命的记录，生命也只是时间的连续”，而人都在经受时间的试炼，人无法超越时间，因此“时间是苦恼而已”，而“苦恼的自觉岂不就是文学吗？”①加缪在《西西弗的神话》中讨论“荒诞”感的来源时指出，“时间”是其来源的重要方面之一。加缪认为，人们习惯于“向着未来生活”，将眼光望向“以后”，以便使得我们的生活在时间的线性发展中得到延续，然而人是“属于时间的”，他无法超越时间，这就“使他感到震惊的恐怖”，一方面，他将希望寄托于“明天”，但另一方面，在时间里“他的一切都不被接受”，而“这种肉体的反抗，就是荒谬”。②加缪所说的因时间流逝而起的“震惊的恐怖”，就是袁犀的“时间是苦恼”，袁犀在自我对“时间”的主体化体验中发掘出“荒诞”的意义，《时间》集里的《红裙》《绝色》《蜘蛛》等作品均揭示了人生的荒诞。《红裙》里的陈迈对妻子厌恶，而心仪于另一位少女，他感到自己对少女所犯的罪恶，求援于基督教的忏悔而得到解脱。但可悲的是，这只是一个梦，梦醒后他厌恶的妻子仍旧在眼前，自己依然滞留在悔恨之中，于是他开始下意识地说谎，企图以语言的虚假反抗自身不可摆脱的宿命，但终归还是失败了。《绝色》里的江捷因为母亲的悲剧而以自己的美貌向上流社会报复，他决心以“肉体的毁灭”获得“新生”，他的死亡让他“发出庄严的光辉，向着天界飞去”，在此江捷成为一个“新生”的英雄，然而小说结尾却告诉读者，这不过是别人虚构的小说，是一个虚假的“神话”，现实的生活依旧荒诞、黑暗。《蜘蛛》

① 袁犀：《时间·卷末记》，文昌书店1945年版，第197~198页。

② ［法］加缪：《西西弗的神话》，杜小真译，西苑出版社2003年版，第17页。

则预示着人们不自知地生活在一个“强烈地黏着的精神的大网”中，惶恐地接受着精神的重压，生活犹如梦魇般可怕。袁犀在小说集《时间》中表达了人满怀对未来的向往，但时间具有不可超越性，人的挣扎只会带来毁灭与绝望，时间的流逝也就意味着“苦恼”，而人存在的荒诞也就由此产生。徐訏小说的一个重要主题同样是存在的荒诞，《鬼恋》中的“人”与“鬼”、永恒与生命、人性与神性之间，永远都存在着不可跨越的鸿沟，“美”的理想在现实世界永远不能实现。《精神病患者的悲歌》里“我”无法解开理智与情感、现世的爱与超凡的爱之间的矛盾，只能继续在荒诞的世界茫然无措，寻不到“何处是我的归途”。《江湖行》《烟圈》《盲恋》《选择》等小说也深刻揭示了人生虚妄荒诞的生存境遇，在荒诞的世界里，人难以把握自己的人生，“存在即是荒诞”成为人的宿命。

第四章　心理现实主义小说的艺术形式实验

瞿世英在《小说的研究》中提到，中国传统小说的一个突出缺点在于“不能描写，不能刻画”，因此致使作品中的人物只是一种没有个性的模糊的存在。而造成这一现象的原因，瞿世英指出是由于古典小说里没有对“人的研究”。以往小说关注的内容是物质方面的，因而所采取的小说手法和技巧也主要是擅长刻画外部物质环境。然而，正如刘呐鸥所言：“文艺是时代的反映，好的作品总要把时代的色彩和空气描写出来。”①随着时代的改变和文化观念的变化，人们愈加注意到人的生活应该不仅包括物质方面，更包括精神、心理方面。心理现实主义小说在新的人学观念的基础上，以现代心理学、哲学为杠杆，撬动起以往要么被漠视要么未被认识的心灵宇宙，向着人心灵深处的印象与经验发掘，对于心理现实主义小说而言，人除了社会关系的内容外，更为重要的是关于心理的内容，正是在这些曲微幽深的心灵世界中，“个人”才得以凸显。心理现实主义小说认为，在一切人所能了解的现实里，“没有再比自己心灵更为容易接触的现实”②，即使观察到的是事物外表，其实也只是个体心灵之中的印象与观念。因此，心理现实主义小说将表现个人内在经验世界作为小说的主旨，注重个人内心世界的建构与表达，在对心灵的探寻中彰显生命的需求，

---

① 转引自方长安：《选择·接受·转化：晚清至20世纪30年代中国文学流变与日本文学关系》，武汉大学出版社2003年版，第308页。

② 徐訏：《从写实主义谈起》，见《徐訏文集》(第10卷)，上海三联书店2012年版，第145页。

其实质是凸显主体的经验与感受，更深一层则意味着从个人角度来建立福柯所说的“细小的和看不见的文本”，从而实现打破传统乃至集体的公共叙事对话语垄断的目的。在这一中心的要求下，传统的小说艺术形式或现实主义、浪漫主义的艺术形式必然难以实现对个人心灵世界的深度探索，对新的艺术形式的实验与运用成为实现目标的必然。

区别于现实主义表现人的物质和社会关系，也不同于浪漫主义表现人的真、善、美的情感，心理现实主义小说专注于表达人的包括非理性内容的主观经验与感受，而人的内在精神世界是完全异于外在物质客观世界的，新的表现对象需要新的表现形式。形式表现内容，但形式又不是内容的附属，它本身具有认识论的价值和意义，为人们“提供了一个认识世界的特殊的角度”①，在新的形式中，世界以不一样的样貌呈现在我们面前。基于个人经验主观性、意识流动跳跃性、内在情绪非理性的特点，心理现实主义小说从 4 个方面进行了形式上的实验：运用自由联想的意识流手法表现人倏忽变换的心理感受流程；以心理分析手法深入人的复杂意识层面；在心理时间的跳跃多变中对情节进行影像化处理；采用多样化的叙述视角观察、体悟个体晦涩幽微的内在感知。在新的形式实验中，心理现实主义小说突破了传统表现技法的束缚，为表现现代人复杂的现代感受和现代经验找到了合适的技巧方法，彰显了人内在世界的复杂层次，构建起立体的经验结构和叙述结构，揭示出世界的多样化面貌。

第一节　意识流手法的运用

瞿世英批评古典小说缺乏从科学的思维出发对人作“精细的观

① 吕周聚：《中国现代主义诗学》，人民文学出版社 2001 年版，第 216 页。

察”和“内在精神”的透视，而“五四”前后被引入中国的西方哲学、心理学为心理现实主义小说在对人的内在世界的认识上开启了新的大门，就人的内心世界的存在形态而言，柏格森、威廉·詹姆斯等大家的言论已被中国现代知识分子所了解，这就为心理现实主义小说提供了理论与创作的科学基础。“五四”后的知识分子通过对威廉·詹姆斯及其著作《心理学原理》的译介，了解到人的内心世界的活动并非一段段碎片的机械连接，而是以如同流动的“河”或“流”的形态存在，是一种连续不断的状态，因此心灵的活动是一种意识流，或者也可以称为“思想流”“主观生活之流”。在这样的意识之流中，威廉·詹姆斯认为，其中既包括理性的自觉意识，也包括非理性的潜意识。心理学家弗洛伊德发展了威廉·詹姆斯关于非理性意识的观点，对人的意识层次进行了具体、复杂的划分，并突出“本我”这一非理性意识层次的巨大作用，将之认为是本质的生命体。弗洛伊德的这一非理性意识理论，从根本上变革了以往对人的认识，人不再是高尚理性的，而是具有古怪、畸形、混乱的心理特点。弗洛伊德的心理学被运用到文学中，因此西方现代主义文学中的人物大多是这种病态的形象。“意识流”的艺术方法就是从这样的人学观念中衍生出来，并为表现这样的现代人而服务的，所以“意识流”本身交织了人的矛盾性存在，它突破了以往文学中纯然高尚的形象，而成为表现现代社会和现代人复杂特性的恰当的文学艺术形式之一。

在具体分析心理现实主义小说的意识流手法之前，有必要对文学上的“意识流”作一个简单的辨析：一是因为“意识流”概念的使用本身就不清晰；二是通过对“意识流”不同层次的简要分析，可以大概梳理出中国心理现实主义小说的某些特征。

总体来说，人们是在两个领域来理解意识流的：一是作为文体的意识流；二是作为技巧的意识流。当意识流作为文体时，即是意识流小说，在此种范式的小说中，无论是小说的结构、主题，或者艺术效果，“都要依赖人物的意识作为描写的‘银幕’或者‘电影胶片’而表现出来”①。而当意识流作为技巧时，则是采用具体的内心独白、自由联想等手法来“记录流过人物内心的纷乱而且表面上缺乏逻辑联系的印象之流”②。将意识流认识为文体，这是从叙事层面来将其定性的，作者不干涉人物的内在心理流动变化，基本不介入人物内心活动，主张以客观叙述的姿态组织文本，对人物心灵世界进行复制与拷贝。乔伊斯的《尤利西斯》就是意识流小说的代表之作，最为著名的是最后一章那几十页没用任何标点的杂乱无章的思想活动，女主人公莫莉躺在床上时，头脑中的情感独白就是意识流小说所力争表现的意识的“前语言”。

中国心理现实主义小说将人的感受、体验、意识乃至下意识凸显到前台，着重表现人物的内在世界的万千变化，探索意识之流的神秘领域。然而，由于受到审美心理机制和具体社会语境的影响及规定，中国心理现实主义小说总体上是在内容和技巧层面上来认识意识流的，也就是既将意识流视为心理内容的体现，又运用意识流技巧来表现人物意识之流的内容，作者及叙述者以主动的姿态来组织、调节、干涉人物的心理活动，并于其中表达作者自我的观点和立场。废名的小说被认为是中国现代文学中具有典型意识流特征的作品，朱光潜评价废名的《桥》“直没人心灵深处”③；汪曾祺认为废名与伍尔夫、普鲁斯特等作家相似，肯定废名的小说“运用了意识流”④；严家炎认为

---

① ［美］梅·弗里德曼：《意识流，文学手法研究》，申雨平等译，华东师范大学出版社 1992 年版，第 3 页。

② ［英］罗吉·福勒主编：《现代西方文学批评术语词典》，袁德成译，四川人民出版社 1987 年版，第 262 页。

③ 孟实：《桥》，载《文学杂志》1937 年第 1 卷第 3 期。

④ 汪曾祺：《谈风格》，见《汪曾祺全集》（第 3 卷），北京师范大学出版社 1998 年版，第 339 页。

废名的某些作品“含有意识流的成分”①。然而，不论是《桃园》还是《莫须有先生》，抑或《桥》这一类具有典型意识流特征的小说，即便小说的情节极力被淡化，但作者从头至尾都是以有条不紊的叙述语言对人物的内在感知进行叙述，这就完全区别于意识流小说所着力捕捉的“前语言”。废名将“意识流”视为人物心理的内容，以自由联想的意识流形式将这一内容表现出来，在对语言及形式的苦心经营下，最终形成并实现自己的美学观点和价值追求。

意识流并非一种具体的现代主义的表现手法，它主要是一种处于内在层次的现代主义的基本艺术表现方法，其外在层次的具体表现手法则是“内心独白”“自由联想”等。“内心独白”是人物在内心进行的一种不出声的语言，这种语言以自我为交流的对象，自我似乎分裂成为两个个体进行倾听与讲述，心理现实主义小说常使用此种技巧来表现人物内心的压抑、苦闷、孤寂甚至狂乱的状态，从而将人物隐藏于各个层次的心理流动内容直观地呈现出来，深入人物复杂、隐秘、朦胧的内在精神世界，揭示个人内心深处飘忽多变、纷乱庞杂的感触与思绪。“自由联想”的概念是从弗洛伊德运用催眠暗示法进行心理治疗发展而来的，在心理治疗中让病人展开自由联想，病情在引导、倾诉的方式中得以化解。从理论上说，自由联想是在无时序的诉说中揭开人被压抑的无意识心理秘密。心理现实主义小说要探寻人的主观经验各个层面的奥秘，在相互重叠的追求之下，自由联想与小说叙事达成同构，自由联想也就成为心理现实主义小说揭示人物心灵流动的重要技巧。然而，在具体的小说创作中，“自由联想”与“内心独白”其实常常是融合为一体的，两者之间并没有清晰的界限，比如在废名的《莫须有先生传》中，莫须有先生看见火车上去山西打仗的兵，他的内心便出现了大段的独白，他哀怜士兵们怯弱的眼神，“吾思而使尔

① 严家炎：《废名小说艺术随想》，见《严家炎论小说》，上海教育出版社2002年版，第135页。

至于此极者而不可得也”(废名《莫须有先生传》)，而莫须有先生从士兵回忆起出城门时自己见到的那个“打也打不进城，钻也无处钻”的猪群，他从猪群又联想到人与牲口都以求生为生存的首要目的，接着，又想到战场上“以枪子射过来”的嗥叫，而哀叹六畜与人无甚区别，都不过是“有这一个嗥叫”而已，最后，莫须有先生在心中自勉：“上帝呵，兄弟们呵，命运呵。而今而后，吾知免夫。我要努力。”在此，莫须有先生的内心独白与自由联想是浑然一体的，在这样的内在意识流动中，在人与牲畜的串联里，揭示了莫须有先生对荒诞世界里个人命若游丝的绝望感。又如穆时英的《被当做消遣品的男子》就是以“我”的内心独白组织文本，在“我”的心理独白中，“我”的意识又不断地进行着跳跃的联想，各种感觉、情绪、印象在意识之流中交融凸显，使人物的经验感受构建为一个让人眼花缭乱的立体画面。

谢庆尧在介绍伍尔夫时，专门介绍了小说创作中的“意识之流法”。谢庆尧认为“可以用联想的方式解释之”，他举例说人们之所以看见春花秋月就会产生某种感触，是因为人在面对眼前的景象动作时，还会联想其旧事，“这种过去印象和现在印象同时交错的心情就是心理学中所谓的‘意识之流’”，而在小说创作中只有采用了“意识之流法”，方能让读者体会到“活的生命”。同时，谢庆尧还认为“意识之流法”能够捕捉人“扑朔迷离的抑止情感”“神秘的心情”“遗传的冲动”“半知觉的脑动作”等下意识心理，能跨越小说与人生之间的鸿沟，并称赞“意识之流法”既是“新尝试”又是“小说革命”，在“小说技术疆界开辟了新大陆”。①

作为“小说革命”的“意识之流法”，因能细腻呈现现代人的内在世界感知，自然为心理现实主义小说所青睐。将意识流的艺术形式运

---

① 谢庆尧：《英国女作家吴尔芙夫人》，载《时与潮文艺》1943 年第 2 卷第 1 期。

用在小说的局部以揭示人物的内在世界的做法，在心理现实主义小说中比比皆是。郭沫若为自己的小说《残春》进行辩护时指出，《残春》不注重故事的构造，而重视“潜在意识的一种流动”①。在《残春》中，当爱牟和白羊君匆匆赶上前往司门的火车，在火车厢里默默坐着时，主人公的头脑中“种种想念杂然而来”，他从白羊君向晓芙母子挥帽告别的情景而联想到贺君举帽跳海的场面，从自己第一次离别妻儿的不安而念及如果贺君死了怎么办，从此又再联想到死亡的阴影同样也笼罩在自己与白羊君身上，此时，爱牟头脑中竟生出跳进火山口是最痛快的死法的想法，从自己对死亡的联想中，又叠影出妻儿们等待“我”的孤寂煎熬神态。在此处，回忆、联想与内心独白相互穿插，既有眼前的事实现状，又有对往事的追忆缅怀，还有对将来的惶恐猜测，以人物对现实世界的感受为支点，意识不断穿梭于非现实的世界中，在时空的重新组织下，主人公对同学的深切同情以及对命运的惊疑与不安都被生动地表达出来。苏雪林的《棘心》专注于表现女主人公醒秋的生命体验与心灵感受，采用局部的意识流表现方法，增强了人物情绪和感受的表现力，比如在小说“家乡遭匪的噩耗”这一部分中，当醒秋得知母亲生病后，头脑中常常纷至沓来无数可怕的幻象，在心里哀叹母亲遭遇的不幸，想象病榻上的母亲对儿女的思念，由自己脑中的幻象联想到此时远在故国的母亲凄惨的“梦魂所游之地”，迭映出母亲孤寂、期盼、难熬的神态。在这样的意识流动中，醒秋忧虑、自责、忏悔的情绪被凸显出来。又如在“皈依”这一部分里，当醒秋的爱情两度被叔健拒绝后，她的性情变得暴戾、晦滞、忧郁，无数杂乱的思绪像“一股阴火”在她头脑中乱窜，她想象着别人对她的鄙夷，“国人的同情，她是失去了，光荣的前途也给自己宣告了死刑了”(苏雪林《棘心》)，她想着这世界的冷酷，想着自己在这冷酷的世界里遭受到的人格与爱情的痛苦，醒秋对痛苦生命的体验在她的意识

① 郭沫若:《批评和梦》，载《创造》1923 年第 2 卷第 1 期。

之流中愈来愈清晰、丰富、深刻。师陀的小说《无言者》描写了一位在战场上断水断食三天三夜的士兵的遭遇，在士兵弥留之际，他从自己悲惨的遭遇联想到家乡妻儿的境遇，幻见故乡的保长强行牵走家里的山羊、强制摊派战争捐款的情景，在对士兵意识的组织中，作家打破了时空的界限，将人间地狱的战场与同样惨剧丛生的乡村连接起来，折射出士兵在前线献身保家，而家乡却被豪绅盘剥压榨的荒诞社会现实。刘呐鸥的《热情之骨》在局部使用意识流方法，表现了比也尔对真诚爱情的向往、期待、追求、幻灭的心理。徐訏在《禁果》中运用意识流的表现方法揭示诗人生病时的意识流程。张爱玲、施蛰存、郁达夫、杜衡、丁玲、沈从文等作家的心理现实主义小说中都采用了局部的意识流的表现方法。

类似于《残春》《棘心》等这样的意识流，其联想是环环相扣有条不紊的，是理性的、具有较强逻辑性的上意识。在心理现实主义小说中，还有很大一部分意识流是非理性的下意识，这样的意识流极具跳跃性、非逻辑性，因而其形式上也显现出更强的创新性。林徽因的《窘》运用内心独白，揭示了主人公维杉因年龄差异而产生的窘迫、无奈的心理，当维杉得知他爱慕的小女孩芝要与青年小孙出国游学时，维杉在内心进行着满含愤恨与无奈的自我对话："对了，出去出去，将来，将来，年轻！荒唐的年轻！他们只想出去飞！飞！叫你怎不觉得自己落伍，老，无聊，无聊！"在这样的意识流动中，"出去""飞"成为"年轻""将来"的象征，而"无聊""落伍"是自己与芝之间年龄的鸿沟，当维杉的内心世界闪现出这些具有跳跃、散乱特征的语言时，他那无力的苍凉感也就跃然纸上。施蛰存的《四喜子的生日》在跳跃的回忆、联想、幻觉中将人物的非理性感觉体验编织融入意识的流程。四喜子出于对自己老婆的厌恶跑出家门拉车，拉车途中纷乱的回忆与幻觉在脑中不断晃过，从许生那俊俏的女人，联想到做了"野鸡"的翠英，当一个美国女人坐上他的车，他心里只剩下"一个女人，一阵香气"，他在自己也不知道自己在干什么的恍惚间将车拉到无人的漆黑小路，而后巡捕出现。在小说中，主人公经历的客观具体事件与其内在感觉在人物意识滑动的轨道上交汇，人物非理性的内在意识成为连接主体与客体的桥梁。在《白光》《长明灯》《狂人日记》等小说中，鲁迅运用意识流的表现方法，将人物的非理性意识与混乱的语言组合起来，在现实与主观之间揭示人物精神世界的创伤。都市作家身处的环境使得他们对物质异化有着切身深刻体验，对现代人的非理性有着自己独特的理解，因此在穆时英、施蛰存、刘呐鸥等作家的小说中，意识流的表现方法成为其展现现代人的非理性感受的重要形式。

心理现实主义小说除在局部广泛使用意识流的表现方法外，也将意识流贯穿整个小说的构建，以人物的意识流组织小说的结构。鲁迅的《狂人日记》是一部具有鲜明意识流结构的心理现实主义小说，小说是日记体，但这 13 篇日记的时序是颠倒错乱的，小说不仅在节与节之间缺少逻辑联系，就是在句与句之间也常常是混乱的，是狂人的一种“呓语”，小说在狂人“混乱”的自由联想中向前推进，而过去、现在以及未来的界限被突破、融合。在孤寂荒诞世界的挤压下，随着狂人异常心理和荒诞意识的流动，思想界斗士心底的妄想、恐惧、惊疑、惶恐等非理性情绪被深刻呈现在读者面前。被鲁迅称赞为“中国最为杰出的抒情诗人”的冯至，其小说《蝉与晚祷》是一部凭着意识流动而组织起来的散文体小说，小说围绕着“蝉声——年年不会改变的蝉声”所激起的灵感展开意识的流动轨迹，从感伤过去 18 年的孤寂到缅怀逝世的生母与继母，又在头脑中幻现出曾经与兄妹们快乐的时光，再由蝉声这“最纯净的音乐”而幻想到“圣母 Maria 的芬芳”(冯至《蝉与晚祷》)。以现实世界的蝉声为触发点，人物的思绪不断在联想与现实之间自由飘动，蝉声成为散漫意识的中心点，在人物意识发散开去时又沿着中心被收拢回来，人物自身感伤的心灵倾诉与蝉声具有的寂寞意蕴恰当地被融合在一起。常风的《那朦朦胧胧的一团》中，在晦暗不明的一团“朦朦胧胧的雾”的触发下，将人物的万千思绪勾连起来，“我”一会儿从乡村朦胧的月光联想到 20 里外的大都会，一会儿又从寂静的夜里传来的脚步声幻想到在轨道上咆哮疾驰的火车，一会儿又从树叶被疾风吹得零落而哀叹人生命的莫测，人物的意识流动充满了缥缈感伤的色彩。林如稷的《将过去》中以主人公若水的非理性意识流动，揭示了战乱年代个人空虚、晦暗、恍惚、扭曲的心理。郁达夫的《青烟》也是典型的意识流手法的展现，以至于郁达夫将这样一种迥异于传统小说的形式别称为“幻想”。《青烟》中“我”闲坐在夏夜的空气中，“同绿水似”的灯光与“同倦了似的”汽车笛声让“我”空虚满怀，陷入深深愁思，开始了联想，想象自己漂泊多年后回到故乡，可是家已经易主，妻子也成为他人的仆人，自己与妻子终不得相认，“我”只能以投河之途解脱自己悲惨的命运。外界落水的声音将“我”从意识中拉了出来，绵延的心理时间才得以结束。

在意识流的表现形式上，20 世纪 30 年代的都市作家进行了更为大胆前卫的实验，在他们的笔下，主体的意识表现为主体的感觉和印象，犹如电影镜头般不断变换的感觉画面是都市人奇异现代感受的最佳表现形式。在叶灵凤的《流行性感冒》中，主人公由恋爱的感受而生发出无数千奇百怪的联想，一会儿是鳗鱼、一九三三年的新车，一会儿是领带、章鱼、彗星，一会儿是体育竞技场、流行性感冒。各种奇异的、玄妙的、跳跃的意识不断闪现在文字中，人物意识的快速转换与都市社会高速浮浅的情感本质相互对应，都市人寂寥又颓废的心灵世界得以呈现。穆时英在《被当做消遣品的男子》中，以“我”的内心独白和怪诞联想来表现都市人在爱情面前彷徨、迷茫的心理，揭示了“连灵魂也要变化石”(穆时英《被当做消遣品的男子》)的痛苦。在“我”的心灵自白中，“我”的意识轨道从所爱的女人蓉子身上滑向“猫”“蛇”“贵品”“鳗鱼”“消化不良症”“便秘”“排泄”；从男人身上则联想到“朱古力糖”“上海啤酒”“花生米”“糖炒栗子”“刺激品”“消化不良的胃囊的分泌物”“被排泄出来的滓”……这些联想怪诞荒唐，却又与都市物化的生活无比贴切。作家用自己鲜活的主观感受力捕捉人物的深层意识流动，将之物象化、具体化，而小说怪诞的意识流形式成为连接主观自我与客观现实的桥梁，从而使得看似荒诞的联想有着丰富的蕴藉。在这个伦理道德堕落、精神信仰出现危机的都市里，虚伪、欺骗、轻浮取代了善良、诚实、友情而成为人们行事的准则，情感失去了真诚，而只追求速度与刺激，男女之间连友谊的基础都还未搭建，“而恋爱已经凭空建筑起来啦！”(穆时英《被当做消遣品的男子》)“我”在心里将蓉子这样的都市女性想象为“危险的动物”，想象着她们像吞掉无数的“小食”般吞掉男子，而男子们最终成为她们“排泄出来”的渣滓。“我”荒诞的意识流动是一种可怕的想象，在奇思怪想中充满了惊恐不安的情绪，这情绪的底层其实是个人在面对时代变革、价值观念崩塌时的茫然无措与孤寂无助。此外，穆时英的《公墓》《夜总会里的五个人》《夜》《黑牡丹》、施蛰存的《梅雨之夕》《鸥》《薄暮的舞女》、刘呐鸥的《两个时间的不感症者》等小说也都是运用相似的意识流来组织结构，在人物跳动的意识流动中开掘人物幽深微妙的都市感受。相比于“五四”时期对意识流方法的初步尝试，此时都市作家们有意将意识流看作小说创作的重要方法之一，或许其小说在内容的深刻性与复杂性上有所欠缺，但他们着力追求艺术形式的新颖，力求以新的形式发掘人物独特的都市感受体验，为小说的形式实验提供了宝贵的经验。

到了20世纪40年代，心理现实主义小说对意识流方法的运用愈加成熟，如果说20世纪二三十年代因对西方意识流技法的刻意模仿而产生了一定程度的僵硬感和生涩感，那么在20世纪40年代的优秀小说家手中，西方的意识流艺术形式则与本民族的审美传统进行了融合，实现了“中国化”的意识流形式。当然，废名是一个特例，在20世纪二三十年代，意识流在废名的小说中就已经显示出了极为典型的“中国化”特征，《桃园》以阿毛的意识组织全篇，比如其中有一段是阿毛在桃园摸着桃树，意识从这里就开始了蔓延，阿毛由桃树想到了城外满山的坟包，想到妈妈的坟也在那里，想到曾经父母的打架，想到自己那时将被踢翻的桃一个个捡回箩里，又想到天狗如果把日头吃了该怎么办。阿毛的这些意识流动表现了阿毛孤寂的内心世界，跳跃的意识、似真似幻的呓语相互交织，将贫苦百姓凄苦的生活呈现出来。而《桥》《莫须有先生传》等作品更具有意识流飘忽的特点。废名的意识流与西方的意识流的不同之处是极为显著的，他较少运用西方意识流中长篇大段的内心独白，而多采用轻盈跳跃的自由联想，同时运用传统的抒情方法与诗化语言，在时隐时现的联想中寄寓自己的神思。对于废名小说意识流的“中国化”，汪曾祺就认为，废名的意识流不是对外国作品的照搬，而是“从生活里发现的”①。

20世纪40年代冯至的《伍子胥》以伍子胥在复仇过程中的情感体验与意识流动来组织文本，伍子胥意识的流动与中国传统审美习惯相结合，产生了如诗如画的意识画面。徐訏在其作品中采用意识流形式，使小说由情节结构转变为情绪结构。徐訏小说的意识流融入了强烈的主观抒情性，他将现代主义的意识流进行了浪漫主义与唯美主义的改造。汪曾祺在其小说中对意识流的运用则显得相当成熟，以至于学者严家炎认为，在汪曾祺的笔下，“中国才真正有了成熟的意识流小说”②。汪曾祺的《复仇》(1944年版)没有戏剧化的矛盾冲突，整篇小说全靠“我”的意识流动推进，在意识的流动中细腻又含蓄地倾诉着“我”真切复杂的生存体验，唐湜将之评价为“自觉的把握与沉思，一种心理意态的‘捕捉’”③。《礼拜天的早晨》在开头陈述了洗澡令人舒服之后，意识便如同野马般四处奔腾，主人公一会儿在心里与自己辩论洗澡带来的享受，一会儿又惊诧于自己躺了不知多久，一会儿想着要送衣服去洗，一会儿又想着去寄信，一会儿感到头脑像害病的痴

---

① 汪曾祺：《谈风格》，见《汪曾祺全集》(第3卷)，北京师范大学出版社1998年版，第339页。

② 严家炎、范智红：《小说艺术的多样开拓与探索——1937—1949年中短篇小说阅读琐记》，载《文学评论》2001年第1期。

③ 唐湜：《虔诚的纳蕤思——谈汪曾祺的小说》，见钱理群编：《二十世纪中国小说理论资料》(四)，北京大学出版社1997年版，第490页。

人似的固执又空洞，一会又从自己垂着的头联想到“马拉的脸像青蛙”，各个意识片段之间既跳跃又存在着联系，让人感到亲切自然。汪曾祺的《绿猫》一开头，主人公“我”就自问刚才的所想，思维沉浸在对之前的疑问中，当外界汽车经过的声音刺激到“我”，“我”的思绪便产生了新的联想，围绕着外界的世界流转：叫卖声传来，“我”便希望知道叫卖的内容；听到三轮车的吱吱声，又开始质问自己为何白天从未注意到这些。在意识与外界的互动中，“我”进而感到自己平日的迟钝。随后，“我”终于又再次回到最初的问题，即“我”刚才想起了什么，意识在流转一圈后，似乎又回到了原点，从而表达了知识分子迷茫孤独的精神心理现象。《待车》中的车夫在心里记起要给妻子买茶子油瓶，由茶子油瓶联想到自己以后要买香精水，由香精水又想到发财之道，车夫的意识又转到自己脸上的痣，开始思考面相与发财的关系。在不断的联想中，车夫渴望赚钱又迷信的心理世界被呈现出来。《小学校的钟声》《绿猫》等小说也在意识的流动和形式的组织上呈现出自然流畅的特点。《三叶虫与剑兰花》在“我”的内心独白中，将“我”对徐的兴趣、观察、探究直接呈现出来，于内心的独白中蕴含了个体在人生的荒谬性面前所面临的生存困境。

在传统小说中，作者与读者都惯于在时间的线性发展中构造和寻找故事的流变轨迹，并在时间线性发展结构中组织人物清晰的心理活动。但是，人的真实内在心理活动并不总是在理性的规约下发展，相反，真实的内心流动常常缺乏逻辑性，在记忆、感觉或想象力等因素的刺激下，它往往没有时空的边界，在彼事物意象与此事物意象的跳跃中表现出心灵纵横驰骋、无限宽广的特征，因此，意识流的表现方法成为心理现实主义小说揭示人内在世界无序性的恰当形式。当然，小说是一种虚构的文字艺术，作者与叙述者始终都在幕后操纵控制着叙述的节奏与形式，因而小说中的意识流并不等同于现实生活中人漫无边际的现实心理。在中、西方的小说中，意识流形式都不表示思维漫无边际的任意流淌，中、西方小说都是依靠某一中心点来形成意识的枝蔓结构。然而，中、西方小说的意识流又有着显著的区别，西方心理现实主义小说在意识流中更多寄予着关于人存在的形而上的哲学思考，与之相比，中国心理现实主义小说的意识流则相对缺少一种更为广阔、深远的历史感和象征意味，而倾向在联想的事物、片段、意象间设置一定的逻辑联系，并在其中揭示现实社会的面相，表现出形而下的特点，在人物心灵漫游的轨迹中勾画出个人家世的悲哀与人生的孤寂、社会现实的荒诞与生存的艰难。

第二节　心理分析深入心灵

当人能意识到“自我”是一种独特的存在时，就已经在精神层面对这独特的“我”产生了深入探究的欲望。心理现实主义小说作为对精神、心灵世界进行挖掘并更为深层地揭示人的生存状况的文学审美形式，必然突破以往传统小说对人物真实心理状态所设的禁忌，冲出“温良恭俭让”的樊篱，让曾经被漠视或被禁止的，但却是作为个体的人实实在在存在的心灵涌动、精神撕扯暴露在世人眼前。而要使这些新的内容被呈现，必然需要借助于新的方法，而“心理分析法”则是其重要的新方法。

所谓“心理分析法”，汉密尔顿在《小说法程》中作过重点介绍，汉密尔顿认为，在人物的表现方法上有直接表现法与间接表现法，而直接表现法分为3种，即论说法、描写法与心理分析法，相比于前两种方法，汉密尔顿给予心理分析法更高评价，认为只有用此法才能将人物的思想情感以及导致动作的心理根源“直接示诸阅者”①。郁达夫的《小说论》将“心理分析法”称为“心理解剖法”，他同样认为心理解剖法在人物心理的描写中最为有用，“要明示人物的性格，随时随

---

① ［美］克莱顿·汉密尔顿：《小说法程》，华林一译，商务印书馆1924年版，第78页。

地，把这一人物的心理写一点出来，力量最大”①。而文学上的“心理分析法”来源于心理学，主要是受到弗洛伊德精神分析学影响的结果。

弗洛伊德的精神分析学说既是现代哲学思想和现代科学方法，又是一种文学表现的手法，心理分析手法的运用在揭示新的思想内容的同时，也形成了新的文学技巧与新的艺术形式，而技巧形式与思想内容又是密切相关的。鲁迅的《狂人日记》揭示了狂人“迫害狂”的病态心理，为了将孤独无助的思想界斗士的那种反叛、惊疑、恐惧的心理世界表现出来，鲁迅采用了心理分析法，以日记体的形式直接进入人物内心世界，通过日记这一形式既能使狂人将自己复杂幽微的内心世界直接剖析出来，彰显外在荒诞世界在个人心灵深处所引起的震荡感受，又能在凸显个人经验的同时探寻并揭示造成此种心理经验的社会因素，揭示封建道德礼教的罪恶。于此，内容与形式得到了高度融合。针对《狂人日记》在心理分析法上所形成的日记体形式，茅盾曾给予高度评价，认为《狂人日记》的“新形式”给了当时的青年们一个重要启示：“努力用新形式，来表现自己的思想”②。这一形式实验在当时的文坛上产生了深远影响，从20世纪20年代直至40年代持续出现了一批直接剖析自我心理的日记体形式的小说，如丁玲的《莎菲女士的日记》、庐隐的《丽石的日记》《父亲》、倪贻德的《玄武湖之秋》、施蛰存的《上元灯》、穆时英的《贫士日记》等。日记体形式的小说是运用心理分析技巧的结果，在现代心理学的影响下，作家们突破以往文学传统的束缚，让人物直接陈述自己的心灵面相，深入自己的潜意识层面，把握自我真实的感性体验。

《莎菲女士的日记》是一部带有强烈自我剖析意识的小说，在小

---

① 郁达夫：《小说论》，见严家炎编：《二十世纪中国小说理论资料》(第二卷)，北京大学出版社1997年版，第440页。

② 茅盾：《读〈呐喊〉》，载《文学周报》1923年第91期。

说中，莎菲苦恼于“不知怎样才能分析出我自己来”(丁玲《莎菲女士的日记》)，也正是因为她不懂自己，所以莎菲才不断以心理分析的方式来追求对自我的了解，而心理分析的体现形式则是莎菲的日记，通过不停地书写日记，不停地对自己的心理进行解剖，在日记这一极具私密性的文体形式里，挖掘自我心灵深处的潜意识活动。在情感上，莎菲在日记中记录下自己反复无常的情绪，面对凌吉士，莎菲一会儿表现出高高在上的女王姿态，希望得到凌吉士的臣服；一会儿又懊恼自己心口不一的态度，莎菲不断在心里抑制自己对凌吉士的情欲，然而当她见到凌吉士时内心的情感似乎又不受自己控制，在压抑与冲动之间，莎菲的心灵备受折磨与痛苦。莎菲以日记的形式披露自己矛盾的心理：“我理解我自己，不过是一个女性十足的女人……我要占有他，我要他无条件的献上他的心，跪着求我赐给他的吻呢。我简直癫了，反反复复的只想着我所要实施的手段的步骤，我简直癫了！”“占有他”是莎菲潜意识里的本能冲动，这样的冲动似一头猛兽在她心里四处乱窜，随时有冲破牢笼的可能，而莎菲的冷静自持以及骨血里所沉淀的传统观念又让她对自己的情欲冲动感到恐惧，心灵背负上负罪感，认为自己“简直癫了”。莎菲的心理自剖，其实就是弗洛伊德精神分析中本我、自我、超我之间不断矛盾斗争的过程。

人作为有血有肉的精神个体，心理世界的各个因素总在不停地相互影响、作用，弗洛伊德将这个精神世界进行了层次划分，即遵循最本能最原始冲动的“本我”，他不受任何理性、伦理、规则的制约；既不否定本能的冲动，同时也遵循外部世界的理性要求的“自我”，他在克制与本能两端间滑动；代表了最高级的理性、道德、秩序理想等的“超我”，他完全摆脱了个人的本能，超越了个人的层面。“超我”是伦理社会的最高要求，秩序、理性对人的规约使人能压制个人最原始的本能，但个人的本能却无时无刻不存在，个人内在的诸多心理因素所形成的冲突以及个人与外在环境的龃龉，常常让个人的动机和行为难以保持和谐一致，个人一旦失去了内在统一性，他的精神世界就会产生分裂，形成相互矛盾对立的心理与行为。而莎菲矛盾的情绪与心理的痛苦正是产生于此，“自我”让莎菲认识到自己对凌吉士的爱的需要与渴求，“本我”教唆着莎菲抛开顾忌去享受情爱与欲望所带来的快乐，“超我”则以外在的道德秩序挤压莎菲的本能空间，希望莎菲保持矜持理性。在这几股力量的冲击中，莎菲在“超我”面前并没有屈服，而是选择日记的形式对自我内在世界进行观察，袒露自己的潜意识。在日记体形式中，莎菲能够冲破现实社会的伦理常规，将自己内心深处各种骇俗的念头大胆表现出来，自由灵活地组织抒情与议论，揭示女性真实存在的身体欲望，把完整的自我呈现在日记中，以对敏感而脆弱的心灵进行剖析来实现主体对生命本质的把握。而在心理分析技巧上所形成的日记体形式，通过内视角的叙述，既能实现对人物意识世界幽微经验感受的细腻、真实的呈现，又能实现对传统道德伦理的颠覆，因而成为心理现实主义小说的重要艺术形式。

除了日记体形式外，在心理分析的使用方面，心理现实主义小说还对“梦”进行了开掘，“梦”既是心理现实主义小说描写的重要内容，同时也是一种新的形式，以之探索人的深层意识，审视主体对世界所形成的主观经验。中国传统文学早就有“梦”的描写，庄子开启了“梦”的文学，《红楼梦》更是以“梦”为主题的“梦”文学集大成者。但是，古典文学关于“梦”的叙写重点是其象征义，主要关注点是在美学层面或哲学层面，极少涉及人物心理的变动，即使是将梦与人物心理联系起来的作品，也仅仅显示了人物表层的心理现象，从而得出一个具有警喻性的结论。心理现实主义小说将人物在对外在世界的体验、感受基础上所形成的内在心灵世界凸显到前台，关注人的各个层次的心理活动、意识流动，梦作为心理活动的真切反映当然就成为心理现实主义小说的重要组成部分。梦不仅仅作为内容而存在，更是作为一种技巧和手段而存在，以梦的形式来挖掘人物灵魂最为隐秘的部分。比如鲁迅在《白光》《兄弟》《肥皂》《离婚》《高老父子》等作品中就灵活地采用梦境、幻觉、白日梦等形式，对人物被压抑的潜意识进行揭示。

真正开始将梦作为人的心理问题进行研究的是弗洛伊德，弗洛伊德认为“梦是一个(受压制的或被压抑的)欲望的(伪装的)满足”①，梦不应被单纯地看作生理现象，更应该作为一种复杂的心理精神活动来研究。梦不仅是睡着时做的梦，也包括人看似清醒的状态下所做的白日梦和产生的幻觉等。弗洛伊德以大量临床实验为基础，得出关于梦的本质的结论，即愿望的达成。现实生活中的人由于“超我”对“本我”的压制，本能的欲望或情感常常被禁锢，不能得到满足或实现，而梦则成为心理机制中达成愿望的途径。他将梦分为两类：一类是愿望在梦中明显地达成；一类是梦中愿望的达成以不易被察觉的方式来进行，且在过程中为了逃脱“超我”的审查，还以各种方式来掩饰愿望，进行“梦的改装”。在现实生活中，成人的梦更多是属于第二类。弗洛伊德关于梦的一系列理论，不仅对心理学影响深远，由于其与文学关注的对象的重叠性，对文学也产生了重大影响，心理学上的相关理论为小说作者们提供了挖掘人复杂内在世界的眼光和方法。

精神分析学在现代中国有着很大影响，中国现代作家大都对弗洛伊德的心理学有所了解，他们或多或少地根据弗洛伊德的理论进行创作，展现人物的内在心理世界。心理现实主义小说作为探索人的精神世界的劲旅，将梦作为挖掘人潜意识的重要手段和技巧，运用梦的手法来表达人物心灵的波动，使文学向着更为纵深的方向发展。郭沫若的《残春》是一部典型运用弗洛伊德理论对梦的形式进行实验的小说，爱牟与S姑娘结识后，在潜意识深层存了别样的情愫，后来便做了一个奇怪却又合乎情理的梦。在梦中，爱牟与S含情脉脉相会于笔立山，S那诱惑人的身体呈现在爱牟面前，正当爱牟准备诊听她的肺尖时，白羊君赶来告知爱牟他的妻子杀害孩子的噩耗，于是爱牟魂不附

① [奥]弗洛伊德：《释梦》，商务印书馆1996年版，第157页。

体地赶回家中，果然见孩子躺在血泊中，而疯癫的妻子又将短刀向他掷来，他也一命呜呼，至此爱牟转醒过来。梦境是无意识活动的重要领域，内心被压抑的奥秘以及在现实社会中不能实现的愿望往往在梦境中以扭曲的形式表现出来，爱牟对S的爱在现实生活中有违情理，为道德不容，因此便在梦中宣泄出来，但内心对妻儿又深感愧疚，因而梦中发生了妻子发狂、孩子被杀的美狄亚式的悲剧。郭沫若曾解释说，如果以传统的情节结构的高潮来看，《残春》必定显得平淡，《残春》是对心理现象的描写，其梦的高潮就是小说的高潮，如果从人物的情绪方面去品味，就会感到其意味无穷。施蛰存的《扇》中青梅竹马的树玉应允送“我”一柄团扇，“我”如此急迫地想要得到那柄扇子，以至于在朦胧中梦见从月宫里飞下许多的团扇，它们在“我”周遭飞舞跳动，“我”费尽精力将手伸向天空，“却一柄也得不到”。施蛰存的《幻月》中的梦境也表现了这种实现愿望的急切与愿望破灭后的愤慨、痛苦的心理，既表现了人物的主观愿望，又揭示了愿望与现实之间复杂微妙的关系。此外，冯至的《狰狞》里“我”的梦，叶灵凤的《鸠绿媚》中春野君的梦境、《姊嫁之夜》中舜华的梦、《未完成的忏悔》中韩斐君的梦，郁达夫的《南迁》《空虚》《迷羊》等作品中的白日梦，都挖掘了人物的心理深处，表现了主人公受压抑的潜意识，这是对个人主观经验表现的深化。对“梦”的开拓意味着从主观意识的角度对小说进行形式上的创新，使小说突破有机结构机械的形式，在故事时间停滞而心理时间绵延的过程中凸显了丰富的心理含义，是对传统小说线性时间以及故事情节结构的反叛，使小说从以往注重外在物质世界转向表现人物内在心灵世界，在揭示人物潜意识的同时形成一种注重人物主观情绪的散文化结构形式。

当然，不可否认，一些心理现实主义小说在采用梦的形式时存在对弗洛伊德理论的公式化图解，这既与小说家们早期对西方艺术形式的生搬硬套有关，同时又与弗洛伊德理论本身的局限性有关，弗洛伊德将性本能作为生命动力的唯一源泉，梦同时也带上了性本能的色彩，这就将梦在一定程度上狭隘化了。早期一些心理现实主义小说在创作的过程中将梦较为简单地看作受压抑的性本能的达成，把人的潜意识归结到人的性本能上，使梦单纯成为表现人性欲的形式。荣格的心理学理论补充了弗洛伊德的欠缺之处，荣格同样认为梦是一种精神过程，但与弗洛伊德不同，荣格坚持认为梦不限于对性的满足，梦的驱动力还包括各种精神目标、能力价值、自我保存等的达成。在梦中，人们表现出自己无法解释的意象，这些意象可以追溯到人类精神的最初状态，是一种集体无意识。荣格的理论将梦的含义扩大了，增加了文化、社会等方面的内容，对心理学和文学在梦的创作及研究上补益良多。虽然没有史料显示荣格的理论在中国现代文坛的辐射面及影响力，但优秀的心理现实主义小说在采用梦的形式时所揭示出的内在精神现象与荣格的相关论点契合，这也表明了成熟的心理现实主义小说在对人的经验世界的探索中作出的与世界同步的深刻思考。

对西方现代心理学极为熟悉的徐訏，在小说创作中经常使用梦的形式揭示人物内心世界的个性化体验与被压制的隐秘，寄予作家自己的理想人生。在徐訏的小说中，既有对人物梦境的表现，如《风萧萧》《离魂》等，也有以梦的形式来构架全篇的作品，如《荒谬的英法海峡》《阿刺伯海的女神》等。梦成为徐訏观察审视人物心灵世界、隐喻人物与外在世界关系、组织小说结构的重要形式。《风萧萧》里的“我”三次进入梦境，第一个梦里，“我”在雪山上坠入陷阱，满山的雪瞬时化作冰水向“我”涌来，将“我”完全淹没。这个梦暗示了现实生活中的“我”对于怀疑白苹是日本间谍一事的不安与害怕。第二个梦里，满大街的人将红墨水泼在“我”的晨衣上，鲜红的水不断从“我”的衣角流出。这里象征了“我”意识里的不安、惊恐进一步加剧。现实世界里已经牺牲了的史密斯与白苹在“我”的第三个梦里结为夫妻，同时日本投降的消息也被写入历史书，这个梦象征了“我”心底的美好愿望。《阿刺伯海的女神》以梦境结构整部小说，探讨关于爱与宗教、现世与永生的问题，在梦境中，爱让“我”进入一种迷狂状态，“我”抛下一切世俗束缚，得以与女神相爱。《荒谬的英法海峡》全篇都围绕着“我”在英法峡渡轮上所做的梦而展开，在梦境中，“我”幻化出来一个人人平等的美好乌托邦世界。徐訏在这诸多的梦境中，以心理分析对人物的心灵世界进行纵向挖掘，表达自己对人生及存在的诸多问题的思考，而在梦境与现实的交错混淆间，作家搭建起了一种充满想象力的奇异叙述形式，催生出奇异诡谲的行文风格。

梦在沈从文、废名的小说中同样是一种重要的文学存在。沈从文曾在《小说作者和读者》一文中专门指出，小说应该具备两个部分：一是表现人与人之间关系的社会现象；二是表现人心理意识种种活动的梦的现象。① 废名在《说梦》一文中评价自己的一些小说是一种“与当初的现实生活隔了模糊的界”的“梦”。② 沈从文与废名所说的“梦”不单单指弗洛伊德学说中的“梦”，还包括了更为广阔的东西，其中既有关乎创作主体主观理想的内容，也有涉及创作对象(人物、形式、文体)具体形式的内容，从而与荣格的心理学显示出某种程度的一致性。从20世纪20年代直至40年代末，沈从文在其小说中不断对“梦”进行表现，在《边城》《三三》《长河》《一个女人》《萧萧》等作品中，“梦”是小说的重要因素：翠翠在梦中被美妙歌声浮起，飞过溪涧来到崖壁，摘下让她感到幸福快乐的虎耳草；三三梦见白脸青年与管事先生在自家溪边钓鱼，梦到白脸青年出现在自己家门前；萧萧梦见自己变成身子又轻又小的鱼，在水里到处嬉戏，甚至还飞到了星河里。除了表现少女纯真的梦外，沈从文还描写了士兵之梦(《灯》《会明》《草绳》)、淳朴湘西百姓的梦(《丈夫》《牛》《一只船》《柏子》)、充满奇异色彩的巫师道士的梦(《巫神之爱》《道师与道场》)、都市各色人物的梦(《贵生》《王嫂》《建设》)。小说中的梦境表现了这诸多人物的深层内在世界，显示出人物的性情与内在品格，也折射出

① 沈从文：《小说作者和读者》，载《战国策》1940年第10期。
② 废名：《说梦》，载《语丝》1927年第133期。

人物生活的现实环境以及人物对世界的复杂感知，通过“梦”这一形式，沈从文既能解构现实，又能重构自然与人事，从而表现生命形式的多样化存在，而“梦”本身的跳跃性又带给小说一种强烈的抒情色调，以及散文化的文体形式。

在弗洛伊德的理论中，梦是被压抑的欲望的达成或满足，在无人监管的梦境中，人们摆脱了现实的桎梏，而让“本我”的部分得到释放。然而，也正因如此，沈从文称“好梦是生活的仇敌，是神给人的一种嘲弄”(沈从文《牛》)。“梦”在表达人物内心深处的隐秘渴求之时，渴求的实现也就意味着现实的不幸，“梦”也就成为现实生活中幻灭的象征，梦折射出人物各色的悲凉与不幸。“梦”在沈从文笔下是这样，在徐訏笔下也是这样，无论是《荒谬的英法海峡》还是《阿剌伯海的女神》，人物一旦梦醒了，所面对的仍旧是荒诞的、痛苦的、悲凉的现实。在施蛰存、穆时英笔下也是这样，真挚情感、乡野田园的梦境一旦转醒，就要继续面对都市机械又异化的生活。在诸多心理现实主义小说中，梦与现实的错位折射出人生存的不幸与命运的难以把握。在此，“梦”既是内容，又是形式，心理现实主义小说通过“梦”揭示人物莫测的命运与悲凉的现实，而小说的叙事时空与叙事张力在“梦”中得以扩大，从而构成以主观情绪为主导的与现实世界迥异又相连的经验世界。

心理现实主义小说创作中的梦与现实生活中的梦不同，与心理学上的梦也不完全一样。现实生活中的梦常常是荒诞不经的，毫无逻辑可言，而小说创作中的梦虽然可能也是天马行空般自由，但这毕竟是经过作者的理性设计而呈现的文本，是以梦的形式和手段探寻人类隐秘曲深的心灵世界，于其中显现出个体对世界多样化的主观经验感受。小说中的梦不是对现实中梦的自然主义的映照，而是讲究艺术性与审美性，在经过创作主体的艺术关照后，小说中的梦高于生活的梦，梦成为作家挖掘人物心理重要手段的同时，也实现了艺术形式的创新和对审美境界的追求。小说中的梦具有跳跃性和离奇性，这既是由人心理的复杂难辨的特点所决定的，也是由文学的艺术形式创新要求决定的，在作家的理性设计之下，小说通过梦的象征性传达其艺术性与可理解性。比如《白光》中陈士成在几次落榜后内心终于崩溃，出现了幻觉，而那道驱使陈士成走上毁灭之路的“白光”，既是他癫狂内心世界的象征，也是促使其毁灭的“无物之阵”的社会环境的象征，鲁迅运用这一象征，既生动细腻地揭示了人物内在心灵世界的状况，又将其赋予了深刻的隐喻，引发读者无限的思考。《孤独者》中“我”在魏连殳葬礼上出现幻听，听到像狼一样的“长嗥”，而这“长嗥”则象征了魏连殳在荒诞世界里备受折磨的痛苦而愤慨的心理。施蛰存的小说《鸥》中的银行小职员小陆端坐在大都市里最大的银行中做着“白鸥之梦”，在白日梦中想象着自己回到海边故乡去看鸥鸟的舞姿、海上的仙羽。“鸥”是小陆对自由期盼的象征，承载着其寻找心灵家园的愿望。梦的象征性将虚无缥缈的梦境世界与残酷悲凉的现实世界连接起来，以梦的象征性作为桥梁，主观内在与现实外在高度融合为一个整体，梦也就具备了可被理解的现实根源。正因为如此，即便是那些看似将“梦”作为性本能达成手段的心理现实主义小说，作家在叙述梦境、白日梦、幻觉时，都会自觉或不自觉地呈现出现实的影子，如郁达夫小说中的梦就明显表现出传统道德与新式思想极端对立的状态。

“梦”不仅是内容，也是一种思维方式，是主体生命存在的另一种表达形式，它不但是文学表现的内容，也为小说形式与结构创新提供灵感与动力。通过“梦”的手段，有利于表现人物真实的内在世界，人物心灵中那些稍纵即逝的、晦暗难辨的波动以具体化、形象化、生动化的形式表现出来，人物的心灵图景如同蒙太奇镜头一样被作家展示出来，使创作主体、艺术对象呈现出更为纷繁复杂的心理内涵。心理分析里的“梦”为小说揭示丰富的精神世界而服务，也带来了小说无限的想象和象征的空间。

第三节　经验世界的影像化处理

巴赫金在探讨小说的特征时指出，小说是以审美的方式，对现实的历史时空进行把握，并进而“把握展现在时空中的现实的历史的人”①。不同形式的小说，由于关注的主题焦点不同，因此对时间与空间的把握方式也就不同，随之也就形成了迥异的艺术形式。传统小说或现实主义小说关注的中心是外在客观世界，因此长久以来对现实世界作逼真的展现是小说的最高追求，小说在叙事上以物质世界时空行进的方式来组织故事，力图占据客观叙事的权威位置，将物理时空作为故事情节内容的发展链条，力图通过“讲述”强调其交际功能，而作者与读者也都惯于在时间的线性发展中构造和寻找故事的流变轨迹，并在时间线性发展结构中组织人物清晰的心理活动，相应地也就形成了客观再现或典型化的艺术形式。而心理现实主义小说则将其关注的焦点向内转为人对世界的主观经验感知，人的主观感知与内在心理活动并不总是在理性的规约下发展，相反，真实的内心流动常常缺乏逻辑性，在记忆、情绪或想象等因素的刺激下，它往往没有时空的边界，在彼事物意象与此事物意象的跳跃中表现出心灵纵横驰骋、无限宽广的特征。因此，心理现实主义小说从主观视角出发所感受到的时空世界迥异于古典小说或现实主义小说所强调的秩序性与统一性，而带有强烈的个性化色彩。心理现实主义小说所把握的时空不再是客观物理时空，而是一种经过个体心理浸润过后的内在主观时空感受，其间烙印了强烈的主观经验，小说以主观时空感受为节点捕捉人物不断流动变化的意识与潜意识，这样的主观时空感受决定了心理现实主义小说对现实主义“客观再现”这一艺术形式的反叛，而采用现代主

① ［苏］巴赫金：《小说理论》，白春任、晓河译，河北教育出版社 1998 年版，第 274 页。

义以蒙太奇为主要表现手法的影像化艺术形式，力求打破现实生活单一连贯的时空逻辑，在心理世界影像化的过程中表现主观时空系统的多维度性，在传达出个体内在精神世界幽微精深的内容的同时，使小说在表层文本叙事的平面上向纵深发展，呈现更为立体的、丰厚的思想内涵与叙述空间。

蒙太奇源于现代电影艺术，就是将镜头按照需要进行剪辑与拼接，选择那些最有意义的细节与片段，删去“只起过场作用的无意义的素材”①，在对镜头的组合中，现实时空被分割并重组，从而成为高度主观化的形式。蒙太奇的跳跃性与主观性正与心理现实主义小说的艺术特性相符，心理现实主义小说吸纳电影蒙太奇的手法进行了自己的形式创新。蒙太奇由于镜头的剪辑跳跃，形成了叙述上的空白，空白中的隐喻与暗示留给读者思考回味的空间。鲁迅在小说创作中就擅长利用蒙太奇的空白，在空白中形成隐喻和暗示，利用沉默来调节作者、叙述者以及人物情感的“含”和“露”，在片段的组织中使主观的时空体验得到立体化的呈现，从而创造出具有独特立体维度的开放性结构形式。《狂人日记》由 13 则错乱的、无逻辑性的日记构成，每则日记之间缺少连接的内容，形成了叙述的空白，这 13 则日记就是 13 个镜头的影像画面，蒙太奇既造成了现实时空的断裂，又由之而构建起新的时空连续，这新的时空连续是狂人由被迫害心理催生出的主观经验世界。鲁迅以狂人的内心感受组织叙事结构，叙事的主观化地位凸显，文本在灵活跳跃的蒙太奇形式中，通过狂人的独白、幻想、潜意识将时空颠倒错置，实现心理时间各片段的相互渗透勾连，呈现出多元美学空间。小说开头，即是诸多看似没有逻辑联系的分镜头，“三十多年”“今天”“赵家的狗”，这些都是跳跃性极强的感官印象的组合，梦呓般的独白让人物独特的主观感受如一幅幅画面争先恐

---

① ［苏］普多夫金：《论电影的编剧、导演和演员》，中国电影出版社 1980 年版，第 61 页。

后地涌现在读者面前，现实与幻觉难分难解，传统的叙事时序分崩瓦解，在荒谬变形的时空形式中传达出狂人真实的内心世界。而在蒙太奇的空白中，蕴含着作者更为深层的思考，比如第一则日记与第二则日记的开头都是一个关于月亮的镜头，镜头从“今天晚上，很好的月光”切换到“今天全没月光”，从这两个镜头之间没有交代的空白处，暗示了被视为异类的思想斗士在庸众的世界里所遭受的精神折磨。通过蒙太奇的手法，狂人在“现在”与“过去”这两个时间系统中不停地来回穿梭，混乱交错的思绪变化与惊疑惶恐的精神状态让小说时空完全带上了心理印记，心理状态的影像化与叙述的日记体形式实现了“格式的特别”，而空白的运用又使小说结构在跳跃与胶着间充满了形式的张力，在文本层面之下开启了深刻的主题意蕴，实现了文本深层的精神内涵和审美效果。《伤逝》《在酒楼上》《孤独者》等小说无不是运用蒙太奇手法将人物的内在经验世界呈现出来，让人物在不同的时空中穿梭，在心灵世界影像化的过程中折射出人物痛苦复杂的立体化心理世界与现实生存环境。

通过蒙太奇的影像化，让人物在“过去”与“现在”的不同时空系统中自由出入，展示人物内在经验世界的立体化图景，而小说在对跳跃性的心理画面进行组织的过程中浸润了强烈的个体主观情绪，并呈现出散文化的文体特征。这样一种让“过去”与“现在”共时化的蒙太奇形式，在心理现实主义小说中得到了普遍的运用。崇尚自我表现的郁达夫，其创作的焦点在于主体真挚的情绪，其小说是以人物情绪的流动组织全篇，而现实世界和故事情节则常常被淡化处理，因此郁达夫的小说着重人物心理时空的随时随地的体验，并随时产生情绪的释放，而小说也随之呈现出蒙太奇式的片段化的时空结构形式。在《银灰色的死》中，作者以“他”的 3 个时间段组织情节，分别是“他”准备出门的初冬的一天，“他”去酒馆找静儿，以及“他”死亡的某天早晨。这 3 个时间段就是 3 个蒙太奇镜头，而作者在 3 个时间段之间插入人物的回忆与幻觉，又是其中的分镜头。在第一部分中，人物的回忆画面造成了多时空交叉的形式："他"在挂钟打了十一点后，从被子中起来，胡乱穿上衣裳，套上破鞋，跑出屋外，身处当下现实时空的"他"却突然被"过去"时空的"他"打断，时空也由现实而转向人物心理层面，"昨天晚上"的"他"在"洒满了同霜也似的月光"中靠着大学的铁栏杆，感到自己一个人实在"孤冷得很"，就像独自在北极雪世界里漂泊似的。而在这清冷的月夜中，"去年夏天"结婚时候的情景又打断了"昨天晚上"的画面，在"去年夏天"充满感伤的关于天河星宿的谈话中，时空又切换到了当下，"他靠住了大学的铁栏杆，呆呆的尽在那里对月光追想这些过去的情节"(郁达夫《银灰色的死》)。时空不断向"过去"延伸，人物感伤、凄苦、孤寂的情绪也就来得更加浓烈，人物的情绪世界主宰了小说叙述的内容与节奏，以蒙太奇形式呈现的人物的联想、回忆、幻想打开的是现实时空以外的另一个位于人物内在世界的心理时空感知系统，人物因现实的触发而随时产生的心理时空画面(联想、回忆、幻觉等)与现实画面重叠呼应，在虚实交错间形成了过去与现在的共时状态，现实与人物内在精神世界相互交织，融为一体。郁达夫的其他小说如《茫茫夜》《空虚》《沉沦》等，以及庐隐、陈翔鹤、冯至、林如稷等作家的心理现实主义小说，还有郭沫若及丁玲早期的小说，都采用了这样一种以情绪流动来组织心理画面的艺术形式，蒙太奇对心理时空的聚焦使平时不被人注意的灵魂世界凸显出其地位与意义。

当然，在对心理时空的开掘中反复表现人物的感伤苦闷也给小说带来了一定的缺陷，由于这些情绪是比较集中单一的——感伤苦闷是文本情绪释放的明确线索，所以不管怎样组织人物感受到的不同心理时空片段，人物的情绪从小说一开始到小说结束，几乎都维持在同一峰值上，并没有明显的情感起伏，最终使得小说形成了以某种单一情绪为中心的共时性的封闭结构。而同一时代的鲁迅则突破了这一缺陷，在向着心理时空的纵深处挖掘之时，突破了感伤情绪的局限，表现出更为宏大的历史感与深刻的思想性，仍旧以被称为"格式的特别”的《狂人日记》为例。在第三则日记里，狂人由现实时空中狼子村吃了大恶人，转到狂人的心理联想画面：“他们会吃人，就未必不会吃我”，又由现实的“吃人”进入狂人幻觉中的“古来时常吃人”的心理时空画面，狂人再次从这一心理时空继续深入更为深广的历史时空：“这历史没有年代……满本都写着两个字‘吃人’！”内在心理世界的流程使得故事时间暂停而叙述时间扩张，在狂人的内心活动中，思想和情感随着他的联想与幻觉的跳跃而起伏波动，文本表层的单位时间在画面的省略与空白间被赋予了丰富的内蕴，人物心理的蒙太奇画面承载了作者忧愤深广的沉重历史思考。

采用蒙太奇的影像化形式，在前后颠倒错乱的时空中来观察内在经验世界的动态绵延，审视个体生命的复杂形态，在主观世界意识流动的心理时空中去关注自我，反思生命的意义。施蛰存的《鸥》中的主人公小陆，在上班时见到一群戴着白帽子的修女经过办公室窗外，现实时空里的修女白帽画面连接起了小陆心理时空中对故乡海鸥和淳朴旧恋人怀想的画面；下班后原本闲踱的小陆，见到想象中的初恋女孩真实地出现在现实的时空中，而曾经淳朴的女孩现下却成为完全上海化了的摩登女郎，正与花花公子谈情说爱，失魂的小陆凝望着眼前报童手里飞舞的晚报，画面又切换到幻想中渐飞渐零落的白鸥群上。小说在现实时空里不断插入人物的内在心理画面，在蒙太奇的剪辑中不断进行着过去与现在、理想与现实的对比映照。像小陆这样从乡村来到都市的青年，他们向往着精神的故乡却又不能也不愿真正回到故乡的矛盾复杂心理，在蒙太奇的时空扭转映照中被显露无遗。《魔道》中“我”在火车上见到黑衣的老妇人，便在心理世界产生出无数的幻想画面：从现实时空中的黑衣妇人拒绝喝茶而要喝白水，切入“我”心理时空中认定为妖怪的妇人喝茶会让她的魔法破除，不喝茶的黑色妇人成为骑着扫帚捉小孩的西洋妖怪、《聊斋志异》里喷水的黄脸妇人；从现实时空里妇人干枯而奇小的手转换到“我”幻想的画面中，魔法妇人的手夜间脱离臂腕飞出去摄取人的灵魂；从火车上这个衰老的妇人身上，心理镜头转向"我"想象的王妃陵墓里美艳的木乃伊……小说中人物的意识不断在现实画面与心理画面之间自由穿梭，在心理片段的蒙太奇剪辑中，人物怀疑、不安、惊惧的情绪随着跳跃的镜头扑面向读者涌来。《春阳》里蝉阿姨在饭馆、银行这样的现实时空里，不断被自己的心理空间打断，在不连贯的时空组接中，人物心底的隐秘感受被揭示出来，蝉阿姨一直被压抑的潜意识空间里复杂难言的焦虑、挣扎、摇摆等情绪蜂拥而出，人物真实且复杂的内空间得以展示。

在穆时英的《一个军官的笔记》中，"我"以异常跳跃的思维打碎了时空的线性顺序，任意组合的意象空间画面直接深入一个无奈与不幸的军官的内心深处。与之相似，《空闲少佐》里的空闲少佐在手榴弹爆破后眼前战场硝烟弥漫的现实时空暂停，而转入东京家中的空间，年轻的妻子与6岁的儿子、大纸灯笼、精致的小盆景、家四周盛开的樱花……小说在心理时空绵延流动，蒙太奇将时空进行了无限化处理，"我"(《一个军官的笔记》)或空闲少佐(《空闲少佐》)脑中交错闪现的思维片段的流动，在"现在"的触点上多维度地牵连着"过去"与"未来"，线性的时间在不断的颠倒穿插中得以扩张。在对心理时间进行展现的同时，文本随之也形成了相应的内空间形式。内空间抛弃了外部世界物质实存的限制，在心理时间的助力下直接进入人物的内在精神空间。

以自我经验感受为创作基础的张爱玲，在其小说中不断展示人的内在心理世界，个体主观感受的影像化是张爱玲小说突出的艺术特色。对于蒙太奇，张爱玲有着自己独特的看法，她将蒙太奇与人生联系起来，认为人生其实就像"一连串的蒙太奇，下接淡出"①。她的小

① 张爱玲：《对照记：1952年以后作品》，哈尔滨出版社2003年版，第106页。

说对人的感知世界的表现，也正是采用了蒙太奇的形式。在《多少恨》里，虞家茵在夏家与夏太太谈判，在夏太太的苦苦哀求下，“家茵突然双手掩着脸”，拒绝夏太太的请求，而当“她把掩着脸的两只手拿开，那时候她是在自己家，立在黄昏的窗前”(张爱玲《多少恨》)。此处，在“双手掩着脸”与“把掩着脸的两只手拿开”之间，实现了不同时空镜头的转换，两个不同时空的画面在一掩一放间得以顺利过渡，在推动情节发展的同时，更在双手的动作里暗示了家茵内心的痛苦与坚决，预示了人物的命运走向。《金锁记》中有一段经典的蒙太奇剪辑，在小说的第一部分与第二部分之间，曹七巧有 10 年的时间被抹去，而这 10 年是通过曹七巧在镜子里看到的景象转换得以显现的。曹七巧坐在镜前，镜子里照出的是风中荡漾的翠竹帘子和一幅金绿山水屏条，曹七巧“望久了便有一种晕船的感觉”，当再次定睛看时，镜中原本鲜艳的翠竹帘子早已褪了色，金绿山水的屏条也换成了丈夫的遗像。镜子中的影像在摇晃中出现又淡出，镜头从鲜艳的黄金翠绿，转移到褪色帘子的斑驳与遗像的灰暗，在短短的“再定睛看时”几个字中，曹七巧原本应该是粉白黛绿的生命已匆然流逝，10 年的时光被凝固在两个镜头的转换间，曹七巧生命的苍白与扭曲也在这两个镜头中凸显出来。《金锁记》在多处使用了蒙太奇的艺术形式，在曹七巧哥嫂来家中拜访时，曹七巧看着丫头将箱子抬回原处，而此时镜头切进曹七巧的心理时空，她当姑娘时上街在朝禄肉铺时的场景，生猪油肉体的气味扑向她，而心理的时空又在肉体腻滞的气味中回到现实的时空，她看向床上丈夫那“生病的肉体”。与此相似，在小说结尾处，老态的曹七巧横躺在烟铺上，可是眼前却出现自己十八九岁做姑娘时青春活力的生命场景，现实时空里干瘪枯瘦的手臂幻化为雪白的手腕，但幻象又被拉回现实，挂在曹七巧腮上的泪“渐渐自己干了”。在“过去”与“现在”的穿插中，往事苍凉，曹七巧一生的空虚在时空的错置中不断被加强，命运在黄金枷锁的桎梏下显示出悲剧性，人物的内在感知世界在时空的调节下显现出其真实的样貌，傅雷将之称为“巧妙的转调技术”①。

蒙太奇的艺术形式以多重时空符码的相互重叠交错，而获得了对人物内在世界的探索。对心理时空符码进行组织的方式，除了以上分析的“过去”与“现在”的参差对照外，心理现实主义小说还创造了同一时间不同空间的蒙太奇表现形式，从而使小说的时空形式更契合现代人的现代心理，这主要体现在20世纪30年代现代主义作家的创作中。这样一种同一时间不同空间的蒙太奇艺术形式之所以会集中出现于20世纪30年代，与中国在20世纪30年代都市的急遽发展有关。与传统农耕乡土社会缓慢的时间流动截然不同，现代都会呈现的是飞速的、刺激的、跳动的镜像，这样具有猛烈冲击性的生存背景，其巨大影响不单单表现在表面上人们生活方式的改变，更体现为人们深层次的价值观念与生命感知的结构性调整。机械工业毫不停歇地转动，街上时时呼啸奔驰的汽车、时时闪烁的都市霓虹、不知疲倦的舞厅聚会，似乎处处都是躁动地追赶速度的灵魂，快速的时间节奏成为都市生活的表征：都市的人们似乎都是“坐在速度的上面的”（刘呐鸥《风景》）；都市的节奏快得让人晕眩，“用着狐步舞的拍”（穆时英《上海的狐步舞》）；都市的风景高速变化，“好像都嵌进了窗口”（穆时英《上海的狐步舞》）。时间流动的快节奏带来了人们情感心理的焦虑与轻浮，身处都市快节奏的人们难以像以往生活在乡土社会的人那样有充足的时间去体味、感受、审视各种情感在内心引发的波动，都市的现代主义作家在“用全速度向前冲刺着”的时间感受中组织斑驳碎片的时空蒙太奇形式，揭示着高速度下人的情感和欲望的动荡、浮躁。在稍纵即逝的时间感知下，在情感如果不讲求速度也就“失掉了她的刺激性”（穆时英《被当做消遣品的男子》）的浮躁欲望下，现代境遇下的新的感知与体验促使小说以更加先锋的时空形式展现了都市人的生

① 迅雨：《论张爱玲的小说》，载《万象》1944年第3卷第11期。

存经验。

穆时英的《五月》运用多种蒙太奇的艺术形式表现都市人矛盾畸形的心态，在平行时空、交叉时空的设计中，创造出主观感受与客观物象叠合的多角度叙述形式。《五月》的章节安排显示了不同空间的同时性叠合，小说的7章犹如7个蒙太奇镜头，而每个镜头下又设有同一时间不同空间的分镜头，将与女主人公蔡佩佩有关的3个男青年刘沧波、江均、宋一萍作为同时却异地的3条并列的线索进行共时性的叙述。在第二章《三个单身汉的寂寞》中，3个年轻人分别被勾画出一幅肖像图：发出空洞太息的刘沧波，幻想着恋人向自己走来的江均，感叹懊悔“春天不是离婚的时候”的宋一萍。在这一章里，3个人物线索在各自的空间里平行地向前发展。在第三、第四、第五章，作者让这3个男青年分别与蔡佩佩相爱，形成了宋一萍与蔡佩佩、江均与蔡佩佩、刘沧波与蔡佩佩3个独立的空间，而这三个独立的空间又因蔡佩佩而形成隐形的重叠。在第六章《刘沧波与宋一萍与江均与蔡佩佩》里，之前共时性异地化的3条线索在此汇聚成为一个总镜头，人物被数字配对般地组合在一起，在3个男青年的相互争吵与不甘中，小说的情节结构与人物的心理情绪形成了交叉与碰撞。作者在第七章《四个流行性感冒症的患者》中将前一章交错缠扭的线索又剥离开来，使之重新成为同时异地毫无关联的独立空间。现代都市混乱颠倒的感情观、高速跳跃的生活节奏、都市人畸形矛盾的心理情绪，被穆时英以多重蒙太奇艺术手法构建为一种立体化的交叉叙述空间。同样，《上海的狐步舞》《夜总会里的五个人》等作品也运用蒙太奇的形式，叙述了同一时间不同人物的故事与不同的场面。《夜总会里的五个人》将“五个从生活里跌下来的人”首先发展为各自独立的线索，有着各自独立的空间，作者在同一时间里将空间容量延伸扩大，5个人在共时异地的时空里遥遥相隔，然而作者又将这几条线索汇聚到作为都市表征的舞厅里，成为都市样貌的有机整体。大量的场景、人物与信息密集地充斥在短促的时间之内，快速的叙述时间形式是快速的现实生活的直接体现，夜总会里疯狂旋转着的时间碎片是都市的缩影，财色酒气、浮华欲望、现实悲剧、生活重压在时间的组合片段里交织缠绕，不同的故事线索完全密集在同一时刻向前发展，人物都只活在夜总会或舞厅的“当下”，既没有“过去”也没有“将来”，人被时间逼厄在狭小的方寸之间，生命的实质是静止的，热闹喧哗的时间节奏转换为多面向的空间表现。在具有跳跃性与直觉性的时空蒙太奇组接中，都市个体的情绪、欲望构成了一幅幅众声喧哗的画面。这样一种任意切断并重组时间点或空间面的创作，正是快节奏的现代都市生活与现代时间在人们意识领域烙下的片段感与断裂感转化为文本的具体形式，在文本不断摇晃漂移的蒙太奇叙事中，诸多个人化的内在世界片段裹挟着现代都市的复杂意味蜂拥呈现，表层断裂的故事线索在先锋的时空叙事策略下，隐潜着深广的对现代人的生存的探索。《风景》《流行性感冒》《造型动力学》等作品都采用了类似的蒙太奇形式。

除了使用蒙太奇的剪辑形式实现人物抽象心理的影像化外，心理现实主义小说还运用可视化与可听化的手法来表现人物的内在感受，在色彩、声音以及画面等因素的相互对照、相互补充、相互衬托中形成人物立体四维的内在心理世界。传统小说和现实主义小说中也有对声音、色彩、画面的运用，但与心理现实主义小说最为根本的区别在于前者是无焦点的，与个体情绪基本上没有关联，而后者有焦点，是从主体角度出发具有强烈个性化色彩的主观对象。在施蛰存、穆时英等都市作家的小说中，就广泛地使用了这一影像化的形式来表现现代人的现代情绪。穆时英在《上海的狐步舞》的一开头便构造了一幅明晰逼真的画面：爬在天边的月亮照在大原野上，原本浅灰的原野也铺上银灰色的月光，其中又嵌着深灰色的树影与村庄朦胧凌乱的影子，而原野上的铁轨的弧线，往天空的方向伸到边际的水平线下。这样的描写呈现了历历在目的直观性，在深灰、浅灰的影影绰绰中，在晦暗不明又前路不可测的夜晚，个人对大都会的独特感受被揭示出来——上海这个地狱上的天堂是罪恶的，人的道德被践踏，个人的生存也笼罩在那一团团深灰浅灰中。《街景》以全篇编织起一个场景构图，从一开篇秋天的街上那跑车、果子、牛脯、面包、玻璃杯开始，到老乞丐出现在这街景中，看着转动着的火车轮，朝思暮想着远方的家，“真想回家去呢！”车轮“压上了他的身子”，碾出他亲人的脸，再到最后坐于咖啡热气中的青年男女，小说用一连串的画面与声色，串联起主人公主观感受的意识链条，表现人物的心灵震颤，画面不是单纯的景物，而是个体心灵世界的象征对应物。张爱玲小说的突出特点也是将人物的内在世界进行影像化处理，人物的主观感受与色彩、声音、场景、画面融为一个整体，原本抽象不可知的内在世界转换为一种感官上的立体可视的通觉感受。比如“月亮”的场景在《金锁记》《倾城之恋》等作品的运用，就是人物心理的外化物，承载了人物的情感变迁与命运迁转。在徐訏的《红魔》中，这一艺术形式使个人独特的心理感知凸显得生动别致。《红魔》的第一部分完全是个人感觉体验中的战争场面，战争的残酷与血腥在作者笔下成为一幅幅由声音、色彩、物象构成的立体画面。“火飙舞着，奔突着，喷涌着，野兽般蹦跳着，相互揪扭着，紧缠着，肉搏着。……千千万万株火树银花在闪耀，千千万万条粉裸的蛆虫在跳动。……”炮声“凶烈咆喘”，炮弹恐怖地怪叫“嗖，嗖，嗖，嗖，嗖……”，枪炮炸弹“饥饿发狂，如痴如醉的抢劫着血与肉”。战场上的硝烟炮火在人的眼中成为“鼓怒煽炽”的野兽，在这声色构筑起来的杀戮世界里，主观的感觉与主观的印象具有了立体感。在徐訏、无名氏的小说中，随处可见这样一种将主观感觉影像化的手法，当作者把这种影像化的艺术用来表现人的心理和精神状态时，心理化与影像化的融合就赋予小说一种巨大的艺术容纳度。

将个人内在经验世界影像化是心理现实主义小说的重要艺术形式之一，以心理时空的影像化展开来架构起整个文本的结构走向，人物心理的回旋、紧张、激越等流程在影像化的形式中得到凸显，空虚中的追求、幻灭中的希冀或无奈中的挣扎，这诸多心理画面立体地呈现在读者面前，影像化的艺术形式在挖掘人物细腻幽曲的内在世界的同时，又为小说内在意蕴的生成提供了一个丰富的文本空间。

第四节　叙述视角的多样化

法国著名文艺家帕西·拉伯克认为，在所有的小说技巧里，视角问题是最为复杂的方法问题。① 叙述视角的问题其实是关于叙述者如何进行自我限制的问题，选择怎样的角度进行故事的叙述，以及叙述角度与人物视点之间的相互关系。“叙述技巧是构成文学性的一个重要方面，具有整合形象体系的艺术功能。”②不同的文学表现内容需要不同的叙述形式来表现，在传统小说或现实主义小说中，人的物质关系、社会地位是其表现的重点，为了能够呈现出这一内容，叙述者需占据权威的叙述位置，需要能维护整个情节结构与人物行为动作的权威，因此它们基本上采用第三人称的全知视角进行叙述，采用这一视角，叙述者犹如一位全知全能的掌控者，知晓故事中的任何事，掌控着人物的过去、现在与未来，设计规划着人物的一言一行，叙述者凌驾在人物之上进行静态的讲述与议论。无所不知的全知视角有其优越性，便于清晰地展现社会环境、生活背景，有利于揭示现实生活的广阔性。但是，由于全知视角对叙述内容的无所不知以及总揽一切的权力，让人们渐渐反思其欺骗性与虚假性，反感其对个人性的抹杀，“‘他’的文学性常规必然导致个人性的贫乏”③，在表现人的客观性、历史性、社会性的同时，却压制了人的个人性与主观性，对能表现个人之间本质差异的主观经验感受显示出漠视的态度。而心理现实主义

---

① 转引自陈平原：《中国小说叙事模式的转变》，北京大学出版社 2003 年版，第 65 页。

② 吕周聚：《中国现代主义诗学》，人民文学出版社 2001 年版，第 225 页。

③ 罗兰·巴特：《写作的零度》，李幼燕译，时报文化出版企业有限公司 1992 年版，第 36 页。

小说以人内在的意识、情绪、经验为表现的中心，这一类表现对象具有主观性、散乱性、片段性、跳跃性、突发性、非理性等特点，传统的因果线性结构或全知外视角当然难以表现这些对象的真实状况。新的表现对象需要新的叙述技巧，“没有新的叙述技巧，新的内容就无从表现”①，因此，心理现实主义小说在叙述视角的选择上进行了大胆先锋的设计创新，不仅进一步发展了外聚焦的视角运用，还深化了内聚焦视角类型，更进行了多种视角交汇融合的混合视点叙事实验。

相比于其他方面的革新，现代小说理论对真正意义上的视点创新显得兴趣缺乏。虽然在不少小说学的教科书里都具备关于视点的章节，也有关于视点的专篇论述，如夏丏尊的《论记叙文中作者的地位并评现今小说界的文字》、穆木天的《谈写实的小说与第一人称写法》、陈君冶的《谈第一人称写法与写实小说》、高明的《小说作法·视点及形式》等，但是大多只是粗略地给视点分类，在内容上将视点简单化，经常将人称与叙述视角混淆，把第一人称与第三人称作为区分不同叙述方式的重要甚至唯一标准(如汉密尔顿的《小说法程》、清华小说研究社的《短篇小说作法》、谢六逸的《小说作法》等)，进而将人称与主观、客观联系起来，认为第一人称是主观的叙事，第三人称是客观的叙事(如吕思勉的《小说丛话》、孙俍工的《小说作法讲义》、夏丏尊的《论记叙文中作者的地位并评现今小说界的文字》等)。其实，叙述视角与人称在本质上既有联系又有区别，两者与主观和客观也无必然联系，相比于现代小说理论对叙述视角认识的贫乏与混乱，心理现实主义小说在小说创作实践上却进行了丰富、活跃的设计，进行第一人称与第三人称限制性的内聚焦叙事视角实验，以自己的创作实践证实了主观表现的叙述形式的多样性。

心理现实主义小说关注的核心点是个人自我的经验感知，为了能够凸显这一主观“自我”，作家们普遍采用第一人称内视角直接进入

---

① 吕周聚：《中国现代主义诗学》，人民文学出版社2001年版，第226页。

人物内心世界，发掘心灵各层次的流程，拓展自我内心世界的疆域，“我”在此既是叙述的方式，又是叙述的对象，叙述形式与叙述内容高度融合为一个整体。郁达夫主张文学作品是“作家的自叙传”，他的一部分作品便是以第一人称内视角叙写的，《青灯》从“我”的视角出发直陈自我的无用与零余，“我”因一无是处而产生苦闷的精神与孤独的情绪、空虚的心情，“我”因找不到自身的位置而失去存在的价值。在理想与现实的夹缝间，在渴望与胆怯的纠结中，在苦闷与痛苦的重压下，人物的内心独白展示了一个时代的零余者形象。《茑萝行》里的“我”在生活的困境里自怨自艾，在“我”的主观感受中控诉社会的残酷。《薄奠》从“我”的内在视角去体会现实世界，揭示个人在黑暗社会里的无能为力与抑郁悲愤的情绪。此外，《春风沉醉的晚上》《还乡记》《还乡后记》等小说，在叙述形式上也都是第一人称的内聚焦叙述视角。以第一人称作为叙述视角，使主体“我”的情绪意识成为小说的叙事线索与表现内容，“我”内心的矛盾冲突与情绪的起伏流动推导出小说的高潮，而小说也随之呈现出强烈的主观色彩。同时，以“我”的主观性内视角来组织叙事的小说类型，是运用内心独白手法最为典型的一类，以内心独白直接宣泄个体自我的灵魂告白，这也形成了独白体的小说文体形式。

在第一人称之外，郁达夫也采用了第三人称的内聚焦视角，《沉沦》《银灰色的死》《茫茫夜》《空虚》等小说以“他”“于质夫”“质夫”等第三人称为叙述角度，对人物的心灵世界进行大胆剖析。虽然郁达夫使用的是第三人称，但与传统的凌驾于人物之上的第三人称完全不同，前者不是无所不知的冷静的客观叙述，而是对个体内心世界的真挚告白，是对心灵深处隐秘的揭示。无论是第一人称还是第三人称，叙事者的视角始终都根源于人物的内心，小说结构始终以人物的意识流动、主观感受为界，从而突出人物对世界的主观经验。也就是说，心理现实主义小说以对人物的内聚焦叙事视角的实验，突破了当时小说理论对人称视角的机械简单的划分，从而提供了限制视角以不同人称表现主观经验的小说文本。类似郁达夫小说的内视角叙述形式，在很多作家的心理现实主义小说中都有体现，如倪贻德的《玄武湖之秋》以“我”的独白直逼人物灵魂，“我”的内心摇曳起伏，既希冀又害怕，心情反复焦灼，在“我”内心深处的浮想联翩与心灵告白中，“我”的种种怪异行为得到了解释。此外，像早期的沈从文和郭沫若、冯至、丁玲等作家，以及后期的施蛰存、穆时英、无名氏、徐訏等作家也都采用并深入发展了这样的叙述形式。

内聚焦的第一人称叙述视点从个体的感受出发，实现了解放个性、张扬个人的时代需求，而鲁迅对第一人称的使用不仅适应了时代的需求，更显示出对形式创新的卓越理解。鲁迅的《伤逝》以“我”（涓生）的视角讲述故事，揭示“我”内心世界的苦闷，通过第一人称内视角，“我”与子君热恋时的甜蜜与躁动，“我”与子君同居后因物质和精神因素而产生的厌烦与冷漠，以及“我”与子君分手后的空虚、痛苦与悔恨，这种种复杂的心理情绪都真挚细腻地呈现于小说中。鲁迅在叙述视角的实验中，显现出更为深刻的思想。《伤逝》在最表面的“自我告白”叙述层下设计了双重内视角叙事的形式，两个时期的“我”（与子君热恋并同居时期的涓生和一年后经历沧桑后的涓生）的叙述所形成的夹缝与矛盾，使小说摆脱了郁达夫、郭沫若等作家的直白宣泄，而成为一种反讽性结构，显示出更为复杂深刻的含义，小说本身也容纳了更大的阐释空间。《狂人日记》同样也是在双重叙述者的形式下开掘了深广的文本阐释空间，《狂人日记》中有“余”和“我”两个第一人称的视角，钱理群将之称为“双重第一人称”①，文言文小识中的“余”与白话文日记中的“我”，两个第一人称在两种语言形式下所形成的张力为小说带来极其丰富复杂的内涵。“余”的视角表面上是“大众视角”，所以“余”叙述了一个“疯子”的故事，但也正是“余”专门对所谓“疯子”进行叙述的行为，表明了“余”的视角又有别

① 钱理群：《〈狂人日记〉细读》，载《鲁迅研究月刊》1994年第11期。

于大众视角，“余”的叙述视角就显示出一定的客观性。“我”作为被大众认定的“疯子”，从“我”的视角出发所见到的世界就是异化的，叙述语言也是非正常化的。在“余”的正常视角和文言语言与“我”的异化视角和白话语言的双向发展中，两种叙述视角以复调的形式杂糅在一起，形成更具弹性与张力的小说叙述结构。一方面，《狂人日记》开创了中国现代小说第一人称内视角的日记体形式，在当时产生了巨大影响，形成了一批如《莎菲女士的日记》《自杀日记》《女娲氏之遗孽》等颇具影响力的注重主观情绪抒发的日记体小说，第一人称内视角的叙述形式得到广泛运用。另一方面，作为日记体开创者的鲁迅，又以其形式的先锋和思想的厚重而在叙述视角的实验上显示出其卓越性。

心理现实主义小说以人物内聚焦的叙述视角，实现了人物对世界的主观感受的表达。这样一种叙述视角，在传统文学中几乎是没有的，主要是源于西方现代主义小说的影响，心理现实主义小说大师亨利·詹姆斯是世界公认的将传统现实主义引入现代主义的作家，而亨利·詹姆斯之所以能实现向现代主义的转型，一个极为重要的原因就是关于叙述视角的革新，亨利·詹姆斯极为反感传统全知视角所带来的权威感与虚假性，他主张真实地表现个人的经验感受，因此提出了“意识中心”这一极具先锋意识的视角观点，即以某个人物的视角为中心对世界进行观察。萧乾在《小说艺术的止境》一文中对此有着清晰的说明，萧乾认为，像《大使》一类的小说体现了亨利·詹姆斯叙述视点的严谨，小说完全由作者选定的人物出发，“凡是他所没听到的，他所没看到的，便都不放进去”①。亨利·詹姆斯的视角理论在西方引起了很大反响，其相关理论以及受其影响的西方作家的作品在20世纪初都被引入中国，因此也对中国心理现实主义小说叙述视角

① 萧乾：《小说艺术的止境》，见钱理群编：《二十世纪中国小说理论资料》(四)，北京大学出版社1997年版，第424页。

的革新产生了影响。鲁迅的《在酒楼上》《孤独者》等小说，都采用“我”这一视角进行叙述，但“我”并非故事的主人公，而只是一个旁观者，因此“我”只能叙述自己的所见所听，而不能如全知叙述者那样凌驾于人物之上无所不晓，从而使“我”的叙述带有一定程度的客观性。然而，又由于“我”与主人公有着相似的经历与体验，有着类似的心路历程，“我”能在一定程度上感受主人公的内心世界，因此，在“我”的叙述又带有某种主观色彩，而主人公的内心世界就在“我”的限制视角中时隐时现，小说因而也营造出丰富多样的美学效果。

徐訏的小说大多是第一人称内视角叙事，“我”可能是主人公，也可能只是旁观者或见证人，小说以叙述者“我”的视角去看去听，直接呈现的只是“我”的感受，而对于其他人物只能臆测，徐訏的这种叙述视角与亨利·詹姆斯的代表作《使节》(又译名为《大使》)极其相似。《阿剌伯海的女神》《精神病患者的悲歌》等作品以主人公“我”的内视角讲述自己的奇缘。《风萧萧》不仅讲述主人公“我”的故事，而且还从“我”的视角出发，根据“我”的道听途说或推测来讲述其他人的故事，叙述视角始终都集中在“我”的身上。无名氏的《无名书稿》也是以主人公印蒂的视角来展现他所感知的世界。施蛰存、穆时英、刘呐鸥等小说家同样热衷于在人物的限制性内视角中探寻个人的内在世界。在西方现代主义小说理论及样本的影响下，中国心理现实主义小说对叙述形式进行了大胆先锋的创新，但它又不同于西方现代主义小说执着于始终采用内视角并将视点聚焦在人的潜意识领域，而是将外视角与内视角结合使用，内聚焦与零聚焦相互补充，既展现了人物内心世界的丰富性，又避免了因人物意识印象的散乱破裂而造成意义的艰深晦涩，人物的内心世界与外部世界也因此被融合为一个整体。

在对内视角的开拓上，除了结合外视角的帮助外，心理现实主义小说还进行了“混合视点”的形式实验。废名的《桃园》是典型的混合视角叙述，小说首先以零聚焦的第三人称视角构架起作品，对阿毛父女俩的生活状况及桃园进行相对明晰的交代，随着情节的发展，零聚焦的外视角转向了阿毛与王老大的内视角，在不断转移的视角中，小说形成大量的信息空白点，显得朦胧模糊，小说的审美空间也因此得到延展、扩张。汪曾祺的《待车》里通过“我”与车夫不同的内视角，在大量的“我”与车夫的交叉内心独白与跳跃的意识流动中，表现知识分子飘忽茫然的心态。《复仇》在叙述者与主人公的双重视角的交叉之间，表达了人物潜意识的波动流转，复仇者开始对原先笃定的复仇产生怀疑与倦怠，在深层意识里生起了放弃的念头。在面临替父报仇的使命与自我内心的自由追求的两难困境中，显现出痛苦的灵魂挣扎。

在“混合视点”上进行更为大胆实验的，包括穆时英、刘呐鸥、叶灵凤等小说家。叶灵凤的《紫丁香》随着“我”的视角与“她”的视角的频繁高速转换，显现出陌生化的形式美。穆时英的《黑牡丹》的叙述视角不断在“我”、黑牡丹、圣五三人之间转换，且三人都使用内视角第一人称“我”进行讲述，每一个“我”所见、所听、所感都不同，众多的“我”所形成的叙述迷阵为小说带来新奇感，也使小说更加立体、丰富。在《五月》中，作者交替使用了 4 个人物的内视角，不仅揭示了每个人物的内心世界，还通过交叉视点透视了女主人公蔡佩佩的多重性格与复杂内在世界。由多个人物的内视角组合而成的“混合视角”，借助视角的跳跃转换，能够使叙述得到多层面的延展，从而使叙述空间立体化，摆脱单向度的呆板的叙述方式，多向度地暗示现代人的现代心理情绪。

穆时英、刘呐鸥等都市小说家们采用人物内视角直接表现都市人的直觉感受和情绪流动，人称视角高频率的穿插转换，使得他们小说的叙述形式显现出极其开放的姿态。然而，由于都市作家们有时刻意寻求形式的创新，以至于形式压倒了内容，频繁变换的叙事视角在标新立异的同时，也可能造成审美疲劳。在汲取都市作家叙述形式实验的成果和缺陷的基础上，卞之琳对小说的叙述形式进行了颇具匠心的成熟运用。卞之琳的《山山水水》中体现了作者极为自觉的视角意识，而这样一种视角认识来源于卞之琳极为熟悉的亨利·詹姆斯。亨利·詹姆斯强调个人对世界的主观经验，因此在小说中开创了“意识中心”的视角理论，即设置一个具有洞察力的人物(“意识中心”)，通过“他”或“她”的所想、所听、所感来进行故事的叙述。卞之琳将亨利·詹姆斯的这一著名理论运用在小说《山山水水》中，同时又突破了亨利·詹姆斯限制视角的刻板规定，对其进行大胆创新，从而形成了灵活独特的视角形式。作者在第一、三卷分别以女主人公林未匀和男主人公梅纶年为“意识中心”，从他们的角度分别叙事，第二、四卷则由男女主人公共同担任“意识中心”，并在某些情况下插入全知全能的视角。通过这样的视角变换，《山山水水》汲取了“意识中心”与“混合视角”的优势，而避免了视角严格限制或频繁转换所带来的缺陷，将丰富的外部世界转换为中心人物繁复的内在感知，表达具体鲜活的个人对存在的思索。在叙事形式的构建下，卞之琳以不同的视角阐发了不同中心人物对时代和社会的抽象哲思，在形式中传达自我对世界的感知和思考。

第五章　心理现实主义小说的审美特征

心理现实主义小说开拓了向人的内面世界深掘的新主题，为了能够更细致地呈现个人在时代变迁中的幽曲复杂乃至晦暗不明的灵魂天地，作家们在借鉴西方现代主义技巧的基础上进行形式的实验，配合着新主题创生了新形式。而新的主题表达与新的形式展现必然促使新的审美情感的产生。心理现实主义小说的目的并非在于以曲折的情节、离奇的事件或是高姿态的政治宣扬来勾起读者戏剧性的或昂扬激愤的审美情感，而是通过探索个人内心领域，呈现曾被漠视且现在仍被压制的人性的多样面，彰显个人化经验中的主体性，同时在读者灵魂深处形成心灵层面的情感对应。这一艺术追求使心理现实主义小说展示了别样的文学景观，文本呈现出独特的审美特征，从而扩大了审美经验的领域，刺激人们的审美情感走向新的境界。

第一节　奇异的怪诞之美

中国传统文化的主体是儒家的道德规范，儒家强调“乐而不淫，哀而不伤”的中庸之道，要求人们在克己复礼的规范下行为处事，中华文化包括审美追求、审美趣味、审美思维等在内的心理特征也在此基础上不断被强化和规范。在两千多年的漫长历史中，人们将“中庸”“中和”奉为生活和艺术的至高审美标准，人伦道德规范的强化形成了强大的深层审美心理沉淀，“止乎礼义”“乐而不淫，哀而不伤”成为艺术本能的审美尺度，这种渗透着浓烈封建礼教规范要求的美学思维严酷地扼杀了正常的人性要求，人们在“克己复礼”“温柔敦厚”的美学氛围里安然地自我麻痹。在这一思维框架下，古典小说总体上呈现温和敦厚的美学特征，儒家强调的高雅礼仪便形成了呆板僵化、缺少生命的小说面相。而出现于“五四”以后的心理现实主义小说，在新知识框架和新人学观念的支撑下，倾听个人心灵的呐喊，迷醉于欲望与颓废之中，表现惊世骇俗的心理，运用变幻不定的光影，营造阴暗恐怖的氛围，心理现实主义小说抛弃传统虚假的高雅与温和，表现出与传统小说迥异的审美追求，“怪诞”成为其突出的审美特征。

中国心理现实主义小说以怪诞为美学追求，很大原因是受到西方心理现实主义小说的影响。在20世纪初就被翻译进中国的爱伦·坡，其小说就呈现出一种典型的怪诞之美。爱伦·坡重视对怪诞美的追求，他认为“凡精妙之美皆有其奇特之处”，宣称要“把滑稽提高到怪诞，把可怕发展到恐怖，把机智夸大成嘲弄，把奇特变成怪异和神秘”①。在爱伦·坡的小说中，美总是与梦魇、恐怖、死亡联系在一起，从而呈现出一种怪诞的美学氛围。《泄密的心》渲染了病态的“我”在行凶过程中神秘而又恐怖的心理，小说中多次出现的老人“鹰眼”的蓝光与不可控制的心跳声，鲁迅在《白光》《狂人日记》中也有类似表现，两者都展现出奇异怪诞的氛围。《红死魔的面具》《厄舍屋的倒塌》等作品以色彩的神秘象征、故事的离奇诡异、氛围的恐怖压抑，将读者领进一个个怪诞异常的世界。亨利·詹姆斯的小说也呈现出怪诞美的追求，尤其是后世争议最大的作品《螺旋之旋》(又名《螺丝在拧紧》或《螺丝扭》)，以哥特式的恐怖怪诞紧紧抓住读者的内心，让读者的情感和内心也犹如不断拧紧的螺丝，紧张得透不过气来。小说的女主人公“我”是一位家庭女教师，受聘到布莱庄园照看两个孩子，但在庄园里“我”不断与两个鬼魂相遇，整个庄园笼罩在恐怖猜

① 盛宁：《二十世纪美国文论》，北京大学出版社1994年版，第17页。

疑的氛围中。小说中没有其他鬼怪故事里常见的阴风鬼面，亨利·詹姆斯强调的是源于人内心的恐怖感，在对内心恐怖感的渲染中，小说展现出怪诞奇异的格调。爱伦·坡、亨利·詹姆斯等作家的怪诞审美追求对很多心理现实主义小说都产生过影响，比如极为喜爱熟悉爱伦·坡的陈炜谟，不仅撰写评论文章介绍爱伦·坡，还在自己的小说创作中极力模仿爱伦·坡的美学风格。《西风吹到枕边》以一个怪诞的梦境来写人生的悲哀，在其结尾处，小说甚至刻意以爱伦·坡的小说来营造怪诞恐怖的氛围："一醒转来时，只见案上的油灯已经燃到最后一滴了，屋子里阴黯黯的，令人想起爱伦·坡的恐怖故事的背景来。"(陈炜谟《西风吹到枕边》)小说《悼——》也显示出陈炜谟在怪诞美上对爱伦·坡的着意模仿，小说中的"我"是一个神经质的人，"我"头脑中有着无数怪异的想法，"因为在那里有许多恐怖的，怪诞的幻像等着我，使我颤慄，头晕，甚至于疯狂魔症"(陈炜谟《悼——》)。"我"的恋人秀也显示了爱伦·坡小说中女主人公带有病态的怪诞美特征，秀有娟秀的容貌，和悦的微笑，羞讪却动人的两颊红晕，但秀又是一副营养不良的苍白模样，在"我"的冷漠下抑郁而终。在小说结尾，"我"变卖家当维持生计，"到了最近，所剩得的，只是一厚册的 E. A. Poe 的故事和三四本 Strindberg 的剧本了，对于这两位我平时最挚爱倾折的先贤，到了此时，无论如何，也是实在不忍放弃"(陈炜谟《悼——》)。施蛰存的《妮侬》是"一篇完全摹仿爱伦坡"①的小说。《妮侬》充满了爱伦·坡风格的神秘感和怪诞感，小说描写了"我"初识爱情时的甜蜜、得到爱情时的厌憎，这几种情绪交织在一起，让我陷入神经质，尤其是在神经质的"我"的眼中，妮侬的死带来的是残酷又奇异的美："我亲看着她火炎的唇，火炎的脸，

① 施蛰存：《我的创作生活之历程》，见《施蛰存七十年文选》，上海文艺出版社 1996 年版，第 56 页。

它们是这般地红，这般地可怕，啊，我不知将找什么来比拟这怪异的色彩，但是，还有更红的，更红的血从她薄薄的唇间不住地滴下来，滴下来，啊，那红，那红，从唇边滴下来，如殒逝的星，如飘下枯枝的蔷薇，如黄金海仑胸前的宝石滴下着光芒。”(施蛰存《妮侬》)原本令人心生恐惧的死亡，在作者笔下竟然化为一种残损却妖艳的美，象征着生命流逝的鲜血，奇异地与鲜艳的蔷薇、闪发光芒的宝石融为一体，美与恐惧共存，形成一种怪异的美感。而施蛰存的《凶宅》《夜叉》《魔道》等细腻表现人物内心惊惧感与荒谬感的小说，在恐怖气氛与怪诞美的营造上则与亨利·詹姆斯的《螺旋之旋》有着极大的相似之处。

西方心理现实主义小说所追求的怪诞美，有其形成的深刻原因，是一种时代精神的产物。19世纪肇始，科学的大力发展摧毁了西方的宗教信心，但却未能给人们建立起新的信仰，物质文明的急速进步反而给人们带来无尽的空虚与恐惧，人们的心灵世界出现反常与病态。作家作为比普通人更敏感的一类人，常常感到现实世界到处是丑陋、残酷与堕落，他们为此而深感痛苦与绝望，而这样一种内心感受呈现在文学领域中就是怪诞，作家们以扭曲、变形的方式诉说着他们对世界的主观感受，在怪诞的审美风格中表现世界的另一种真实。正因为如此，爱伦·坡、亨利·詹姆斯等作家才热衷于在小说中以扭曲、怪异的方式来表达自己对世界的主观认识。中国心理现实主义小说之所以能在一定程度上接受并汲取西方的怪诞美，也正是由于中国社会现实的荒诞丑恶、时代的巨大变动、社会的混乱波动、生活的颠沛流离、思想的颠覆震动，作家们面临着诸多人生际遇的困境，“当一个个体在他的现象世界的主要领域感到受一种无力感重压时，我们可以说这是一种吞噬的过程。个体感受到外在的侵蚀力的支配，而这是他所不能反抗或超越的。他常常感受到要么是受夺去他所有的自主性的强制力所纠缠，要么是处在一种大动荡中为一种无助所缠绕”①。深陷理想与现实撕裂漩涡的作家们时时体验着“无力感重压”和被“吞噬”的苦痛，强大的现象世界使主体不断落入迷茫、无助、困惑、孤独等织成的铁网中，怪诞便源于对这铁网的难以挣脱。一方面，现实世界如此荒诞不经，清晰理性的方式不再能表现作家们对世界含混暧昧的感受，他们只能以扭曲变形的形式来揭示世界的荒诞；另一方面，怪诞既是小说扭曲变形后显示出的审美风格，又是作家反常与病态精神世界的表现，正是在作家个体的精神危机中，他们才以怪诞的视角来观察感受这个世界。

在剧烈动荡的时代中，敏感的作家们更易遭遇精神危机，甚至出现精神分裂。比如崇尚“自我表现”的郁达夫，作为转型时期的敏感文人，他既有着执笔行天下的豪气，有着“先天下之忧而忧”的文士气节，又有着因国族的落后而自卑颓唐的心态，有着被世人隔绝的孤苦，因而他在某种程度上成为社会的“多余人”，这一身份又加深了他的敏感痛苦。郁达夫个人内在心理上的复杂对立因素，以及个人个性与外在环境的冲突，导致了他的精神危机，他深切地体验着精神世界的矛盾撕扯，分裂的灵魂与苦闷的心灵让他只能以非理性的视角审视世界，以变形夸张的方式表现世界的荒诞，从扭曲变形的视域出发，最终凝聚为小说以写“恶”为主的怪诞的审美风格。穆时英也是一位有着反常心理的作家，他生活在现代中国最为繁华的大都市上海，既经历着中国最繁华、现代的生活方式，又目睹着中国最贫穷下层的存在，所以，他一方面尽情地享受着现代都市生活，另一方面也被现代都市物质生活所异化，他的精神世界也处于危机之中。刘呐鸥、施蛰存、叶灵凤、杜衡等作家，甚至包括鲁迅，诸多作家在大变革的时代深陷精神危机的泥潭，心灵体验着世界的荒诞所带来的痛

① ［英］安东尼·吉登斯：《现代性与自我认同：现代晚期的自我与社会》，赵旭东、方文译，生活·读书·新知三联书店 1998 年版，第 227 页。

苦，这些痛苦既是作家主体经验上的真实存在，又为其创作小说提供了丰富的来源，他们将荒诞的世界进行怪诞的审美关照，创作出迥异于传统的审美风格。

自从《沉沦》问世以来，许多批评者都着眼于小说家毫无顾忌地对自我内心的真诚坦露，小说中对主人公赤裸甚至可以说是丑陋的欲望心理和行为的展现，在当时的文坛引发了巨大震动，称赞者有之，批评攻击者有之。之所以会出现这样的批评现象，其根源就在于《沉沦》之类的小说坦荡地将以往被视为恶的丑的、羞于启齿的人内心深处的自然欲望作为堂堂正正的审美对象，在审"恶"的过程中赋予其美学意义。郁达夫在《艺术与国家》一文中指出："艺术的价值，完全在一个真字上，是古今中外一例通称的。""将天真赤裸裸的提示到文明的五官前头来，便是最好的艺术品。"①对人的内心领域作真实的反映，了解作为全面的人而非仅仅关涉物质方面的半个人的存在，意识到人的尊严和价值，这就是恢复了被传统文化乃至现代宏大叙事僵化了的审美的能动性，对心灵"恶"与"丑"的关注并不使小说丧失美的价值，这正如日本恶文学的推崇者永井荷风所言："并不卫生的食物才有它的风味。"②正是小说这种"哀而伤""乐而淫"的怪诞审美特点，强行给读者业已习惯的审美思维撕开一个大口，提供了另一个全新的审美境界。

郁达夫在很多小说中都专注于对"恶"的玩味与审视，追求一种因凸显"恶"而形成的怪诞风格。《茫茫夜》中的于质夫深受灵肉冲突的折磨，生理与心理上的本能欲望不断叫嚣着想要突破理性的束缚，为了纾解性的苦闷，于质夫假借买香烟之名骗来女店主用过的一根针和一块手帕，回来后立即闩上房门，把这两件"宝物"掩在自己的鼻息间，陶醉地深吸一通手帕上的香气。可是这还不能满足他的欲望，

---

① 郁达夫：《艺术与国家》，载《创造周报》1923 年第 7 号。

② 转引自桑原武夫：《文学序说》，孙歌译，生活·读书·新知三联书店 1984 年版，第 189 页。

他又在自己的颊边狠命地刺了一针，欣赏着浸湿在手帕上的自己猩红的血迹，于质夫感到全身都浸透了一种快感。《过去》中的李白被自己喜欢的老二虐待后，不仅不生气愤怒，反而还因被打产生了“不可名状”的欲望快感，李白寻找机会让老二将他打得脸颊红肿、脖子青紫，他享受着被老二用尖尖的皮鞋狠踢的疼痛感，在幻想着咀嚼吮吸老二脚趾的场景中自我满足。《她是一个弱女子》《沉沦》《十三夜》中变态性欲的铺陈让人深感惊骇，他们都是在病态心理中沉浮的畸形儿。这一类型的心理现实主义小说一反温情脉脉的美学传统，也极大区别于宏大主题下对“大写的人”的审美追求，它们摒弃对人作高洁、崇高、伟大的描述，而是任凭激情喷涌，夸饰地表现自己的迷狂，读者从中接收到的是带着剧烈刺激性的审美讯号。这些病态的灵魂是社会重压下的扭曲生命形态，他们深层心理中看似丑恶的内容犹如一面镜子，折射出旧中国的黑暗以及真实人性的多面像。雨果早已告诉我们，“丑就在美的旁边，畸形靠近着优美”，正是这种“病蚌成珠”的怪诞美，才形成可能更为震撼人心的审美效果。

作家内心世界的反常致使他们以扭曲的形式来表现世界，将外在世界在人内心形成的异化心灵镜像赋予审美意义。翻开《都市风景线》，里面描绘了一幅幅让人内心世界感到摇动、感到怪异的都市画面，五光十色的灯光、红绿光亮的酒杯、石榴色的嘴唇、火焰似的眼光，在这些内心体验到的不停晃动的画面中，是令人头晕目眩的快节奏，充满了欲望与诱惑的世界。都市的外表是如此绚烂美丽，“一点也不露着粗鲁的样子”，但它的内里深处却处处是污浊丑陋，“弥漫着酒精、汗汁和油脂的混合”，在光鲜与龌龊的光影交错中，人们感到“好像入了魔宫一样”，作者心中的“都市风景线”也正是一座既吸引人进入，又让人感到不安的怪诞“魔宫”。大都市物化了的世界极具诱惑而又如此怪异，《夜总会里的五个人》描绘了一个色调晃人的都市：“红的街，绿的街，蓝的街，紫的街，……强烈的色调化妆着的都市啊！霓虹灯跳跃着——五色的光潮，变化着的光湖，没有色的光湖——泛滥着光湖的天空，天空中有了酒，有了烟，有了高跟鞋，也有了钟……”扭曲破碎的光影交叠，犯冲混乱的色彩杂糅，无拘无束的线条狂舞，这些原本扭曲、矛盾的因素被拼接在一起，让读者在怪诞感受中产生出全新的审美感受。《上海的狐步舞》里是迷离错乱的都市感受：混杂了香水味、酒味、烟味以及食物的社交场合，圆桌、翡翠坠子、胳膊、女人的笑脸、男子的衬衫白领、裙子、袍角、鞋跟等无数的物体像快速转换的幻灯一样运转，又像是图片被剪成数不清的碎片从天撒落，让人眼花缭乱，目不暇接。《墨绿衫的小姐》《夜》《游戏》《被当做消遣品的男子》等作品，在喧哗与靡丽、浮嚣与疯狂中，表现的是人扭曲的灵魂与倦怠的精神，最终又凝聚为怪诞的美学呈现。施蛰存在《魔道》《夜叉》《凶宅》《旅舍》中刻意营造黑暗恐怖的氛围，专注于表现个人幽冥阴暗的梦魇世界，在虚妄怪异的幻觉中揭示知识分子惶惑的心灵世界，作品同时也显示出一种怪诞美。

都市被异化的灵魂，信仰缺失，道德泯灭，被醉生梦死、放纵堕落的生活不断诱惑，精神的病态进而愈加严重。心理现实主义小说将这些荒谬怪异的内容作为自己审视的对象，本身就传达出了新的审美眼光与审美视野。在对这种异化丑恶的病态灵魂进行表达的过程中，都市的繁华糜乱以错乱无序的方式呈现，乱人心智的物象、绚烂迷离的色调、眩惑人心的肉感、使人亢奋的声响，这些内容像狂风中无数的碎片朝人涌来，节奏快得让人几乎难以承受，在幻觉、白日梦、想象、内心独白、潜意识等形式的构建下，这些病态的丑恶完全悖反了传统典雅端庄的美学标准，而呈现出肆意放纵、新奇怪诞的现代审美特征。

怪诞是作家对现实世界的一种扭曲的认知，但也是作家对现实的疏离与反抗。笼罩在作家心头的那张不可挣脱的铁网虽然让人恐惧又无望，但作家们终是以“怪诞”这样一种奇特的方式疏离并反抗生存的荒谬，在异常的风格中纾解心灵深处的茫然与痛苦，并以独特的方式嘲弄现实的丑陋。怪诞以与常态美相对的形式表达人类生命的丰富性、多样性，通过奇异的美学风格彰显生命的抗争，“就像珍珠，原来只不过是可怜的牡蛎身患的一种病瘤”①，这种“病瘤”以刺激人心的否定方式，揭示了生命的力感。黑格尔在《美学》中强调过，凡是始终都只是肯定的东西，就会始终都没有生命，生命是向否定以及否定的痛苦前进的。心理现实主义小说怪诞美的审美特点正是向着反常的否定方向，为已经常规化的审美情感带来令人惊奇的陌生化效果，为中国现代小说带来审美震动。

第二节 追求诗性之美

新的西方思想和眼前的山河动荡，让心理现实主义小说家们对古典文学极端的“善”的美学追求掀起了叛逆的大旗，他们悖反传统“乐而不淫，哀而不伤”的审美思维，向着人深邃而复杂的主观经验世界挖掘，展现人的心灵图景，将以往被视为丑陋的、怪异的内容作为作家审美的对象，在“病蚌成珠”中形成新的审美画面。这种对传统的悖反一方面是对“伪善”的反抗，另一方面是出于文学自身发展的需要。然而，这并不是说心理现实主义小说与传统审美特征的彻底决裂，相反，心理现实主义小说在悖反传统的同时，又深深印刻着中国传统文学的美学特征。心理现实主义小说探究的是人的内在灵魂世界，揭示的是个人在主观经验基础上的真实情感、情绪以及意识和潜意识的流动，这在一定程度上与古典文学的诗性抒情传统相契合，因此，传统文学中对诗性美的追求延续为心理现实主义小说的一大审美特征。心理现实主义小说对诗性美的追求是对中国古典文学抒情传统的延续，但这又并非对古典小说的模仿。心理现实主义小说是现代小说形式的一种，在承续传统的同时，它在相当程度上借鉴并吸收了域

① ［德］海涅：《海涅文集·批评卷》，张玉书译，人民文学出版社2002年版，第113页。

外现代主义小说及相关小说理论，尤其是西方心理现实主义小说的诗性化追求，为中国心理现实主义小说在美学上带来新的质素，使中国心理现实主义小说家们能在接受了西方现代主义文学精神的洗礼之后，以一种新的眼光和态度重新审视并融合中西方文学的精髓，从而使小说呈现出超越传统的具有丰富现代性意义的诗性审美特征。

亨利·詹姆斯认为，现代小说应该具有一种“诗”的品格，在《金碗》的前言里，亨利·詹姆斯以“诗人”一词来涵盖小说家，主张“诗人”(小说家)要具备一种“情趣”，而这一“情趣”就是“对生活的积极的感觉”，只有通过诗的方式把握了这一“情趣”，才能把握住“一条通往他那错综复杂的整个意识迷宫的银色线索”。① 在《屠格涅夫与托尔斯泰》一文中，亨利·詹姆斯根据自己的观念，称赞屠格涅夫小说中最为高明的是由“精致入微的诗的氛围”②所形成的小说效果，在“诗的氛围”中，屠格涅夫将个人内心的一切感受都表现了出来。利维斯在《伟大的传统》一书中称亨利·詹姆斯是一位表现“内心最深处的东西”的“诗人小说家”，利维斯认为，亨利·詹姆斯通过对诗歌中象征手法和诗性语言的运用，将“内心最深处的东西”诉诸读者。③ 亨利·詹姆斯对小说诗性的认识对西方心理现实主义小说有深远影响，其后的相关小说家在不同程度上都主张小说的诗化。他们在小说中的诗性化追求，根源于其对小说的独特理解，西方心理现实主义小说是对传统现实主义小说的叛逆，心理现实主义小说家们认为，世界不再是一个可以被人自信掌握的有序整体，他们认为，世界处于失去中心的分散状态，因此，以往那种注重顺序讲所谓客观故事的方式是虚假

---

① [美]亨利·詹姆斯:《小说的艺术——亨利·詹姆斯文论选》，朱雯等译，上海译文出版社 2001 年版，第 354 页。

② [美]亨利·詹姆斯:《屠格涅夫与托尔斯泰》，载《文艺理论研究》1982 年第 2 期。

③ [英]F. R. 利维斯:《伟大的传统》，袁伟译，生活·读书·新知三联书店 2009 年版，第 167 页。

的，只有个人在这个分散世界中的片段性感受和心理才是真实的。J. 弗里德曼在《象征主义小说：从于斯曼到马尔罗》中分析认为，亨利·詹姆斯、普鲁斯特、康拉德、伍尔夫、乔伊斯、福克纳等作家们不再像简·奥斯丁、屠格涅夫等前辈一样强调事件的顺序性与叙述的完整性，他们"更愿意分解叙述，把经验切割成小块的时间，通过重复出现的意象和象征"来连接经验，揭示个人的心灵状态。① 这样一种对小说的认知，使其在探索心理世界之时革新了对小说的定性以及由此带来的现代美学体验，伍尔夫认为，将来的小说会"具有诗歌的某些属性"②，以之来表现现代心灵。西方心理现实主义小说家们运用隐喻、象征、意识流、空间拼贴并置等方式，以诗的具有生命性质的跳跃性思维与表达方式来走入人的内部世界，以之达成对无序世界的诗性表述。

从亨利·詹姆斯到伍尔夫、乔伊斯，这些西方小说家关于小说诗性的观念和创作实践在现代中国得到较为广泛的传播，虽然中、西方文化中对"诗"的认识存在一定差异，但两者在诗性化中的抒情性、意象性、象征性等特征上有着共通点，这就为中国吸收并融合西方现代主义小说奠定了基础。西方带有诗性色彩的表现人的内心世界的小说在中国的译介，使得中国心理现实主义小说在一定程度和范围上吸收了西方诗性化特质。瞿世英在概括中外现代小说的基础上指出，"现代好些小说家便喜欢用'诗的'字句"的创作特征，接着，他借斯蒂芬的话说出了值得小说家玩味的内容："小说家是立足在诗与散文之间的，好的小说应当是用诗浸透了的散文。"③周作人凭着自己理论上的敏锐洞察力，在"五四"时期就捕捉到小说诗性化的趋势，在翻

---

① ［英］马·布雷德伯里、詹·麦克法兰编：《现代主义》，胡家峦等译，上海外语教育出版社 1992 年版，第 423 页。

② ［英］弗吉尼亚·伍尔夫：《论小说与小说家》，瞿世镜译，上海译文出版社 1986 年版，第 251 页。

③ 瞿世英：《小说的研究》（上篇），载《小说月报》1922 年第 13 卷第 7 号。

译库普林的《晚间的来客》时，周作人提出了注重“感情的传染”的“抒情诗的小说”。① 心理现实主义小说由于专注于对人的内在世界的深入，更加强调对诗性特征的贯通融合，以至于萧乾在分析心理现实主义小说的开拓者亨利·詹姆斯时，称赞他不仅将小说“由粗推到了细，更是由浅推入了深”，乃至将小说“抬到诗的境界”。②

人的内心世界如此多变复杂、幽微难辨，具有逻辑条理特点的叙述性语言是无法展现真实的主观经验与心灵流动的，而打破了日常生活逻辑的诗性话语却具有更加切近人飘忽不定的内心的功能。而且，诗性化象征意象、意蕴的构建同样能极大地为主观经验的呈现助力，以其深富含义和韵味的功能将原本难以把握的内在世界以具象的形式展现出来。在诗性话语的运用与意象意蕴的营造中，心理现实主义小说在古今、中外两个维度上实现了与诗性美的对接。

一、诗性化的语言

中国古代哲学强调对事物本质和规律的把握，而对语言却相对轻视，庄子的“得意忘言”就是最为典型的例子，语言在此更多是作为认知的工具而存在的。随着认识的日益深化，人们意识到思维必须通过语言来显现，而语言在显现思维的过程中不断彰显自己独特的美学意义，语言不仅具有表达思维的工具作用，其自身的存在形态就具有独立的价值意义。正如德国哲学家卡西尔所指出的，语言不是简单的认知工具，而首先是一种“实体性的存在和权利”，“语词首先必须以神话的方式被设想为一种实体性的存在和力量，而后才能被理解为一种理想的工具，一种心智的求知原则，一种精神实在的建构与发展中

① 周作人：《〈晚间的来客〉译后附记》，见严家炎编：《二十世纪中国小说理论资料》(二)，北京大学出版社 1997 年版，第 91 页。

② 萧乾：《詹姆士的四杰作：兼论心理小说之短长》，载《文学杂志》1947 年第 2 卷第 1 期。

的基本功能”。① 文学是一种只能依靠语言文字才能存在的艺术，优秀的作家必须赋予语言以个性的独特的形式，才能真正传达出自己的主旨。心理现实主义小说以内心探索为主旨，日常的或逻辑性的语言难以触及心灵深处的波动，感性体验本身是无法用规范性的语言来进行解说的，只能以具有诗性特征的语言来描绘灵魂领域的图景。

新文化运动开展的重要支撑是西方文化思想，而西方文化思想的根源是古希腊的“逻各思”，这种以理性或理念为认知中心的思维方式同样广泛地哺育了“五四”作家的精神成长，科学主义成为“五四”作家进行启蒙的思想武器，而后左翼文学兴起，其指导性纲领《共产党宣言》更是被韦伯称为“一流的学术论文”，文学对科学精神的追求更加强烈，即使对“科学”的理解在不同时期有所差异，但这并不影响文学对“科学”的向往、热情。在这样追求“科学思维”的趋势之下，中国现代文坛充斥着大量的科学理性话语。科学性的文学语言，在一定范围内有其存在的合理性与必要性，毕竟科学性的思维需要相应的语言形式来呈现，但文学终归与科学差异巨大，且当这种范围被人为性地极度扩张，就会使语言陷入政治写作的泥潭，其后果是“日渐把人锻制成一条由概念连接而成的逻辑锁链，这条锁链反过来又牢牢套住了人的思维、人的心灵，从而令自己成为奴隶，沦为工具”②。不管是日常语言，还是所谓科学性的语言，它们的指称都是单一的，其存在的意义主要是单纯的表意功能。相反，诗性化的语言以自身的个人性、跳跃性、非功利性，超越日常语言的工具性，唤起人们的陌生感与惊奇感，诗性语言“以与现实性异在的方式摆脱逻辑和概念，摆脱指称，获取自己的独立，同时也放弃语言对人的控制和奴役，以主体的方式与人一道迈进审美之境”③。诗性化的语言虽然也具有指称

① ［德］恩斯特·卡西尔：《语言与神话》，于晓等译，生活·读书·新知三联书店 1988 年版，第 83 页。

② 马大康：《诗性语言研究》，中国社会科学出版社 2005 年版，第 82 页。

③ 马大康：《诗性语言研究》，中国社会科学出版社 2005 年版，第 82 页。

性，但由于诗性语言凝聚了主体真挚深厚的体验，且诗性话语突破了日常话语的规范，形成能指与所指间的含蓄多意的张力性，诚如马尔库塞所言，诗性的话语方式“不是，也不可能是一种工具主义语言，也就是说，不是革命的工具”①。心理现实主义小说在对心理世界的开拓中，将个人的感知置于中心地位，而个人的感知是富有生命力的，是生命精神的存在，探求内心的最终目的即是达到审美化的生存状态，在这一层面上，心理现实主义小说对语言诗性美的追求与海德格尔的“诗意的栖居”有着共通性。

小说是叙事的艺术，心理现实主义小说作为小说的一种，当然也将叙事话语置于首位，但当主体(作者、叙述者或人物)心理与外在现实复杂无序的生活交织碰撞在一起，或者是主体内在世界还能寻到线索的意识与难辨幽微的潜意识冲动纠缠在一起，这些主体精神世界的内容反映到叙述语言层面上，往往只能借助更为复杂奇异的语言形式才能将之表现出来。心理现实主义小说由于探索千头万绪的心灵变动的需要，其语言的所指模糊化，表现的功能大大突出，为了彰显主体的心理情绪感受，往往采用诗歌的语言形式来表现主体的心绪，以求达到言有尽而意无穷的美学效果。此外，心理现实主义小说还打破语言的常规，追求一种陌生化的语言呈现方式，以之产生某种特殊的节奏与韵律来应和心灵世界的波动起伏。这种种语言策略的采用使负载了极大内心表现功能的语言凸显到文本前台，夺人眼球地展现其形式之美。

心理现实主义小说表现的对象是主体的内在感知，从而形成了从外在叙事向内在抒情的转变，这一根本性的转变使其在一定程度上呈现出诗歌语言的美学氛围。“五四”时期的心理现实主义小说大多抒叙了主体的感伤情绪，为了更为深切地表达主体心理世界的感伤体

---

① ［美］马尔库塞：《审美之维——马尔库塞美学论著集》，生活·读书·新知三联书店1989年版，第115页。

验，以引用中外诗歌的方式来抒发情绪是许多心理现实主义小说惯常采用的策略。倪贻德的《花影》在文首就以小诗营造出“花谢花飞飞满天，红消香断有谁怜”的诗性氛围，在不断强化主人公的感伤情绪后，最终小说以李煜的“落花流水春去也”作结。《下弦月》的主人公在看到月下幽静的景色之时，内心的情感让他情不自禁地吟咏李煜的词“数声和乐到帘栊”。中国古典诗歌讲究含蓄，以古典诗词来抒发自我的情绪，不仅在蕴意上更为深厚，在形式上也呈现出古典诗性美的特征。除了运用古典诗歌外，也有不少心理现实主义小说运用在表现情绪上更为直接的外国诗歌来抒发自己的内心体验，其中最为突出的就是郁达夫，对此，李欧梵评价说：“《沉沦》、《南迁》、《银灰色的死》包含大量的对德国和英国浪漫主义作家的引用。与一般五四作家引用西方文学不同，郁达夫不是仅仅停留在表面的引证上，或认同西方作家并以此为榜样，而是把他喜爱的西方文学作品注入自己作品的内容和形式之中。”①在《沉沦》中，郁达夫穿插了海涅的诗歌和华兹华斯的《孤寂的高原刈稻者》。在《南迁》中，主人公与O小姐在海边散步，O小姐唱起了歌德的《迷娘的歌》，《迷娘的歌》寄寓了迷娘对意大利的关于自由与幸福的向往，而郁达夫在《南迁》中对此诗的运用，源于两者共同的对于生命个体情怀的感知，更进一步乃是两者对诗意生存的共同憧憬。于是，在思想内蕴表达的过程中，诗语言的真挚感情和节奏韵律等因素构筑的美学氛围也营造出来了。《银灰色的死》的主人公得知自己所爱的女孩即将嫁给别人，便以德文诗《坦好直》来表达自己孤寂凄苦的情绪：“可怜我一生孤冷！你看那镜里的名花，成了泡影！”主人公的情绪与诗歌的情绪相互交织，不需要过多的叙述，在诗语中情感达到高点，而诗歌语言本身所具有的美感使文本充溢着美的回味。此外，还有一些心理现实主义小说运用民

① 李欧梵：《引来的浪漫主义：重读郁达夫〈沉沦〉中的三篇小说》，载《江苏大学学报》2006年第1期。

歌、童谣或现代诗歌来增强文本形式上的新颖感和内涵上的丰富性。《残春》采用忧郁的现代诗歌来表达主人公的心绪："谢了的蔷薇花儿，//一片两片三片，//我们别来才不过三两天，//你怎么便这般憔悴？//啊，我愿那如花的人儿，//不也要这般的憔悴！"由花而思人，浓烈的情感在既含蓄又直接的、富有节奏韵律的诗语中蔓延。陈翔鹤在《断筝》中以现代诗来展现主人公对父亲的追思以及对自己生活的哀叹，林如稷的《狂奔》、冯至的《蝉与晚祷》等小说也都运用了诗歌语言来抒发自我的内心涌动与对生命的沉思。对诗歌文体的运用，是心理现实主义小说努力发掘人的内心现实的一种重要形式，无论对中外古今的哪一类诗歌的引用，都在小说文本中昭示了生命个体更为多面的精神维度，营造了一个个美丽的、感伤的、深情的诗意化美学空间，其根柢隐隐闪现的是现代人对诗性文化的记忆和守望。

对诗歌的引用使心理现实主义小说呈现出文体互渗的样貌，使小说呈现了最为直观的诗性之美，但小说归根结底还是叙事的艺术，诗歌的引用只能是小说文本中的一个片段，而不能成为小说的主体，否则小说也就不成其为小说。因此，与对诗歌的直接引用相比，心理现实主义小说叙述语言的诗性化特征其实更为显著，通过强化语言的整体表现形态来捕捉心理世界的幽微，在此过程中强化了个体感受的情绪色彩，从而提升了文本的审美效果和审美境界。陈炜谟的《寻梦的人》以散文化、诗意化的语言描写一个人在清新雨后的愉悦："雨后的空气是何等的清新，那小胡同的景象是何等的闲静！平常嗡嗡营营的市声，莫非都给雨洗去了么？这时候，这巨大的城似乎要浮在空中，房子、电杆似乎也浮在空中，你能不随之浮起么？"轻缓的节奏，清新的语言，人的感受与周围的景致融为一个共同体，清新的空气与轻松的"浮起"构成了一幅可以感知的轻灵画面。郁达夫的心理现实主义小说中更是随处可见诗性化的描述语言，正是这一风格语言的运用，才使其作品充溢着主体的多情与感伤，主人公纤弱敏感的心灵颤动在诗性化语言中得以表达，而诗性化的语言又在人物的心理流动中彰显了自身的美学存在，诗性化语言所构筑的表层情绪与人物的真实内层情绪在对位和错位间形成强烈感情张力，两者的相互交融渗入构建起既具有古典诗意又蕴含现代意识的审美空间。《烟影》中的文朴来到杭州的钱塘江边，作者以诗性化语言来营造与人物心理感受相对应的美感：“一江秋水，依旧是澄蓝澈底。两岸的秋山，依旧在袅娜迎人。苍江几曲，就有几处苇丛，几处村落，在那里点缀。你坐在轮船舱里，只须抬一抬头，劈面就有江岸乌桕树的红叶和去天不远的青山向你招呼。”在此，语言展现出疏密有度、均衡舒缓之美，正与主人公文朴得到朋友资助回乡见着家乡景致时心里的怡然亲切相映衬，营造出轻松和缓的诗意之美。诗性美的语言与人物内在心理对位的现象在心理现实主义小说中有大量的表现，而两者因错位而形成的审美情感往往比同位时更具震撼性。在《茫茫夜》里，主人公于质夫因吴迟生真诚坦率的性格，一下子感到“非常爱他”，此时脑中立刻充满了美好诗意的想象：“我愿和你两个人去租一间草舍来住，草舍儿的前后，要有青青的草地，草地的周围，要有一条小小的清溪。清溪里要有几尾游鱼。晚春时节，我好和你拿了锄耜，把花儿向草地里去种。在蔚蓝的天盖下，在和暖的熏风里，我和你躺在柔软的草地上，好把那西洋的小曲来朗诵。初秋晚夏的时候，在将落未落的夕照之间，我好和你缓步逍遥，把叶儿来数。”诗意化的语言描绘了桃花源一般的美丽境界，在闲适轻松的语调中，人物似乎远离一切失意和困扰，舒缓流畅的语言节奏让人不禁沉溺在这如梦如画的美景中。然而，这舒缓的诗意化语言所营造的美感正与人物内在痛苦、晦暗、紧张的心理形成强烈反差。于质夫关于吴迟生的爱的幻想，恰恰是他坎坷飘零、历经沧桑、从未曾拥有真正异性爱的真实、悲苦生活的证明，于质夫的整个内在世界布满了忧郁、感伤、迷茫、无奈的灰暗阴云。这种压抑、沉重的心理节奏与描述语言的柔缓、舒适之间的强烈反差，语言的表层与主体的内在形成的错位蕴藉了深刻的主题，让小说产生出更耐人回味的审美效果。废名小说语言的诗化美是其小说的一个突出审美特征，在《桃园》中，类似“阿毛张一张眼睛——张了眼是落了幕”这样诗性化的叙述语言在小说中比比皆是，诗性语言的跳跃轻盈与阿毛这一天真小女孩的心灵相互映照，而对特定意象的选取与连接又使小说整体笼罩上感伤的氛围。《桥》显示出更为典型的诗性美特征，诗性语言将整部小说萦绕在空灵缥缈的氛围之中，字与字、句与句之间形成自由灵动的跳跃，语句的本义与衍生义在灵活的搭配组合中延展了意蕴空间，产生出巨大的审美张力。

随着对文学认识的愈加深入，作家们在汲取西方文化资源与吸收传统文学精粹方面显得愈加圆融，心理现实主义小说依旧采用诗性化的语言来捕捉心灵的轨迹，但已不仅仅只是抒叙个人的感伤情绪，不是仅停留在自我表现的层面，而是在诗性化语言的叙述下深入人更为深刻的心灵涌动，思考人的生存状况。其中最为突出的是《伍子胥》。冯至在《伍子胥》中以诗意化的语言展开了伍子胥的心灵蜕变过程，人物心灵的境界与诗意化语言所营造的境界相互缠绕融合，形成如乐如歌的美学氛围。林泽、洧滨、江上、溧水、吴市，无论在哪一个地方，伍子胥的心灵世界都是在诗性的话语中得以展示和提升的。如在林泽时，伍子胥希望悠闲的生活，但他的仇又促使他主动追求艰辛与磨难：“但愿麋鹿雉鸡能够消融了你的仇恨。仇恨只能在得来的地方消融。”（冯至《伍子胥》）诗性化的语言形式表达了他的复仇追求。作者以诗性化语言为线，串起主人公逃亡途中的心理片段，在江上，伍子胥与渔夫相交的场景，作者用轻缓的节奏、水墨画一般的语言线条，让几乎没有语言交流的两人在静谧的境界中，深深品味着各自生存的价值意义，诗意化的语言于此带来了梦幻又超然的审美空间。又如在吴市，吹奏的箫声在变幻莫测间蕴藉了伍子胥经历的沧桑艰难，人物的万语千言都融入这箫声。作者在表现这蕴含了无尽意味的音乐时，以诗化的语言将原本属于听觉的声音通感化为可视的一幅幅纯粹优美的画卷，诗性化的语言带给读者极大的审美感受，在含蓄蕴藉、隽永凝练的语言之美中彰示人物历经一次次坎坷与风暴后愈加丰厚、高贵的灵魂。徐訏、无名氏、施蛰存等作家的心理现实主义小说，也都具有明显的诗性话语特征，以充满诗意美的语言来不断探寻现代人的心灵世界，灵动飘逸的诗性语言与人物心灵的复杂变动水乳交融，诗意的人生闪现于诗性的话语中，意蕴空间与审美境界得以蔓延扩大。

在语言所具有的风格美之外，诗性语言的韵律与节奏这些关乎语音的内容，既赋予心理现实主义小说语言的独特美，更以自身的语言形式应和了人内在心灵世界的流动。亨利·詹姆斯否定小说对故事情节的牵强编造，而主张小说应该“捕捉生活的调子和癖性，捕捉住生活的那个奇怪的、不规则的节奏”①，亨利·詹姆斯所谓的“不规则的节奏”，本质上就是个人对世界和生活的主观经验感受，因此，亨利·詹姆斯对小说节奏的强调，其实是由故事节奏(情节)转向了心理(情绪)节奏。在这一认识基础上，心理现实主义小说以新颖奇特的诗性语言节奏贴近个人的内在心灵，表现心理的节奏韵律。独特的语言节奏打破了语言的常规使用，呈现出因极度陌生化而带来的另一种全新的美学冲击。韦勒克认为，“每一件文学作品首先是一个声音系列，从这个声音系列再生出意义”②。小说依靠语言呈现，而语言的本质即是作为音响的能指与作为意义的所指的统一体。语言的声音系列的不同组织方式必然带来迥异的审美效果。人的心理世界如此多变复杂，日常的规范性的声音组合是无法把握住内心的存在形态的，只有打破常规的带有陌生化美感的诗性语音系统，才能靠近人的真实内在世界，甚至在一定程度上可以说，语音的韵律就是心理现实主义小说的内部韵律，正如帕乌斯托夫斯基所说：“找到音响是指找到小说的节奏，找出小说的基本声调，因为散文与诗和音乐一样，也具有

① ［美］亨利·詹姆斯：《小说的艺术——亨利·詹姆斯文论选》，朱雯等译，上海译文出版社2001年版，第22页。

② ［美］韦勒克、沃伦：《文学理论》，刘象愚、邢培明等译，生活·读书·新知三联书店1984年版，第158页。

内部旋律。”①语言的旋律流动在本质上也就是情感和心理的流动面相。

人的内心并非总是具有逻辑性的理性思维活动，其实更多的时候是混乱跳跃的，如此一来，心理现实主义小说的语言形式就必须进行革新，采用与心理节奏相当的语言节奏。林如稷的《将过去》中主人公若水过着颠沛流离的生活，他愤世嫉俗，消极厌世，当他的一切心灵追求都失败之后，不得不求助于最原始的本能欲望，但当他发现这种追求也失去其自然质朴，而染上社会邪恶的色彩时，他的内心彻底崩塌混乱了。在这样的精神状态下，他的意识绝对不再会是理性的思考，而是产生了混合着强烈情绪的幻觉。在火车上，他瞬间感到一种“灵性的幻感窜入脑内”，于是想将之“压在纸上”，震动的火车中写成的字是如此扭曲，在若水看来它已不是字，而是吞噬人的蛇：“这是一条蛇，赤的、绛的，菜花色、灰白色，……园长，蛆条……”，“……蠕动……潜行……在蠕动”，“——去呢……”(林如稷《将过去》)短促的词句，跳跃的语意转换，节奏急促而又凌乱，常规的语言结构遭到严重破坏，但正是这无章法的节奏，才更真切地传达出若水错乱的精神形态，闪烁不明的语言和模糊含蓄的象征，恰恰是若水无意识直觉的直接呈现。

断续的、凌乱的语句表现了人物惊惧、犹疑、惶恐、狂乱的心理状态，而密集型的集束式节奏则给人带来铺天盖地的或磅礴或紧张或奇异的审美感受，让人物的心理情绪在短时间内得到极大扩张。陶晶孙在《两场景》中有这样的描写：“Bob 呢？手执一朵蔷薇。挥、挥、挥；那蔷薇好像她的嘴唇，红、红、红。红像她半湿的红唇。而她挥的是蔷薇。挥、挥、挥。”语言一再重复，不断挥动的蔷薇，不断闪现的红唇，画面跳跃流动，犹如一连串镜头的复沓叠加，单调的语言

① 转引自谢·安东诺夫：《短篇小说写作技巧》，重庆出版社 1985 年版，第 226 页。

密集重复，与人在仕女如云的热闹浮华剧场所产生的心理流动一致。穆时英在小说中也常常使用密集的节奏表现都市人的独特经验感受，《夜总会里的五个人》以重复的语言节奏来表现都市人的心理："红的街、绿的街、蓝的街、白的台布、白的台布、白的台布……"，"星期六的晚上，是没有理性的日子；星期六的晚上，是法官也想犯罪的日子；星期六的晚上，是上帝进地狱的日子"。不断重复的文字显示出别具一格的语言创新，原本循环往复的句式和节奏，渲染的应该是磅礴之气度，但此处如诗一般排比的句子却传达出都市人在极度兴奋中的萎靡，将都市人想要不断满足欲望的心理表现得淋漓尽致。在 *Craven* "*A*"中，作者运用不停顿的语言节奏，给读者带来视觉上的强烈刺激，未有任何停顿的急促表达是人物备受诱惑折磨时语无伦次的狂乱情态，这样一种快速、急促、重复的语言组合方式，形成了能指与所指的多级化意义。从语法规则的角度而言，这些语句中有不少词语属于语言学中非叙述语的"垃圾"，但正是这些看似多余的赘语，在不断的重复强调中，才更真切地展示了人内心深处难以用理性叙述语言表述的真实活动，才使小说的审美提升到另一个境界。

黑婴的《春光曲》构建了一种独特的节奏韵律，当主人公"我"与茵子姑娘跳舞时，小说采用诗行的节奏形式，连续以 4 个"舞着"开头的排比句铺陈，表现自己与这位温柔的姑娘在心灵上的契合；当"我"与惠姑娘跳舞时，又同样以 4 个相同开头的排比来渲染，但"去罢"的开头则显示"我"沉醉在"金钱与肉欲交织的王国"里。而每一个场景中间，小说则不断重复着相同的语句："醉着，醉在爵士音乐的旋律上，醉在娇艳女人的怀里，醉在红灯绿酒之中！"犹如音乐旋律般不断回环往复的节奏是人物内心最热枕、真实的渴望。诗化节奏的反复出现表现了都市动感的节奏与都市人的浮华心态，反过来也可以说，正是人物在都市中醉生梦死的感受，促使小说诗化节奏的形成。在《南岛怀念曲》中，黑婴同样以诗歌分行的节奏来表达人物的情绪体验，主人公不断反复吟咏着寄予了强烈情感的排偶句，作品好似一部充满了眷念的回环往复的乐曲。无名氏小说的语言创新之美是更为典型的例子，在《露西亚之恋——一九三三年发生在柏林深夜的故事》中，无名氏运用排比、反复来描写乐队的演奏："这音乐之海水充满了明亮的阴暗的欢快的忧郁的波涛，膨胀着、上升着、膨胀着，膨胀成一片超越一切的巨涛，又骤然崩溃了，粉碎成千千万万的小波涛，一波一波的荡到最远处，又一波一波的荡回来，荡着漾着，开展着……""火在哭，火在笑、火在吼、火在舞、火在滚、火在跑、火在骂、火在打，……火火火火火火火火……"语句急速，节奏紧迫，再加上不断的反复，小说呈现了一种奇异、紧张的美感。在《野兽、野兽、野兽》的开头，作者以一组组的排比句和大量的感叹号汇聚成让人几乎来不及喘息的磅礴节奏，如同狂风暴雨般袭来的语句，无数单音节词的重复连缀将强烈震撼的感情激流裹挟而来，作者毫不停歇的笔触让读者也无法停下来喘息，只能在作者快速的文字鼓点节奏中起伏，不断造成审美的冲击力。这种超越常规语法的语句组合形成了极具独特风格的叙述话语，其陌生化的表现方式本身就具有奇特的甚至是强迫性的吸引力，零散的、断续的以及抽象的意识在密集语言节奏的组织下内聚为人物的心灵图景，从而彰示了人物的情绪张力。

二、多重象征意蕴

心理现实主义小说的诗性之美，除了表现在语言的诗性化外，还体现在象征意象的运用上。人内心世界的流动并非实体性的存在，如何才能将之更为真实地具象化？象征意象为之提供了有效的表现途径。前文提到，利维斯认为，亨利·詹姆斯通过对诗歌中象征手法的运用，将"内心最深处的东西"诉诸读者。亨利·詹姆斯的后继者伍尔夫等作家，同样以象征手法来揭示小说的主题，表现现代人的主观感受和生存境遇，并形成一种独特深厚的美感。西方象征主义认为

“意象是诗中最基本的元素，是诗上升到‘象征’层面的原动力”①，诗人朦胧复杂的心灵变动或者是不可名状的感受和思想，通过具体的物象才能使其凝固化，庞德就称意象是“一种在瞬间呈现的理智与情感的复杂经验”，是“各种根本不同的观念的联合”。② 象征意象所具有的暗示性和多异性，往往导致文本意义呈现模糊性，难以用清晰的语言对之进行概括，但正是这种难以用语言“穷尽”的“遗憾”，使得象征意象具备了独特的隐喻作用与意指性，当表现个人复杂难言的主观感受时，更显示出象征意象的优势所在。在象征意象的系统中表现主体的内在有机世界，其中充溢着主体审美理想的意绪与情思，给予读者更为含蓄、深邃、诗意的审美感受和心灵震撼。

中国心理现实主义小说对西方心理现实主义小说象征观念的亲近，有其本土的基础，中国作为一个诗的国度，传统的诗文化早已运用意象及意象所构筑的意境来传达人的感受和情绪，并形成韵味无穷的审美空间。心理现实主义小说沉淀了传统意象、意境的美学，在文本中大量运用意象及意境。然而，心理现实主义小说对意象、意境的运用而形成的审美意义，已不再停留在传统对自然风物的眷念或世外桃源的渴求层面，虽然在心理现实主义小说中也有对这种审美要求的延续，但西方象征主义对意象的理解为中国心理现实主义小说注入了新的内容，因此中国心理现实主义小说在吸收外国文学的基础上实现了对传统意象、意境的超越，它更多的是探索追寻现代人的精神迷失与现代人生的价值思考。意象除了是传统情感与物象的结合外，更是现代人思想与体验的象征，最终形成既具有传统审美特征又超越其上的现代审美精神和审美境界。

对于心理现实主义小说而言，小说中的自然风物并非单纯的自然

① ［美］韦勒克、沃伦：《文学理论》，刘象愚、邢培明译，生活·读书·新知三联书店1984年版，第89页。

② 黄晋凯、张秉真、杨恒达主编：《象征主义意象派》，中国人民大学出版社1989年版，第135页。

之物，而是凝聚了主体的体验感受、意绪情思的对应物，是与人的生命存在不仅相关而且相通的事物，其中散发着主体的审美理想，氤氲流动的是人的生命状态。深受古典文学与西方文化滋养的“五四”学者，对自然意象在文学中的作用早有强调，瞿世英认为，对自然的书写并非仅仅是为在读者面前呈现精细、美丽的风景画，更重要的是为了“使我们确实了解其中的人物与其动作”，在对意象的选择中寻找人物恰当的地位。① 谢六逸也指出，描写自然是一种重要的“表现方法”，虽然人们习惯于称之为“写景”，但这“其实就是描写自然 nature 和心理之有机的关系”。② 主张自我表现的郁达夫则更倾向自然意象的象征作用，他将自然意象作为人与世界紧密联系的中介，认为自然意象具有使“人与万物调和，人与宇宙合一”③的作用。心理现实主义小说广泛且深入地运用象征意象，纷繁复杂的意象体系既凝现了主体流动变化的心灵轨迹，又昭示出精神的审美维度，寄寓着生命个体的诗性情怀。

郁达夫几乎所有的心理现实主义小说都运用自然意象来表现人物的心绪，《零余者》中的“我”在忧郁情绪的笼罩下，眼前所见到的是与“我”心境相应和的自然画面，灰色城墙、冰冻河道、荒田空地、疏树枯枝、淡薄斜阳，这一切物象无一不在承载主人公的孤寂感伤，苍凉暮色中的强烈寒意让“我”感到被紧紧包裹其中，猛然自觉这俨然就是自己漂泊异乡的生命状态，内心的悲怆再难掩饰，凄然发出“我是一个真正的零余者”的悲叹。自然景物与人物的心灵浑然一体，天涯孤客的惨淡心绪在意象体系中得以表达，被世界挤压抛弃的孤绝心态也跃然纸上。《薄奠》中悲愤伤感的“我”所见到的自然景观是这样的：“西天的颜色，从浓蓝变成了淡紫，一忽儿，天的四周围又染

---

① 瞿世英：《小说的研究》(上篇)，载《小说月报》1922 年第 13 卷第 7 号。

② 谢六逸：《小说作法》，载《文学旬刊》1921 年第 16 期。

③ 郁达夫：《山水及自然景物的欣赏》，载《申报·每周增刊》1936 年第 1 卷第 3 期。

得深红了，远远的法国教会堂的顶层和许多绿树梢头，刹那间返射了一阵赤赭的残光，又一忽儿空气就变得澄苍静肃……”不断变换的色彩，光影的炫目效果，都渗透着主体错综复杂的情蕴，主人公纤弱敏感的心灵世界在斑斓的色彩和光影中交织闪现，小说笼罩在浓浓的诗性意境之美中。

色彩是极能传达人物内心世界状态的意象，鲁道夫·阿恩海姆指出：“色彩能够表现感情，这是一个无可辩驳的事实。”①无名氏的《海艳》中，印蒂归隐后在西湖畔居住，他经常于湖上泛舟，在华光炜炜的湖上，印蒂见到红色庙宇在湖中填色填彩的奇妙景象：湖水似“钻蓝圆面”一般，红庙犹如“一颗红色圆心”，大丛的绿树簪插在水上，好似一幅水上烟树图，向前穿过红庙绿树丛，峰峦翠影浸润在水中，又显出俪俪红色。无名氏笔下的色彩鲜明又充溢着朦胧的氤氲之气，如世外桃源般的自然景观正是印蒂归隐后怡然心情的表现，是对现实生活的超越和对诗性化人生的追求。张爱玲热衷在小说中为读者建造一个个色彩浓丽的场景，《倾城之恋》中白流苏初到香港的那个火辣辣的下午，她在码头一眼望过去，各种颜色张扬的巨型广告牌触目地围列在周围，绿油油的海水里倒映着红的、橘红的、粉红的广告牌，各种程度的红色在此已经成为个体独特感受的外化物，由于主体强烈情绪的投射，色彩成为一个个流动斑斓的心理磁场，在暗示了白流苏初到香港时的彷徨不安的同时，也预示了她将来在生活与情感中不断陷入“厮杀”的命运。在《金锁记》里，当世舫来到长安家见曹七巧，那个背光站着的小身材老太太在世舫眼中成为以颜色拼积起来的“疯子”：青灰色的织缎、大红色的热水袋、湖绿格子的地衣、日色的黄昏。诸多犯冲的色彩集中在曹七巧身上，让世舫感到阴森恐怖，毛骨悚然。在众多心理现实主义小说中，色彩被用来凸显人物的心灵

---

① ［德］鲁道夫·阿恩海姆：《艺术与视知觉》，中国社会科学出版社 1984 年版，第 460 页。

世界，如郁达夫、陈炜谟、冯至、丁玲、庐隐等“五四”时期的作家倾向以暗沉、阴郁的色彩抒写人物惨淡感伤的情绪；穆时英、刘呐鸥等作家以让人目不暇接、眼花缭乱的都市色彩意象来表现都市人迷离狂乱的精神世界；施蛰存、黑婴则以较为柔和轻盈的色彩写田园乡村，从而表达对精神皈依的渴望；徐訏、无名氏将色彩用于人物本身，以之象征人物的心理和命运。像这样以景物意象、色彩意象形成或悠远、或哀怨的意蕴，是心理现实主义小说审美空间的整体特征，田园山川和色彩光影积淀渗透了主体的情感体验，不管是昏暗的角落，或是肃杀的风中，或是喧闹的街道，或是朦胧的月夜，在小说中早已成为主体生命的有机部分，是主体心灵渴望与生命救赎的表征，最终不仅在文字上，更是在意蕴上形成了让人回味无穷的诗意审美境界。

自然意象、色彩意象在作为主体心理情感的具象物外，还具有更为深邃的象征性。鲁迅的心理现实主义小说在对象征意象的运用中不断扩展了其韵味无穷的审美空间。《在酒楼上》里有这样一段描写自然景物的文字：“几株老梅竟斗雪开着满树的繁花，仿佛毫不以深冬为意；倒塌的亭子边还有一株山茶树，从暗绿的密叶里显出十几朵红花来，赫赫的在雪中明的如火，愤怒而且傲慢，如蔑视游人的甘心于远行。”从单纯的文字层面看，白雪、红梅、绿叶等色彩分明的景物构成了一幅错落有致、层次分明的美景，给人以美的享受。再向文字深处挖掘，其实雪地里怒放的梅花和山茶花都已不是单纯的景致，甚至也超越了主体情感载体的层面，而是带有深邃寓意的象征物，它们是身处时代夹缝里的现代知识分子希冀以抗争而求得生存的理想生命状态的表征。又如小说结尾，“我”和吕纬甫分别时，“见天色已是黄昏，和屋宇和街道都织在密雪的纯白而不定的罗网里”。在这黄昏的景象中，暗含着说不尽的意蕴，“我”与吕纬甫的告别意味着我对他妥协于命运的否定，然而，否定了吕纬甫的“我”，走向的路却不是充满光明色彩的大道，而是被笼罩在“不定的罗网里”的昏暗黄昏，主体的哀伤、虚无与绝望充溢在象征物中。鲁迅在小说中常常使用各种象征意象，赋予象征符码以隐喻功能，将象征意象与社会、人生连接起来，在透视社会现实的同时，构成具有象征性的意蕴空间。“月亮”这一自然意象在心理现实主义小说中常常是作为象征物而存在的，《孤独者》中“我”在魏连殳的葬礼后，走在“散出冷静地光辉”的“月光底下”，这“冷静”的月亮是知识分子孤寂悲凉心境的象征；《白光》里的月亮“像是一面新磨的铁镜”，“铁镜”诡秘地将陈士成照透，这如“铁镜”般诡异的月亮是封建社会知识分子不可摆脱的“无物之阵”的象征；《狂人日记》中的月亮象征了思想界斗士的清醒与思考。在这诸多的“月亮”意象中，鲁迅借此象征了世界的黑暗、知识者困惑孤寂的生存状态以及在绝望中仍旧反抗的战斗精神。

废名的小说中运用了大量隐喻与象征，《桃园》的题目本身就具有象征性，“桃园”在传统文化中象征着桃花源的美好，而小说中的桃园却笼罩在孤独、愁苦之中，传统文化中的“桃园”与现实生活中的“桃园”形成了错位，在这严重的象征错位中，小说营造了一个让人感伤喟叹的诗性空间。小说《桥》的象征性更加强烈，小说中充溢着诸多或清晰或晦涩的象征物，仅“桥”这一名字就具有强烈的暗示性和多意性。“桥”这一意象在《莫须有先生传》中也是一个重要的、独特的意象存在，莫须有先生与小林一样“渡”过了无数的桥，废名将“过渡”的象征意赋予“桥”，象征着人生此岸与彼岸的不同形式的连接。小说中的象征性意象被作者赋予无限丰富的内涵，象征意象不仅成为小说的独特艺术符号，更营造出意味无穷的诗性意蕴空间，不断为读者带来新的审美享受。

除了自然象征意象外，心理现实主义小说中还大量运用社会象征意象，社会象征意象中的一个重要组成部分是与现代人生活紧密相关的场所，现代的社会建造了完全不同于传统的现代生活场所：夜总会、舞厅、咖啡馆、赌场、百货商场、街道马路、教堂等，这些场所不单单是一个个物理位置，更是现代文明的象征，其中所蕴含的是现代人的情绪和精神，现代人的心路历程在这些场所得以彰显。在徐訏、穆时英、施蛰存、刘呐鸥、无名氏等小说家的心理现实主义小说中，这些具有象征意味的社会场所是重要的意象。如赌场是《花魂》中人物“花魂”生命开始和结束的地方，在赌场中她领悟了生命的本真；舞厅、夜总会是《都市风景线》《夜总会里的五个人》等小说中人物灵魂沉沦、精神迷狂的表征；教堂是《风萧萧》等小说中人物灵魂得到净化的圣地，是生命皈依的精神家园。心理现实主义小说将这些光怪陆离、炫目凌乱的现代社会象征意象进行剪裁、编辑，在深入反映现代人灵魂现实的同时，又形成了跳跃、灵动的诗性美。

总的来说，心理现实主义小说所探索的人的内在心理世界，不再只是以往认为的完全理性的心理世界，在这个内在世界中，人作为本真的存在，其心理在意识的层面之外还有复杂多变的潜意识层面，而这一层面是难以用规范化的语言形式与典型化的人物形象来表达的，因此，诗性化的语言与象征意象成为表达个体主观经验感受的重要媒介。心理现实主义小说的诗性美既包括运用诗歌来形成言有尽而意无穷的直观美学效果和审美风格，又包括以打破常规化用语的具有诗性精神的陌生化语言所带来的审美冲击，还包括裁剪具有极大容涵性的象征意象而构建的含蓄蕴藉、深邃悠远的意蕴空间。语言、意象的诗性化与人物的心灵世界相互促生，一方面，诗性化语言和意象以其有意味的形式彰显主体的心灵运动；另一方面，在将人物的心灵世界凸显的过程中，语言与意象显示出自身独立的美学价值，使文本因之而充溢萦绕着诗性之美。

结　语

20世纪初，具有现代意义的“个人”观念在中国得以建立，主张个性的个人主义思想渗入文学领域，使得文学的创作主体和文学本体两方面都发生了巨大变化，作家们不仅关注人对外部世界的反映，也开始重视对人的内心世界的探索，从文学思潮的变迁来看，现代文学呈现出向内转的显著趋势。在这一文学转型的趋势中，中国现代心理现实主义小说立足于个人对世界的主观经验感受，从传统的群体性外向物质化转移到个体性的内在感受化，专注表现个人复杂幽微的内在经验世界。

中国现代心理现实主义小说模式的形成，既源于现代“个人”观念的建立，更得益于西方心理学、哲学、文艺思潮的影响，它们使中国小说家在知识结构和思维方式上进行了重大变革，而这些变革又进一步产生了新的话语资源、不同于以往的表达诉求以及相应改变的表达方式，从而为中国心理现实主义小说带来全新的文学视野、文学思维以及文学技巧。此外，西方的心理现实主义小说为中国小说家们提供了可资借鉴的模板，在西方现代主义小说的滋养下，中国现代心理现实主义小说摆脱传统小说乃至同时代的现实主义和浪漫主义小说的积弊，站在新的视角去观察人、感受人，进而真正进入个人“深致的内心”，细细解剖人物幽微晦涩的感知世界，探索其无尽的奥秘。

中国现代心理现实主义小说汲取西方现代主义文学的营养，形成现代主义的小说观念，成为中国现代主义文学的重要构成部分，并为中国现代文学注入了新的生机与活力，使现代文学呈现出多样化面貌。心理现实主义小说以个性化的主观经验为核心，在表现对象、结构、环境这三大小说范畴中，形成了与现实主义、浪漫主义小说迥异的小说观。其关注的对象由外在客观转向内在主观，“内心生活”成为其表现对象。而由于“内心生活”的抽象性与主观性特征，就需要突破注重因果逻辑关系与情节高潮的有机结构观，形成以主观情绪的流动为中心的散文化结构观，又因为主观体验感知占据小说的中心地位，因此带有强烈主观色彩的“氛围”取代客观物质的“环境”而成为心理现实主义小说的另一个重要新观念。这一系列具有革新意义的新小说观为现代文学开拓了不一样的文学空间。

在新的小说观下，心理现实主义小说对小说的主题、形式以及审美等方面进行探索与创新。心理现实主义小说将表现个人内在经验世界作为小说的主旨，注重个人内心世界的建构与表达，由于表现对象的转移与突破，心理现实主义小说所关注的主题是带有世纪末情绪与存在主义色彩的人的主观生存感受，是个人在大变革时代的苦闷、颓废，以及个人生存的孤独感与荒诞感。新的表现对象需要新的表现形式，在新的形式中，世界以不一样的样貌呈现在我们面前。心理现实主义小说汲取西方现代小说的技巧，在艺术形式实验上表现出强烈的自觉意识，通过运用意识流的表现方法、心理分析的剖解手法、现代主义的蒙太奇以及多角度多变化的叙述视角来展示人物心理的回旋、紧张、激越等流程，在传达出个体内在精神世界幽微精深的内容的同时，使小说从表层文本向纵深发展，呈现更为立体、丰厚的艺术空间。在对主题与形式进行革新的过程中，小说的审美风格也随之发生改变，小说家在对怪诞美的追求中以独特的方式嘲弄并疏离现实的丑恶与荒谬，在对诗性美的营造中表达着自己对“诗意的栖居”的渴望。不管是悖反传统的怪诞美，还是超越传统的诗性美，都为已经常规化的审美情感带来令人惊奇的陌生化效果，为中国现代小说带来审美震动。

中国现代心理现实主义小说是在模仿西方现代主义文学的基础上

形成的，但前者却并不是对后者亦步亦趋的盲目模仿，而是在此间融入自我的审美经验以及广阔的社会生活经验，将中国文化的遗传因子与西方文化的新奇质素进行碰撞与交融，从而形成具有本土经验性的中国现代心理现实主义小说。因此，中国心理现实主义小说在探索人物内在经验世界的奥秘之时，与西方现代主义小说形而上的绝望与哲理性的心灵追问不同，前者对心灵的开拓在一定程度上是与社会、国家相连接的，是对国家、民族、社会以及个人境遇的敏锐感受和思索，其内里主要是一种激愤的精神，表现为在幻灭后仍旧迎头而上的反抗。此外，心理现实主义小说虽然是中国现代主义文学的重要组成部分，但其产生的特殊时代性使其与现实主义和浪漫主义并未泾渭分明、水火不容，相反，它与其他文学潮流之间犬牙交错、冲突共存，这一态势形成了心理现实主义小说的复杂性，而这复杂性也恰恰表明了大转折时期中国经验的独特性。

当然，尽管将浪漫主义、现实主义的标准进行了某种程度的融合，但由于心理现实主义小说所着力凸显的是个人的内在感知，表达的是一种倾向个人性的话语，这就必然达不到时代所急需的元叙事的功效，其存在的合法性也遭到质疑——“心理主义的描写法，是决不适合于描写一时代的大事变的”①。在20世纪上半叶，这样的批评之声时时出现，心理现实主义小说一如其他现代主义文类，一直处于话语权的边缘地位，并未取得良好的发展。而20世纪40年代末至70年代末，中国大陆的心理现实主义小说创作更是长时间处于休克状态。然而，由于地域、政治与文化生态等方面的原因，在中国台湾与香港的中国心理现实主义小说却得到了进一步发展。比如20世纪40年代末刘以鬯、徐訏等作家南下，继续在香港创作心理现实主义小说，且他们以自身的影响力带动了一批具有相似文学追求的青年作家

① 王任叔：《中国现代小说发展的动向底蠡测》，载《创作》1935年第1卷第3期。

的创作。在中国台湾，20世纪50年代中期，以夏济安为首的学人在《文学杂志》上大量介绍西方现代主义文学，其中不乏乔伊斯、普鲁斯特等西方心理现实主义大师，而《文学杂志》尤其将心理现实主义小说的开拓者亨利·詹姆斯列为自己的头等嘉宾，分四期刊载了亨利·詹姆斯的小说和相关论文，高度评价他对现代心理小说的开创性贡献。在这样的文学造势下，日后成长的中国台湾地区的作家有不少人受到亨利·詹姆斯的影响，突出的如欧阳子在长时间内不断研读亨利·詹姆斯的作品及论文，创作了具有特色的心理现实主义小说；王祯和几乎称得上是亨利·詹姆斯的信徒，其文学观念与创作风格与亨利·詹姆斯极为接近。

中国大陆的心理现实主义小说于20世纪80年代初重新复苏。王蒙"略过外在的细节写心理、写情感、写联想和想象、写意识流动"①的心理现实主义小说创作，在当时引起了震动，《夜的眼》《蝴蝶》《春之声》《海之梦》等作品以鲜明的意识流特征来展示"故国八千里，风云三十年"的岁月，外在的时空顺序被人物心理时空替代，在人物的心灵世界中时间上的过去与现在、地域中的中外城乡，如闪电般霎时变化，联想的线条无边无际。张辛欣以女性视角，从内心感知与外在视觉两个方向创作了《清晨三十分钟》《在同一地平线上》《我们这个年纪的梦》等一系列心理现实主义小说，从而敏锐、细腻地折射出当代女性的心路历程。此外，新时期文学作家中还有张洁、张承志、孔捷生等创作了凸显人物主观经验的小说。进入21世纪后，徐兆寿、朱辉、薛忆沩等作家仍然延续着对个人主观经验的开掘。新时期直至如今的当代心理现实主义小说创作，以对人的内在精神状况的关注来揭示人的生存境遇，强调个人心灵对时代、社会、物质的个性化感受，其中不时闪现着现代心理现实主义小说的身影，而后者以其独特的本土经验性将会为当下的心理现实主义小说创作提供无限的启示，使个

---

① 王蒙：《对一些文学观念的探讨》，载《文艺报》1980年第9期。

人幽微复杂的经验世界彰显出更加深邃和丰富的内涵与价值。

古老的斯芬克斯之谜总在提示着人们不停地反思自身，“人被宣称为应当是不断探究他自身的存在物——一个在他生存的每时每刻都必须查问和审视他的生存状况的存在物。人类生活的真正价值恰恰就存在于这种审视中，存在于这种对人类生活的批判态度中”①。心理现实主义小说对内在世界主观经验的关注无疑就是在以自己的方式解谜，而由 20 世纪初开始产生、发展，直至今天的中国心理现实主义小说，仍然在不懈地坚持着对自我的审视与探究。

---

① [德]恩斯特·卡西尔：《人论》，甘阳译，上海译文出版社 1998 年版，第 8 页。

参考文献

一、文献资料

[1]北京图书馆编:《民国时期总书目》(文学理论·世界文学·中国文学),书目文献出版社1992年版。
[2]卞之琳:《卞之琳文集》,安徽教育出版社2002年版。
[3]曾虚白:《美国文学ABC》,世界书局1929年版。
[4]陈衡哲:《小雨点》,上海书店1985年影印版。
[5]陈平原等编:《二十世纪中国小说理论资料》,北京大学出版社1997年版。
[6]丁玲:《丁玲文集》,湖南人民出版社1983年版。
[7]傅东华编:《文学百题》,生活书店1935年版。
[8]胡风:《胡风全集》,湖北人民出版社1999年版。
[9]贾植芳、陈思和编:《中外文学关系史资料汇编(1898—1937)》,广西师范大学出版社2004年版。
[10]孔范今主编:《中国现代文学补遗书系·小说卷》,明天出版社1990年版。
[11]庐隐:《庐隐散文》,中国广播电视出版社1993年版。
[12]庐隐:《庐隐自序》,安徽文艺出版社2014年版。
[13]鲁迅:《鲁迅全集》,人民文学出版社2005年版。
[14]路翎:《路翎批评文集》,珠海出版社1998年版。
[15]穆时英:《白金女体的塑像》,现代书局1934年版。

[16]穆时英：《公墓》，现代书局 1933 年版。
[17]沈从文：《沈从文小说选》，人民文学出版社 2015 年版。
[18]施蛰存：《北山散文集》，华东师范大学出版社 2011 年版。
[19]施蛰存：《施蛰存七十年文选》，上海文艺出版社 1996 年版。
[20]陶晶孙：《陶晶孙选集》，人民文学出版社 1995 年版。
[21]汪曾祺：《汪曾祺全集》，北京师范大学出版社 1998 年版。
[22]王自立、陈子善编：《郁达夫研究资料》，知识产权出版社 2010 年版。
[23]萧乾：《萧乾选集》，四川人民出版社 1983 年版。
[24]谢六逸：《西洋小说发达史》，商务印书馆 1923 年版。
[25]徐訏：《徐訏文集》，上海三联书店 2012 年版。
[26]严家炎编：《新感觉派小说选》，人民文学出版社 1985 年版。
[27]杨之华编：《文坛史料》，中华日报社 1943 年版。
[28]郁达夫：《艺文私见》，复旦大学出版社 2004 年版。
[29]郁达夫：《郁达夫文集》，花城出版社、三联书店香港分店 1983 年版。
[30]袁犀：《时间》，文昌书店 1945 年版。
[31]张怀九主编：《世界心理小说名作导读》，中国文联出版社 2003 年版。
[32]张资平：《欧洲文艺史纲》，上海联合书店 1929 年版。
[33]赵家壁主编：《中国新文学大系》，上海良友图书印刷公司 1935 年版。
[34]赵家璧：《新传统》，上海良友图书印刷公司 1936 年版。
[35]赵景深：《1930 年的世界文学》，神州国光社 1931 年版。
[36]赵景深：《现代世界文学》，现代书局 1932 年版。
[37]郑次川：《欧美近代小说史》，商务印书馆 1927 年版。
[38]郑振铎：《文学大纲》，商务印书馆 1927 年版。
[39]郑振铎主编：《世界文库》，上海生活书店 1935 年版。

[40][美]培里:《小说的研究》，汤澄波译，商务印书馆 1926 年版。
[41][美]克莱顿·汉密尔顿:《小说法程》，华林一译，商务印书馆 1924 年版。
[42][美]欧文等:《美国短篇小说集》，傅东华、于熙检译，商务印书馆 1937 年版。
[43][美]欧文等:《美国短篇小说集》，蹇先艾、陈家麟译，上海生活书店 1936 年版。

二、理论著述

[1]包亚明:《上海酒吧》，江苏人民出版社 2001 年版。
[2]车文博主编:《弗洛伊德文集》，长春出版社 1998 年版。
[3]陈平原:《中国小说叙事模式的转变》，北京大学出版社 2003 年版。
[4]范伯群、朱栋霖主编:《1898—1949 中外文学比较史》，江苏教育出版社 1993 年版。
[5]费孝通:《乡土中国》，上海人民出版社 2013 年版。
[6]费正清主编:《剑桥中华民国史》，上海人民出版社 1991 年版。
[7]黄继持:《现代化·现代性·现代文学》，牛津大学出版社 2003 年版。
[8]黄晋凯等编:《象征主义·意象派》，中国人民大学出版社 1989 年版。
[9]季桂起:《中国小说创作模式的现代转型——论“五四”小说“心理化”的精神艺术世界》，中国社会科学出版社 2007 年版。
[10]解志熙:《生的执著——存在主义与中国现代文学》，人民文学出版社 1999 年版。
[11]解志熙:《美的偏至——中国现代唯美—颓废主义文学思潮研究》，上海文艺出版社 1997 年版。
[12]李建中:《中国文学批评史》，北京大学出版社 2009 年版。
[13]李林展:《中国现代主义文学史论》，中国书籍出版社 2004

年版。
[14]李欧梵：《现代性的追求——李欧梵文化评论精选集》，生活·读书·新知三联书店 2000 年版。
[15]李欧梵：《中西文学的徊想》，江苏教育出版社 2005 年版。
[16]李欧梵：《上海摩登——一种新都市文化在中国》，北京大学出版社 2001 年版。
[17]林骧华编：《西方现代派文学评述》，上海人民出版社 1987 年版。
[18]刘涛：《中国现代小说范畴论》，河南大学出版社 2005 年版。
[19]刘小枫：《现代性社会理论绪论》，上海三联书店 1998 年版。
[20]刘勇：《中国现代文学的心理学研究》，北京大学出版社 2006 年版。
[21]鲁枢元：《创作心理研究》，黄河出版社 1985 年版。
[22]鲁枢元：《文学的跨界研究：文学与心理学》，学林出版社 2011 年版。
[23]罗朋：《1930 年代中国现代主义文学与政治》，民族出版社 2006 年版。
[24]吕俊华：《艺术与癫狂　艺术变态心理学研究》，作家出版社 2009 年版。
[25]吕同六编：《20 世纪小说理论经典》，华夏出版社 1995 年版。
[26]吕周聚：《中国现代主义诗学》，人民文学出版社 2001 年版。
[27]马大康：《诗性语言研究》，中国社会科学出版社 2005 年版。
[28]钱理群：《心灵的探寻》，北京大学出版社 1999 年版。
[29]沈玲、方环海、史支焱：《诗意的语言》，学林出版社 2007 年版。
[30]盛宁：《现代主义·现代派·现代话语——对“现代主义”的再审视》，北京大学出版社 2011 年版。
[31]石昭贤等编：《欧美现代派文学三十讲》，贵州人民出版社 1982 年版。
[32]司马长风：《中国新文学史》，香港昭明出版社 1978 年版。

[33]谭楚良：《中国现代派文学史论》，学林出版社 1996 年版。
[34]唐正序、陈厚诚主编：《世纪中国文学与西方现代主义思潮》，四川人民出版社 1992 年版。
[35]滕守尧：《审美心理描述》，中国社会科学出版社 1985 年版。
[36]王洪岳：《审美与启蒙——中国现代主义文论研究（1900—1949）》，光明日报出版社 2009 年版。
[37]王洪岳：《现代主义小说学》，百花洲文艺出版社 2004 年版。
[38]王嘉良：《中国新文学现实主义形态论》，文化艺术出版社 2002 年版。
[39]王建开：《五四以来我国英美文学作品译介史》，上海外语教育出版社 2003 年版。
[40]王鍾陵：《二十世纪中西文论史》，福建人民出版社 2014 年版。
[41]温儒敏：《新文学现实主义的流变》，北京大学出版社 1988 年版。
[42]吴福辉：《京海晚眺》，江苏人民出版社 1997 年版。
[43]吴晓东：《象征主义与中国现代文学》，安徽教育出版社 2000 年版。
[44]吴中杰、吴立昌：《中国现代主义寻踪》，学林出版社 1995 年版。
[45]伍蠡甫编：《现代西方文论选》，上海译文出版社 1983 年版。
[46]夏志清：《文学的前途》，生活·读书·新知三联书店 2002 年版。
[47]夏志清：《新文学的传统》，新星出版社 2010 年版。
[48]肖同庆：《世纪末思潮与中国现代文学》，安徽教育出版社 2000 年版。
[49]徐岱：《小说叙事学》，商务印书馆 2010 年版。
[50]许志英、邹恬编：《中国现代文学主潮》，福建教育出版社 2001 年版。
[51]严家炎：《中国现代小说流派史》，人民文学出版社 1995 年版。
[52]严家炎：《论现代小说与文艺思潮》，湖南人民出版社 1987 年版。

[53]杨清：《现代西方心理学主要派别》，辽宁人民出版社1980年版。
[54]杨义：《中国叙事学》，人民出版社2009年版。
[55]杨义：《文化冲突与审美选择》，人民文学出版社1988年版。
[56]杨义：《中国现代小说史》，人民文学出版社1986年版。
[57]叶渭渠、唐月梅：《日本现代文学思潮史》，中国华侨出版社1991年版。
[58]殷国明：《世纪中西文艺理论交流史论》，华东师范大学出版社1999年版。
[59]应国靖：《文坛边缘》，学林出版社1987年版。
[60]应锦襄、林铁民、朱水涌：《世界文学格局中的中国小说》，北京大学出版社1997年版。
[61]袁可嘉：《欧美现代派文学概论》，广西师范大学出版社2003年版。
[62]袁可嘉等编选：《现代主义文学研究》，中国社会科学出版社1989年版。
[63]张怀久：《追寻心灵的秘密：现代心理小说论稿》，学林出版社2002年版。
[64]张隆溪编：《比较文学译文集》，北京大学出版社1982年版。
[65]赵家璧编：《现代心理学的方法论和历史发展中的一些问题》，中国社会科学出版社1983年版。
[66]赵凌河：《新文学现代主义思想史论》，辽宁人民出版社2006年版。
[67]朱寿桐主编：《中国现代主义文学史》，江苏教育出版社1998年版。
[68][奥]弗洛伊德：《释梦》，孙名之译，商务印书馆1996年版。
[69][德]恩斯特·卡西尔：《人论》，甘阳译，上海译文出版社1998年版。
[70][德]马丁·海德格尔：《在通向语言的途中》，孙周兴译，商务

印书馆 2004 年版。
[71][德]马丁·海德格尔：《存在与时间》，陈嘉映、王庆节译，生活·读书·新知三联书店 2006 年版。
[72][法]加缪：《西西弗的神话》，杜小真译，西苑出版社 2003 年版。
[73][法]皮埃尔·布迪厄：《艺术的法则：文学场的生成和结构》，刘晖译，中央编译出版社 2001 年版。
[74][法]萨特：《存在与虚无》，陈宣良等译，生活·读书·新知三联书店 1987 年版。
[75][捷]亚罗斯拉夫·普实克：《抒情与史诗：现代中国文学论集》，郭建玲译，上海三联书店 2010 年版。
[76][美]K. T. 斯托曼：《情绪心理学》，张燕云译，辽宁人民出版社 1986 年版。
[77][美]弗雷德里克·詹姆逊：《政治无意识》，王逢振、陈永国译，中国社会科学出版社 1999 年版。
[78][美]赫伯特·马尔库塞：《审美之维——马尔库塞美学论著集》，生活·读书·新知三联书店 1989 年版。
[79][美]亨利·詹姆斯：《小说的艺术——亨利·詹姆斯文论选》，朱雯等译，上海译文出版社 2001 年版。
[80][美]霍夫曼：《弗洛伊德主义与文学思想》，王宁等译，生活·读书·新知三联书店 1987 年版。
[81][美]克雷奇：《心理学纲要》，周先庚等译，文化教育出版社 1982 年版。
[82][美]鲁道夫·阿恩海姆：《艺术与视知觉》，腾守尧、朱疆源译，中国社会科学出版社 1984 年版。
[83][美]梅·弗里德曼：《意识流，文学手法研究》，申丽平等译，华东师范大学出版社 1992 年版。
[84][美]威廉·詹姆斯：《心理学原理》，郭宾译，中国社会科学出

版社 2009 年版。

[85] [美]威廉·詹姆斯：《真理的意义》，刘宏信译，广西师范大学出版社 2007 年版。

[86] [美]韦勒克、沃伦：《文学理论》，刘象愚、邢培明等译，生活·读书·新知三联书店 1984 年版。

[87] [日]吉田精一：《现代日本文学史》，齐干译，上海人民出版社 1976 年版。

[88] [日]箱崎总一：《孤独心态的超越》，何逸尘译，世界巨流图书公司 1993 年版。

[89] [瑞]让·皮亚杰：《发生认识论原理》，王先铟等译，商务印书馆 1981 年版。

[90] [瑞]卡尔·古斯塔夫·荣格：《分析心理学的理论与实践》，成穷、王作虹译，译林出版社 2011 年版。

[91] [苏]巴赫金：《小说理论》，白春任、晓河译，河北教育出版社 1998 年版。

[92] [苏]布·布尔索夫等编：《现实主义问题讨论集》，岷英译，新文艺出版社 1958 年版。

[93] [英]E. H. 冈布里奇：《艺术与幻觉》，卢晓华等译，工人出版社 1988 年版。

[94] [英]弗吉尼亚·伍尔夫：《论小说与小说家》，瞿世镜译，上海译文出版社 1986 年版。

[95] [英]F. R. 利维斯：《伟大的传统》，袁伟译，生活·读书·新知三联书店 2009 年版。

[96] [英]马·布雷德伯里、詹·麦克法兰编：《现代主义》，胡家峦等译，上海外语教育出版社 1992 年版。

[97] [英]特里·伊格尔顿：《文学原理引论》，龚国杰等译，北京文化艺术出版社 1987 年版。

[98][英]特里·伊格尔顿：《现代性与矛盾性》，邵迎生译，商务印书馆2003年版。

三、相关论文

[1]陈亚平：《感伤：中国现代知识分子的体验与表达》，扬州大学，2007年。
[2]黄怀军：《中国现代作家与尼采》，四川大学，2007年。
[3]江冬梅：《生命·艺术·直觉——柏格森与20世纪中国美学》，西南大学，2011年。
[4]姜飞：《修辞立其诚——中国文学真实观念的历史和结构》，四川大学，2006年。
[5]李欧梵：《引来的浪漫主义：重读郁达夫〈沉沦〉中的三篇小说》，载《江苏大学学报》2006年第1期。
[6]刘康凯：《中国现代"文学真实"观念研究(1899—1949)》，苏州大学，2012年。
[7]吕周聚：《中国现代主义文学中的自我分裂现象透视》，载《山东师范大学学报》(人文社会科学版)2000年第6期。
[8]马佳：《试论茅盾的心理分析现实主义》，载《中国现代文学研究丛刊》1992年第1期。
[9]钱理群：《〈狂人日记〉细读》，载《鲁迅研究月刊》1994年第11期。
[10]施建伟：《现实主义，还是现代主义？——试论心理分析小说的创作倾向及其历史教训》，载《中国现代文学研究丛刊》1985年第2期。
[11]宋达：《英美现代主义文学为何能进入1917—1949年间的中国》，载《北京第二外国语学院学报》2006年第3期。
[12]孙琳：《〈现代〉杂志推介欧美文学作品研究》，载《中国海洋大学学报》2009年第1期。

[13]孙铭有:《论泛化的现实主义》,载《文艺理论与批评》2001 年第 3 期。
[14]汪晖:《预言与危机》,载《文学批评》1989 年第 4 期。
[15]王富仁:《中国现代主义文学论》,载《天津社会科学》1996 年第 4 期。
[16]魏建:《论前期创造社的小说美学思想》,载《山东师范大学学报》(人文社会科学版)2003 年第 6 期。
[17]严家炎:《论五四作家的文化背景与知识结构》,载《中国现代、当代文学研究》2002 年第 2 期。
[18]严家炎、范智红:《小说艺术的多样开拓与探索——1937—1949 年中短篇小说阅读琐记》,载《文学评论》2001 年第 1 期。
[19]杨克敏:《论民国时期的外国文学研究——以若干重要文学期刊为切入点》,华东师范大学,2014 年。